MIROIR

Melissa Bellevigne

Miroir

Paranoïa II

hachette
ROMANS

Photos de couverture : Julie Simoens / © Addictive Stock
– © François Roux – © Jay / Fotolia.

Hachette Livre, 58 rue Jean Bleuzen, 92170 Vanves.

Plus l'amour est parfait,
plus la folie est grande
et le bonheur sensible.
Érasme, *Éloge de la folie*

Prologue

Certains récits vous bousculent, vous ébranlent. Certaines histoires sèment le doute en vous. Elles vous emportent loin, très loin, aux confins de votre conscience, aux limites de vos rêves et de vos cauchemars. Vous les vivez, envers et contre vous, vous les savourez par moments, vous les détestez à d'autres. Elles ont le pouvoir de vous arracher rires aussi bien que larmes. Elles vous recouvrent d'amour puis vous écrasent le cœur. Elles font de vous quelqu'un d'autre. Vous plongez dedans sans réfléchir, vous vous déconnectez de la réalité sans même vous en apercevoir, sans plus distinguer ce qui est réel de ce qui ne l'est pas. Le temps de quelques pages, c'est un délice auquel vous ne pouvez résister, qui vous fait oublier l'essence de votre propre existence. Ces pages-là vous laissent un goût d'inachevé lorsqu'elles ont toutes été tournées ; une amertume aussi frustrante qu'exquise, ce genre d'impression qui reste indéfinissable et que vous ne sauriez ni aimer ni haïr.

Mon histoire est de celles-ci.

Moi-même, je suis à ce moment de l'histoire, j'en suis à la page blanche après l'épilogue. J'ai envie de croire aveuglément

– et, à la fois, je donnerais tout pour oublier – cette réalité à laquelle on m'a confrontée bien malgré moi, et pour ne plus jamais avoir à subir le doute. Comme c'est déroutant de ne plus savoir quel regard porter sur ce qui nous entoure ! De se demander si notre heure est venue, si la douleur va enfin s'en aller et nous avec, si tout est sur le point de s'achever, si on sera bientôt libéré… ou bien si quelque chose nous attend encore, on ne sait où, dans cette brume qui nous encercle et nous aveugle. D'autres joies ? D'autres blessures ? Pourrait-on encore les supporter ?

C'est comme si le compas n'indiquait plus le cap, comme si le navire pénétrait dans un épais brouillard, de ceux qui peuvent nous faire aussi bien échouer sur une plage aux allures de paradis que sombrer à jamais dans les profondeurs. On ne sait pas, on ne contrôle plus rien, on est ballotté par les flots de l'inconnu. On n'est plus capable de décider. L'espoir et la peur se côtoient, la passion et la fatigue s'entrechoquent. Alors, la gorge nouée, on attend l'issue.

JUDY

Cauchemar

Je ne voyais pas. Un film opaque recouvrait mes pupilles, me plongeant dans une obscurité profonde. Je plissais les yeux, clignais des paupières, rien n'y faisait. Je réessayai, encore, une fois, deux fois, trois fois. Impossible. On m'empêchait d'y voir ? Ou bien étais-je aveugle ? Je sentis mon cœur monter en cadence sous le coup de la peur qui s'emparait de moi. Où étais-je ? Le silence qui m'entourait me glaçait le sang. Seuls quelques sons voilés me parvenaient de temps à autre, bourdonnements irréguliers, échos de mouvements étranges. Cela ressemblait aux ondes grossières que l'on perçoit lorsqu'on a la tête sous l'eau.

Au moins, je suis en vie.

À l'évocation de cette évidence, quelque chose dont je peinais à me souvenir me rappela à l'ordre : je *ne voulais pas* être en vie.

Soit. J'étais donc consciente, malgré moi, mais aussi aveugle et sourde. Je tentai alors de bouger mes mains, pour tâter les environs. Une fois encore, impossible. Mes membres étaient tétanisés, paralysés, ils ne répondaient pas. C'était comme si les ordres de mon cerveau s'évanouissaient avant même que l'information ne soit relayée. Je ne savais pas si j'étais debout ou couchée, vêtue ou nue, je ne percevais rien. Un élan de panique s'infiltra à travers chacune de mes veines lorsque je compris : j'étais bel et bien séquestrée dans ma propre enveloppe charnelle, faible esprit incapable de s'extirper de cette paroi de chair et de sang. J'étais seule, perdue.

Je m'aperçus que ce sentiment m'était familier. L'avais-je déjà éprouvé ? Aucune idée. Ma mémoire, elle aussi, s'était comme volatilisée, ne me laissant que l'arrière-goût de sentiments amers et douloureux. Pourtant, une certitude s'imposa à moi : le manque. Je me sentais privée de la seule chose dont j'avais besoin pour survivre, bien que je n'en connaisse plus l'essence. Aucune image, aucun nom, aucune musique, rien. Simplement cette atroce conviction que j'avais perdu quelque chose pour toujours, que je serais à jamais seule, délaissée. Il y avait un vide, un espace creux, qui grandissait au fur et à mesure que j'y pensais. Cette émotion se traduisit ensuite en une douleur physique qui me coupa le souffle, me fit hoqueter, tandis qu'elle glissait lentement le long de ma gorge, m'étouffant par son intensité. Elle mit une éternité à descendre puis à s'échapper enfin de mon œsophage, et vint se nicher dans le fond de mon estomac, tel un parasite.

La douleur grossit encore, prenant plus de place à chaque seconde qui s'égrenait. Elle se cala entre mes côtes, juste là, sous la partie inférieure de mon sternum, comprimant mes poumons. J'aurais voulu hurler tant la souffrance était vive, bousculant mes organes et mes os, mais j'en étais incapable tant l'air me manquait. Le pire étant l'étrange certitude de savoir que, si le supplice était à son zénith, il ne serait jamais mortel.

Calme-toi, calme-toi.

J'essayai de me concentrer sur l'air qui devait entrer et sortir de mon thorax le plus régulièrement possible. Lorsque j'eus réussi à me focaliser sur autre chose que la gigantesque boule tapie au creux de mon ventre, un changement radical se produisit : si mes yeux ne pouvaient rien distinguer de l'extérieur, de ce qui m'entourait, une clarté apparut soudain à travers moi. Comme si ma vision ne dépendait plus de mes pupilles mais de ma simple conscience, je me surpris à pouvoir distinguer chaque partie de mon corps – de l'intérieur de mon corps. Veines, capillaires, flux sanguin, cellules et même ADN, rien ne m'échappait. C'est ainsi que je fis une visite détaillée de ma boîte crânienne, du liquide clair dans lequel baignait cet organe ridé et rose : mon cerveau. J'en perçus le moindre neurone, la moindre synapse, la moindre terminaison nerveuse. Je me trouvais devant le centre de contrôle régentant toute l'activité de mon corps. J'étais abasourdie par tant de détails et d'harmonie. Intriguée par cette étrange capacité à tout percevoir, curieuse, je descendis ensuite le long de mes sinus, plus étroits et sombres, découvris mes amygdales, étonnée de distinguer tant de couleurs chatoyantes à travers les rouges et les roses des muqueuses. Je traversai ma gorge en passant par l'œsophage et jetai ensuite un regard stupéfait à ma gauche, où mon cœur, d'une teinte cramoisie, se contractait à intervalles réguliers pour expulser le sang vers mes autres organes vitaux. Je contemplai quelques instants les deux ventricules se contracter dans un rythme rassurant. Puis je glissai plus bas encore, en prenant soin d'éviter la région endolorie près de mon estomac. Je passai devant mon foie aux coloris bruns, et arrivai aux extrémités de mon abdomen.

Je m'arrêtai net.

Une large membrane que je ne reconnus pas apparut devant moi. Sans savoir pourquoi, je compris instantanément que c'était de là que provenaient les sons feutrés que j'avais perçus plus tôt.

C'était d'un rouge vif lumineux, inapproprié pour un corps humain, me dis-je, recouvert d'une multitude de microvaisseaux sanguins agglutinés, si nombreux qu'il était impossible de savoir sur quelle sorte d'organe ils couraient. À l'intérieur, le sang battait, à un rythme différent de celui de mon cœur cependant, et une chaleur vive s'échappait de la surface. Je fis de mon mieux pour me remémorer quelque leçon d'anatomie qui aurait pu m'expliquer la nature de cette curieuse masse rougeoyante, mais le souvenir le plus lointain dont je disposais n'était que le moment où j'avais constaté mon incapacité à y voir clair. Improvisant une expédition de reconnaissance, je fis le tour de la membrane qui se trouvait être une sphère, dont je ne pouvais distinguer que la partie supérieure. Je tentai de m'approcher, toujours consternée par le rythme endiablé, si différent du mien. Cette chose était comme indépendante, comme si elle se suffisait à elle-même mais profitait de mes entrailles pour se développer en sécurité. Je pris un peu d'élan et m'aventurai à laisser mon esprit pénétrer l'objet. Mais je ne pus que m'y cogner et fus projetée à plusieurs centimètres, tant la solidité et la résistance de la chose étaient denses. Je n'avais pas percé l'enveloppe. De toute évidence, cette chose, bien que cachée en moi, ne faisait pas partie de mon corps et me résistait.

Tout à coup, les battements des vaisseaux à la surface de la chose se mirent à accélérer, tambourinant à une vitesse plus effrénée encore, ce qui me terrifia. Je reculai, intriguée et angoissée, ne sachant à quoi m'attendre. L'intérieur de mon corps s'assombrit et je me retrouvai de nouveau dans le noir, la masse sphérique devant moi s'improvisant unique source de lumière alentour. Je ne pus que la fixer attentivement, bien que mon cœur à moi aussi se soit mis à battre plus fort, sous la pression de l'appréhension et de l'inconnu. Du danger.

C'est alors qu'une image cauchemardesque s'imposa à moi. La membrane se fendit en son centre, libérant un liquide translucide. Une forme effilée en sortit lentement. Je ne compris pas tout de suite ce que c'était, mais, quand cela s'anima, le doute s'évanouit. C'était une main. Une effroyable petite main maigrelette, à la peau blafarde, presque jaune. Ses doigts étaient fripés, ses ongles transparents. Cette image m'inspira du dégoût et de l'effroi. Mais même mon esprit s'était paralysé, je ne pouvais pas revenir sur mes pas, regagner l'espace rassurant de mon crâne.

La main saisit soudain le bord fendu de l'enveloppe, et les phalanges diaphanes d'une seconde apparurent pour saisir l'autre côté. La chose essayait de sortir de son œuf. Elle forçait ; je voyais la peau recouvrant ses articulations prendre une couleur plus blême encore à chacun de ses efforts, faisant même éclater quelques veines à sa surface, libérant du sang.

Tapie au fond de mon propre ventre, je me rendis compte à cet instant que je me reposais sur cette boule énorme qui comprimait mes poumons et mes côtes. Étonnamment, cette source de souffrance que j'avais haïe quelques minutes plus tôt revêtit des airs de véritable amie, de réconfort, car je savais sans doute possible qu'elle était le fruit de mes propres pensées, et que, même si elle m'avait fait suffoquer, elle était ma création, le résultat d'un manque extrême mais intime, une partie de mon moi profond. Comme pour me convaincre de mes réflexions, cette boule comprimant ma cage thoracique gonfla encore. La douleur qu'elle engendra cette fois-ci eut un effet paradoxalement rassurant. C'était mon esprit qui la dirigeait.

Mais la créature me rappela vite que j'étais en position de faiblesse et que, si nous étions dans *mon* corps, mon esprit n'était qu'une misérable poussière à côté d'elle. Une lumière très vive accompagna l'expulsion de sa tête, dans un bruit visqueux écœurant. Je fus éblouie durant une seconde et, ensuite, une vision d'horreur me frappa. La créature me fixait de ses grands yeux jaunes injectés de sang, un sourire malin sur son visage ridé et livide. Si son teint était majoritairement jaunâtre, je découvris une multitude de taches de rousseur sur ses joues, et je pus sans peine reconnaître la couleur orangée de ses sourcils et du peu de cheveux qui recouvraient son crâne. Mon cœur cessa presque de battre tandis que cette vision épouvantable m'ébranlait, me plongeant dans un silence terrifiant. J'étais tétanisée. La créature me sourit encore, en découvrant ses dents, et prononça le mot « maman » d'une voix criarde. La mémoire me revint de plein fouet, le visage abominable de mon agresseur aussi. Il était là, au fond de mes viscères, il me rongeait de l'intérieur.

La chose sortit complètement de son enveloppe et grimpa en une seconde jusqu'à ma gorge. Après m'avoir lancé un regard complice que je ne compris pas, elle mit ses affreuses mains de part et d'autre de ma trachée et serra. Elle m'étranglait.

Réveil

27 juin 2010

Ce fut l'infect goût du sang qui me réveilla. Je déglutis. Ensuite, ce fut la douleur dans ma gorge. Je toussai. Argh ! Cela fit remonter le liquide aux saveurs métalliques dans ma bouche. Je fis la grimace. Où pouvais-je bien être, encore ? Je tentai d'ouvrir les yeux, mais j'étais aveuglée par les larmes qui les inondaient et par la lumière au-dessus de moi. Tout à coup, tout me revint. La table sur laquelle j'étais allongée, tout ce monde autour de moi, ce drap tendu devant mon visage et Lisa, à côté de moi, essayant pitoyablement de me rassurer tandis que l'on extirpait ce monstre de mon ventre. Un frisson glacial me parcourut. Pourvu qu'il ne soit pas là ! En un rien de temps, l'envie d'ouvrir les paupières s'était évanouie. Si cette affreuse chose était sortie de moi, peut-être bien qu'elle n'était pas loin. Je ne voulais surtout pas qu'on l'approche de moi. Mais avait-on jamais tenu compte de mon avis ? On me juge folle à lier, irresponsable, on décide pour moi. Ça a toujours été comme ça, non ?

Lisa, c'est vrai, avait répondu à quelques-unes de mes demandes. Mais une ou deux fois, tout au plus. Et c'était du chantage. Pour préserver cette créature… pour préserver son espoir de s'en emparer. Le cauchemar que je venais de faire – était-ce un songe, d'ailleurs ? – était encore bien trop présent dans mon esprit. Les images et la panique qu'il m'avait inspirées coulaient encore dans mes veines. Une bouffée d'adrénaline me submergea. Je détestais ça.

Il ne faut pas qu'on te l'apporte. Trouve un moyen pour qu'ils te pensent endormie.

Bon. Je garde les yeux fermés.

Je préférais rester dans l'ignorance encore un peu, c'était moins effrayant que la vérité. Saleté de sang, tout de même. Fichu goût. Il me rappela une chute à vélo. Ma dent de lait avait lâché, cette fois-là, alors qu'elle bougeait à peine. Le sang avait rempli ma bouche.

Je me souviens. Je me souviens de ça. Maman. La poche de glace sur ma joue. Papa qui râle parce que je me suis aventurée dans la pente goudronnée qu'il m'a interdit de gravir avec le VTT. Je ne suis pas totalement amnésique. Pas totalement, non.

Le liquide qui coulait sans s'arrêter dans ma gorge passa par le mauvais chemin et me coupa le souffle une seconde, je toussai à nouveau, par réflexe. J'entendis alors quelqu'un entrer dans la pièce. On prononça quelque chose ; les sons me parurent lointains, faibles. Je ne compris rien. Et je ne voulais pas encore me résoudre à essayer d'y voir. Non. Pour peu que la chose soit allongée là, à un ou deux mètres… Je voyais encore trop distinctement ces abominables taches de rousseur.

Nouveau frisson.

Du dégoût, en fait.

Bon, où suis-je ?

Sers-toi de tes narines, pauvre idiote. Qu'est-ce que ça sent ?

Aseptisé. C'est le premier mot qui me vint quand je me concentrai sur les odeurs environnantes. Ça sentait le propre, le trop propre, même. La Javel, un peu. Le désinfectant, beaucoup. La Betadine. Le plastique, aussi. Et puis la bouffe toute prête et ses relents écœurants, qui me parvenaient de plus loin. Il n'y avait pas de courant d'air, mais ces odeurs, je les reconnus sans difficulté, elles caractérisaient les hôpitaux, et j'y avais passé un certain temps, dans les hôpitaux, récemment.

Génial. Alors, tu y es encore. Pff.

Avant que je n'aie pu me lamenter davantage sur mon sort, j'entendis le bruit de pas qui se rapprochait, et une deuxième voix, plus grave que la première, résonna près de moi. La voix se pencha sur mon visage, je sentis un souffle sur ma joue. On était à quelques centimètres à peine. Je n'avais pas peur, mais j'étais gênée par cette soudaine proximité. J'entendis l'homme parler. Oui, c'était un homme, j'en étais sûre à présent, bien que le son soit encore trop trouble pour que je puisse comprendre ce qu'on essayait de me dire. Alors une paume toucha mon poignet gauche, tout doucement.

Enfin, un peu de délicatesse. C'est pas trop tôt.

Cet homme ne m'était pas hostile. Pourtant, une pensée m'interpella : et si ce type voulait m'apporter la créature ? La chose avait quitté mon corps, cela ne faisait aucun doute, je ne percevais plus ni sa présence ni ses mouvements. J'en étais enfin libérée.

Ne crie pas victoire trop tôt, maintenant que tu émerges, si ça se trouve ils vont te l'apporter en moins de deux.

Je ne sentais rien sur mon ventre, rien de blotti contre moi. Mais s'ils avaient remarqué mon réveil, s'ils voulaient me faire plaisir et me présenter « le bébé » ? J'étais déboussolée. Je n'avais pas encore complètement repris mes esprits que déjà il me fallait gérer une situation de crise, choisir de rester muette et aveugle, ou me forcer à séparer mes paupières et faire face, leur dire que je voulais rester seule. La peur m'envahit, mon cœur – toujours trop bien accroché – monta en cadence. La main se déplaça sur mon front, apaisante. Je soufflai, tandis qu'un filet de sang coulait à nouveau le long de ma gorge. J'en avais plus qu'assez de ce goût de ferraille sur ma langue. Cette fois, par réflexe, je crachai.

— Bonjour, Judy. Comment vous sentez-vous ?

Le type avait un air bienveillant. Des lunettes, des cheveux courts légèrement grisonnants, une barbe de trois jours. Il devait avoir la quarantaine. Il me rappelait quelqu'un.

— Je meurs de soif, répondis-je d'une voix rauque. Qu'est-ce que vous avez bien pu me faire ?

— Nous vous avons extubée, dit-il en me servant un verre d'eau dont je ne parvins à boire qu'une gorgée.

Telle est donc la raison de ce goût de sang dans ta bouche. Le tube a dû te racler le fond de la gorge quand ils te l'ont retiré.

— Vous voulez dire que j'ai arrêté de respirer pendant un moment ?

— Vous avez fait un arrêt cardiaque juste après l'intervention. La césarienne a également été suivie d'une grave hémorragie de la délivrance[1]. Vous avez perdu connaissance.

— Pendant combien de temps ?

— Pendant plus de quatre jours. Nous sommes dimanche. Dimanche 27 juin.

— Quatre jours !

— Vous avez été très malade. Vous avez perdu beaucoup de sang, votre cœur ne suivait plus vraiment et vous avez très mal toléré le respirateur. Vous avez été plongée dans un coma artificiel dont nous n'avons pas réussi à vous sortir le moment venu. Vous avez eu beaucoup de chance.

Quatre jours ! Plus de quatre jours qu'ils se battent pour te maintenir en vie ! Le moment où on te laissera enfin mourir n'est pas arrivé.

— Judy, essayez de vous concentrer. Quel est votre dernier souvenir ?

Le souvenir le plus précis qui me revint fut celui de la créature en train de m'étrangler. De nouveau effarouchée par cette vision, je me redressai sur le lit et observai chaque recoin de la pièce. Une puissante migraine s'empara de moi en une fraction de seconde. Je manquai de m'évanouir.

— Tout doux, tout doux, me dit-il en m'invitant immédiatement à me recoucher. Vous avez subi d'importants traumatismes,

1. L'hémorragie de la délivrance est une hémorragie utérine se produisant parfois après l'accouchement. Elle est due à une mauvaise rétraction de l'utérus au moment de l'expulsion du placenta, des membranes amniotiques et du cordon ombilical. En cas de césarienne, le risque de saignements est plus important que par voie basse.

vous devez vous ménager. Essayez de rester calme, et allongée, pour le moment.

J'avais l'impression que mon corps n'était plus qu'une carcasse, un reste de chair et d'os en sale état. Je sentis mes doigts ankylosés se déplier avec difficulté. Lorsque je parvins à ouvrir la main, je la fis glisser le long de mon ventre, comme pour vérifier que la chose avait bel et bien quitté mon sein. À la place de la grosseur à laquelle j'avais fini par m'habituer malgré moi, il n'y avait plus que du vide. Pas seulement un ventre, non, un creux. Je pouvais sentir l'os de mes hanches, en relief, ainsi que chacune de mes côtes. Je passai la main sur ma poitrine, je sentis mon sternum et mes clavicules, plus saillantes que jamais. J'étais si maigre ! L'homme me regardait patiemment, attentif à mes réactions.

— Qui êtes-vous ?

— Je suis le Dr Prémont, nous nous sommes déjà croisés il y a quelques mois.

Ça te revient ? Celui qui te prenait pour la plus basique des dingues.

— Je me souviens de vous.

— C'est une bonne chose. De quoi d'autre vous souvenez-vous ?

— D'une pièce où il faisait froid. Et d'une douleur horrible dans mon ventre.

Tout me revenait en pleine figure. Je les revoyais, tous, en blouse, dans la salle d'opération, les uns de mon côté, dont Lisa, sa main sur mon front, et les autres fanfaronnant de l'autre côté d'un drap tendu entre mon ventre et moi, dégageant la chose de mon corps.

— Je me souviens de ses horribles petits cris.

— Votre bébé…

— Je ne veux pas le voir, le coupai-je. Ne m'en parlez pas. Surtout, ne me l'apportez pas.

— Très bien, me dit-il d'une voix calme. Je vais vous laisser reprendre vos esprits et je repasse bientôt avec une infirmière pour faire le point, d'accord ?

Je hochai la tête et il sortit. Pour la seconde fois, je me redressai, lentement, avec précaution. Ma tête tourna quelques secondes, j'avais mal partout, je voyais un peu trouble, mais je ne m'évanouis pas. Une minute plus tard, après m'être frotté les yeux et avoir tenté d'y voir plus clair, je pus enfin découvrir ce qui m'entourait.

Cette chambre était très différente de celles que j'avais connues à Saint-Vincent. La pièce était spacieuse, meublée d'une petite armoire et d'une table à roulettes sur laquelle se trouvaient une bouteille d'eau minérale et le verre dans lequel j'avais tenté de boire. Je disposais de draps en tissu et d'un oreiller confortable. Il n'y avait pas de barreaux à la fenêtre, la porte n'était pas sécurisée. L'espace d'une seconde, je me sentis presque privilégiée, en comparant ce nouvel environnement à celui que j'avais connu à l'institut. Mais je déchantai vite. Je remarquai tout d'abord que, sous la fine blouse que je portais, j'étais nue. Nue depuis plus de quatre jours, donc. Autour de moi, plusieurs appareils surveillaient régulièrement mon rythme cardiaque grâce à un capteur au bout de mon index droit, ainsi que tout un tas d'autres choses que je ne comprenais pas. J'étais perfusée… et sondée. L'humiliation à l'état pur. Je ne disposais manifestement plus de ce qu'on qualifie d'intimité. Je n'étais plus qu'un corps, celui d'une folle qu'on avait tenu à garder en vie dans l'unique but de servir d'incubateur. Voilà pourquoi rien ni personne ne s'inquiétait d'une éventuelle tentative de ma part. Je n'étais plus d'aucune utilité, je pouvais bien mettre fin à mes jours, m'étrangler avec le drap, m'étouffer avec l'oreiller, me taillader avec les tessons du verre ou me jeter par la fenêtre, peu leur importait, désormais. J'avais mené à bien leur projet envers et contre moi, ils avaient récupéré la créature qui leur était si chère, à présent je n'étais plus bonne à rien.

Et j'étais seule.

Sans *lui*.

Lorsque son nom remonta à la surface depuis le tréfonds de ma mémoire, il fut immédiatement accompagné de larmes. J'aurais voulu que ma mémoire l'ait effacé à jamais de mes souvenirs. Je ne pouvais toutefois rien contrôler. Ses traits s'imposèrent à moi, doux et lisses d'abord, puis son regard émeraude si intense envahit soudain tout l'espace de mon cœur fragile. Le manque était insoutenable. J'avais tant espéré que, quand je serais délivrée de l'enfant, il me reviendrait ! Des semaines durant, pour tenter de supporter mon calvaire, je m'étais imaginé que, cette grossesse achevée, il réapparaîtrait, « gardien de promesse » réhabilité ou délicieuse rechute de mon délire. Mais rien. Son absence se distillait en moi tel un poison mortel auquel je ne pouvais pourtant pas succomber.

A. L. W. Y. N.

J'aurais donné tout ce que j'avais à cet instant-là pour qu'il réapparaisse et me serre entre ses bras, ou, mieux encore, pour l'oublier sur-le-champ et n'avoir plus jamais à subir le supplice de son absence. Il s'était volatilisé si longtemps auparavant, et malgré ça, malgré les mois, les traumatismes, les thérapies, les interventions, les pertes de connaissance… jamais il n'avait quitté mes pensées. La seule et unique personne au monde à qui je tenais plus que tout, mon unique amour, s'était effacée sous les gouttes d'une pluie ébène, à une époque révolue. Une ténébreuse nuit d'automne avait englouti la beauté de sa peau d'albâtre, sans doute pour l'éternité.

Et on recommence

7 juillet 2010

— Bonjour, je suis le Dr Rivière.

— Où est Lisa ?

— Le Dr Hernest est en congé pour quelque temps.

— Pourquoi ?

— Je n'en sais rien, mademoiselle Desforêt.

Évidemment qu'il n'en sait rien. Moi, je sais.

Ils ne lui avaient certainement pas dit qu'elle était en ce moment même en train de pouponner un petit monstre roux. Moi-même, on ne me l'avait pas dit, alors pourquoi l'auraient-ils mis dans la confidence, lui ?

Il me regardait avec bienveillance de ses yeux azur. Il était blond, sa courte barbe tout autant que ses cheveux. Je lui donnais une petite trentaine. Plutôt mince et bien bâti, sûrement sportif, pensai-je. Sous sa blouse blanche ouverte, il portait un tee-shirt gris chiné des plus simples et, autour de son cou, un cordon de cuir avec un petit pendentif en forme de planche.

— Vous êtes surfeur ? m'enquis-je.

— Vous êtes perspicace, dit-il en souriant. On m'en avait informé et je le vérifie.

— Ne me prenez pas pour une idiote.

— Là n'est pas mon intention.

Il avait fait un effort pour le cacher, mais il avait presque eu l'air indigné.

Un type sincère. C'est déjà ça. Au moins on t'a épargné la frustrée manipulatrice, ce coup-ci.

— Le Dr Prémont a-t-il à ce point peur de m'envoyer de vrais médecins ?

— Qu'est-ce qui vous amène à penser ça ? m'interrogea-t-il, visiblement surpris par ma remarque.

— Lisa avait le look d'une femme d'affaires. Vous avez le look d'un surfeur. Ni elle ni vous n'avez vraiment le physique de l'emploi. Sauf qu'elle, ils ne l'obligeaient pas à porter cette blouse. J'en conclus que vous avez moins de bagage.

— Je suis psychiatre diplômé, si ça peut vous rassurer.

— Je n'ai pas besoin d'être rassurée, fis-je, d'un ton acide.

Il m'observa quelques secondes, l'air sérieux, le nez plongé dans le dossier qu'il tenait. Assis dans ce fauteuil trop large pour lui, tandis qu'il tournait les pages qu'il avait déjà dû lire une bonne dizaine de fois avant d'entrer dans la pièce, il me parut inoffensif, presque sympathique. J'avais devant moi la preuve, en bonne et due forme, que les pseudo-médecins qui s'étaient occupés de moi jusqu'à présent n'en avaient eu qu'après le bébé. Maintenant que je n'étais plus que moi, seulement moi, on me refourguait le remplaçant de service, le jeune diplômé sorti de l'école, sans expérience. Un gentil garçon, voilà tout.

— Judy… puis-je vous appeler Judy ?

— Ça fait un certain temps qu'on ne me demande plus mon avis.

— Faisons donc comme si je n'étais pas « on ». Faisons comme si nous pouvions partir sur de bonnes bases, s'il vous plaît.

Poli, le type.

— Me permettez-vous de vous appeler Judy, alors ?

Très poli.

— Faites donc.

— Très bien, je vous remercie. Alors, dites-moi, Judy : savez-vous pourquoi nous sommes ici aujourd'hui ?

— Parce que je suis cinglée. M'a-t-on dit.

— Je vois. Mais vous, qu'en pensez-vous ?

Je marquai quelques secondes de silence. Que cherchait-il à me faire dire, au juste ?

— Vous espérez que je finisse par tout reconnaître, que je vous sorte de but en blanc que je suis une pauvre petite paranoïaque, délirante, psychotique et suicidaire ? Vous aimeriez que je vous sorte sans hésiter une belle affirmation toute prête pour vous dire que je me suis fait tabasser et violer par un inconnu qui a disparu sitôt qu'il en a eu fini ? Vous adoreriez que je vous dise à quel point j'ai eu le sentiment d'être un incubateur humain pendant neuf mois interminables ?

Il m'écoutait, concentré, immobile.

— Si c'est ce que vous voulez, alors voilà, repris-je, je l'ai dit. Vous n'avez plus qu'à pondre votre saleté de rapport et me remettre chez les dingues. Je suis folle, ça fait à peu près vingt ans qu'on me le répète, et me voilà toute disposée à le croire, maintenant. Je suis à bout, fatiguée de me battre, d'avoir à me justifier encore et encore quand le monde entier cherche à me faire entendre raison. Alors, par pitié, soyez sympa, venons-en directement au moment où vous me dites que je suis instable, qu'il va falloir que je retourne dans une chambre sans draps et sans fenêtre.

Débite donc un peu moins vite, te voilà essoufflée.

— Je vous remercie de m'avoir fait part de vos sentiments, me répondit-il d'une voix douce après quelques instants. J'entends beaucoup de choses dans ce que vous me dites, mais une, en particulier, correspond effectivement à ce pour quoi nous sommes là, tous les deux, aujourd'hui.

— Ah oui ?

— Vous m'annoncez être désormais « toute disposée à croire » que vous êtes malade. Ce sont vos mots, n'est-ce pas ?

— Disons que je sais que quelque chose ne tourne pas rond.

— Eh bien, voyez-vous, Judy, c'est précisément pour cette raison que, si vous le voulez bien, nous démarrons une nouvelle étape de votre thérapie. Car il ne s'agit en aucun cas de poursuivre celle que vous aviez entamée avec le Dr Hernest. Pas que son travail n'ait pas été pertinent, bien au contraire. Justement, elle a atteint l'objectif qu'on lui avait confié : vous sauver la vie. Ce n'est pourtant pas le motif de ma présence.

— Qu'est-ce qu'on fait là, alors ?

— On vous aide à vous en sortir. On vous donne toutes les cartes pour repartir sur de bonnes bases.

Je me mis à ricaner.

— Repartir sur de bonnes bases ? Vous êtes sérieux, docteur ?

— On ne peut plus sérieux.

— Qu'entendez-vous par là, enfin ?

— Sortir. Vivre une nouvelle vie. Être heureuse.

— C'est une blague ? Vous avez mal lu mon dossier ou quoi ? Je suis moi-même incapable de vous dire avec certitude ce qui s'est vraiment passé ! Comment pouvez-vous imaginer une seconde que votre boss m'autorise à sortir de cet institut pour vivre là-dehors comme le commun des mortels ?

— J'ai lu votre dossier. Avec attention. Plusieurs fois.

— Et ?

— Et je pense que vous avez fait preuve d'un courage exceptionnel. Vous avez surmonté une agression violente. Vous êtes parvenue à la verbaliser, à l'exprimer. Vous avez survécu à cet événement et à ses conséquences.

Tss. Quel baratin de psy ! Tu n'as pas eu le choix, on ne t'a même pas laissé la liberté de crever !

— Ce ne sont pas vos flatteries qui me convaincront.

— C'est vrai. Ce sont des preuves.

— Des preuves de quoi ?

— De votre capacité à faire face un peu de temps encore. De votre aptitude à vous remettre de vos blessures, à « cicatriser », si je puis dire.

— Quelles preuves avez-vous, bon sang ?

— C'est vous qui les avez, Judy. Seuls deux éléments vous empêchent encore de trouver une forme de paix intérieure. Je suis sûr que vous voyez où je veux en venir, ajouta-t-il de sa voix apaisante.

Ne marche pas dans son petit jeu. Il ment. Personne n'a réellement envie de t'aider, tu le sais mieux que quiconque.

— Je… je ne vois pas où vous vous voulez en venir, mentis-je.

— Nous prendrons donc le temps nécessaire pour que cela devienne plus clair à vos yeux. Si vous n'êtes pas prête à en parler, je ne tiens pas à vous y obliger. Il n'y a pas d'urgence, l'idée n'est pas de se précipiter. Mais j'ai confiance en vous, je suis certain que vous y arriverez.

*

Il était gentil, ce Rivière. Naïf, mais gentil. Je me demandais toutefois si le Dr Prémont lui avait réellement raconté toute l'histoire avant de l'envoyer dans l'arène. J'étais un cas désespéré, j'en étais la première convaincue. Lui, il arrivait là, probablement sorti de sa fac de psycho, un papelard officiel tout neuf dans la sacoche. Peut-être même qu'il l'avait encadré, son diplôme, tout fier d'avoir fait partie des rares intellos à ne pas avoir séché les cours comme la plupart des autres fainéants qui se rabattaient sur les bancs de la fac pour ne pas avoir à en faire plus que le minimum. Peut-être bien qu'il était réellement intéressé par son nouveau job, qu'il avait vraiment envie de me filer un coup de main pour que « ça aille mieux ».

Non, en fait, tu n'y crois même pas, à ça.

Mais moi, je n'étais qu'un fatras de névroses, une âme errante et déchiquetée. Je n'avais plus aucune vérité à laquelle me rattacher, mis à part une flagrante et ignoble solitude. C'était tout ce dont j'étais sûre à propos de moi-même : j'étais seule. Non, tiens, il y avait ça, aussi, dont j'étais sûre : je détestais être seule. Ça me rongeait de l'intérieur, d'être livrée à moi-même, sans lui, sans sa peau douce comme le marbre à caresser, sans le vert de ses yeux à contempler, sans ses adorables fossettes à toucher du bout du doigt.

Deux preuves de ma capacité à remonter la pente ? Bien sûr que je voyais de quoi il parlait.

Numéro un, je n'étais plus enceinte. J'étais finalement débarrassée de ce poids qui m'avait contrainte à une forme de captivité aussi légale que révoltante. Je l'imaginais sans peine dans les bras de sa « maman Lisa », la gratifiant de son affreux sourire et de son regard jaunâtre. Je la voyais presque comme si j'y étais, caressant délicatement ses petites joues couvertes de taches de rousseur, l'air hagard, comblée de bonheur. C'est qu'elle devait jubiler, parée de ce nouvel accessoire qui lui conférait enfin la toute-puissance qu'elle avait tant convoitée. Elle avait sans doute bien vite oublié que son nouveau jouet était le fruit d'un viol. Peu lui importait, puisqu'elle était désormais affublée de son badge officiel au très sélect « club des mères ». Elle pouvait se pavaner avec « son bébé », toute fière qu'elle devait être de posséder ce trésor, sans jamais avoir eu à subir neuf mois de galère ni à quitter son tailleur taille trente-huit et ses Louboutin. Oh, bien entendu, personne ne m'en donnerait la confirmation avant un moment, parce qu'il fallait « me préserver ». Me préserver de quoi, au juste ? Pourquoi me préserver, d'ailleurs, maintenant que j'avais servi leur cause à tous, que j'avais mené à terme leur projet machiavélique sans pouvoir m'y soustraire ? Cette façon de me surprotéger, de prétendre vouloir me laisser retourner dans la nature, je n'y croyais pas une seconde. Balivernes. Manipulation.

Numéro deux, Alwyn n'était plus là, il n'était jamais revenu. Ah ça, c'est sûr, ça leur faisait plaisir, ça leur donnait raison, ils se sentaient performants ! Pour eux, il n'avait jamais été que le fruit de mon imagination. Pour moi… Eh bien, pour moi, il avait été l'amour absolu, le plus pur, le plus intense. Et cependant une question ne cessait de m'accabler depuis que j'avais ouvert les yeux à l'hôpital, la première fois. Si je n'étais pas folle, si nous avions partagé tout cela lui et moi… si sa promesse, son unique raison d'être, avait toujours été de veiller sur ma vie… alors… pourquoi m'avait-il été enlevé ? Pourquoi avait-il disparu à jamais, voilà bientôt une année ? J'étais en vie, pourtant. Sans lui, sans personne. Il ne me restait qu'une affreuse sensation de manque, accompagnée de souvenirs confus que le temps me poussait à considérer et reconsidérer, encore et encore. Des souvenirs que parfois je consultais sans plus vraiment savoir s'ils étaient vrais ou faux. Je n'étais plus sûre de rien.

Quelque chose en moi avait cessé de se battre.

Oui, j'étais peut-être bien folle, finalement, cette idée m'apparaissait régulièrement depuis que j'étais sortie du coma, et sans me déranger plus que ça, en fin de compte.

Quelque chose avait changé.

Si on m'avait ôté le terrible manque qui me hantait sans relâche, alors j'aurais pu croire qu'il n'avait été que le fruit de mon imagination. La vérité, c'est que j'aurais tout donné pour qu'on m'injecte un sérum d'amnésie. Car non, je devais me rendre à l'évidence : je ne voulais pas mourir. Je voulais oublier. Bien sûr que j'étais tentée par les utopiques promesses de ce nouveau psy. Je n'avais jamais souhaité m'isoler toute mon enfance. Je n'avais jamais souhaité tomber amoureuse d'une illusion au visage d'ange. Je n'avais jamais souhaité qu'on force mon corps et m'oblige à porter l'enfant de mon agresseur. Comme tout le monde, je présume, j'étais née avec l'idée de trouver un jour le bonheur, de vivre une vie riche et paisible, entourée de personnes réelles que j'aurais aimées tendrement et qui me l'auraient rendu. Sinon, pourquoi venir au monde ?

Mais voilà, il en avait été autrement, dès mes plus jeunes années. Je n'avais pas choisi ce destin-là, je n'avais rien fait pour que mon existence se torde en un véritable chaos composé d'incohérences, de tristesse et de colère. Tout ce que j'avais connu au cours des presque vingt et une années qui composaient ma vie se résumait à une alternance de petits bonheurs irréels, enclavés dans une succession de périodes aussi violentes que compliquées. J'avais côtoyé la moquerie plus souvent que les compliments, la haine plus souvent que l'amour, la désillusion plus souvent que l'espoir. Je n'avais jamais bien compris pourquoi c'était tombé sur moi ; c'était ainsi. La vie ne m'avait pas fait de cadeau, elle m'avait juste laissée me débattre dans les eaux tumultueuses d'un monde trop hostile à ma présence.

EUX

1.

9 septembre 2009

Elle avait oublié. Elle ne trouvait plus rien à savourer, ses journées étaient mornes, ses soirées tristes. Tout se ressemblait, il n'y avait devant ses yeux plus rien de blanc ni de noir, tout avait fini par devenir gris, fade, écœurant – quand ce n'était pas la colère qui prenait le dessus.

Est-ce suffisant de respirer ? se demanda-t-elle pour une énième fois cette nuit-là.

Est-ce suffisant pour se sentir vivant ?

Elle inspira, expira.

La vérité, c'est qu'elle suffoquait.

Allongée sur son lit, tout habillée, fixant le plafond de sa chambre, Judy avait envie d'ouvrir grand la bouche, de libérer un cri si puissant qu'il briserait toutes les vitres et laisserait entrer l'air. Elle voulait hurler à en faire tomber les murs. Elle voulait être engloutie par la peur, à tel point que son cœur se mettrait à palpiter et ses mains à trembler. Elle voulait être terrifiée à l'idée de mourir pour de vrai, pour se souvenir, pour retrouver la sensation d'être en vie. C'était insensé et pourtant, à cette heure tardive, c'était devenu vital.

Dehors, une tempête faisait rage. Judy aimait ces rares moments où les éléments semblaient se déchaîner, où tout était hors de contrôle, où rien ni personne ne pouvait apaiser quoi que ce soit, où il n'y avait qu'à attendre que les choses se calment d'elles-mêmes. Les arbres pliaient sous le poids d'un vent violent, de grosses gouttes de pluie s'abattaient sur les carreaux et coulaient sans jamais tarir, les feuilles mortes qui avaient commencé à joncher le sol du jardin étaient soulevées à plusieurs mètres dans les airs par de puissantes rafales. Le ciel envahi de nuages s'éclairait avec ardeur à chaque éclair. Le temps semblable à son cœur ; sombre et déchaîné. Il aurait fallu être folle pour sortir par une météo pareille.

Fort heureusement, elle l'était.

Il était environ une heure du matin lorsque Judy sortit de l'appartement par la fenêtre de sa chambre. Ça n'empêcherait pas l'autre de la suivre, mais ça lui donnerait l'avance suffisante dont elle avait besoin pour se sentir libre l'espace de quelques irrésistibles minutes. Elle ne se couvrit pas, ni ne prit la peine de vérifier si Mme du Maurier était éveillée ou non ; elle savait qu'Emma se couchait tôt et lui vouait une confiance ridiculement aveugle. La vieille dame, qui avait toujours été convaincue que Judy n'était pas une jeune fille si difficile, ne se serait jamais mise à veiller si tard simplement pour contrôler ses faits et gestes. Et, au vu du chaos engendré par cette tempête, il était plus qu'aisé de sortir sans se faire remarquer. Judy était menue et agile, elle se faufila donc avec précaution à travers la propriété, ses longs cheveux virevoltant sous les assauts du vent. Il faisait froid. Elle s'attaqua au mur trempé et glissa sur une pierre. Voilà qui était mieux, un petit instant elle avait manqué de tomber. Cela suffit à la faire sourire de satisfaction. Elle était donc encore capable de ressentir autre chose qu'un désolant sentiment de vide.

Elle réussit finalement à se hisser en haut du mur et regarda en bas en frissonnant de contentement. Peu lui importaient les plus de deux mètres qui la séparaient du sol, elle voulait oublier les règles, la sécurité, les barrières. *Il* n'était pas loin, elle s'en doutait, elle le savait même avec certitude. Elle sauta. Le visage et la cheville de Judy se tordirent simultanément, lui arrachant quelques larmes de douleur. Pourtant elle se releva et se remit en marche malgré sa blessure et le son de *sa* voix, non loin, qui la sommait sans le moindre doute de faire demi-tour. Au cœur de la nuit, accompagnée par le tumulte de l'orage, elle marcha de longues minutes sans que personne la remarque, dépassa les limites du village et s'enfonça dans la forêt, environ un kilomètre plus loin. Elle avait mal, elle avait froid, elle était trempée, mais son visage reflétait le sentiment de liberté qui l'envahissait un peu plus à chaque pas. Judy fonçait tête baissée, à tâtons, dans l'obscurité grandissante, ne sachant pas même où elle se rendait, si ce n'était plus en profondeur dans la forêt balayée par les intempéries. Elle glissait, trébuchait, se cognait contre les rochers, les branches basses lui griffaient les joues. Ça avait un goût d'interdit, de danger… un irrésistible goût de liberté.

Un peu plus loin, tandis qu'elle commençait à se sentir délicieusement égarée, elle comprit au bruit de l'eau qu'elle arrivait près de la rivière. Un éphémère rayon de lune, qui s'était faufilé entre les épais nuages, lui permit de vaguement distinguer l'endroit ; un vieux pont de pierre traversait le cours d'eau. L'idée s'imposa à elle aussi soudainement que l'éclair qui fendit aussitôt le ciel : il fallait essayer. Déterminée à frôler la mort au plus près, elle s'en approcha jusqu'à toucher la pierre du bout des doigts, posa ses frêles mains sur le mur recouvert de mousse et dégoulinant d'eau, puis monta dessus et s'efforça de se tenir bien droite malgré l'obscurité et la pluie qui ne cessait de tremper son tee-shirt. Elle ne voyait presque rien, mais elle sentait distinctement chacun de ses membres, elle sentait l'eau couler sur ses cheveux et le long de sa nuque, elle sentait aussi ses pieds qui, instables, le gauche commençant à gonfler et à la lancer, portaient tout son poids sur cette surface irrégulière et glissante, tout au bord du vide. Elle avait très mal, certes, mais elle se sentait presque seule et s'en délectait, le doux fracas du tonnerre atténuant considérablement le volume de *ses* mises en garde. C'était exaltant. Un pas et elle chutait dans les eaux froides de la rivière. Un pas et son crâne se fracassait contre un rocher. Un tout petit pas et elle sombrait définitivement dans la mort, engloutie par les eaux, le froid et la noirceur de la nuit.

Judy ferma les yeux et inspira longuement.

— Là. Là, je me sens mortelle. Là, je me sens vivante, murmura-t-elle, comblée.

*

CHAPITRE 1

Alwyn n'en croyait pas ses yeux. Était-ce une silhouette qu'il lui semblait apercevoir à une dizaine de mètres ? Était-ce bien une femme qui se tenait debout, lui tournant le dos, sur ce qui ressemblait à un pont en ruine ? Agrippé à son parapluie malmené par le vent, il balaya à nouveau la zone de sa puissante lampe torche et constata avec effroi qu'il ne se trompait pas. C'était invraisemblable ; là, à quelques pas, derrière ce rideau de pluie torrentielle, il y avait bien une femme, ses paumes tournées vers le ciel comme si elle cherchait à recueillir les gouttes au creux de ses mains. Elle pouvait chanceler à tout moment et se retrouver engloutie par les eaux boueuses. Il prit peur pour elle et se mit à courir dans sa direction, déterminé à lui épargner une mort certaine. Qui donc pouvait bien se trouver là au beau milieu de la nuit, par un temps pareil ? Il avait beau diriger le faisceau de sa lampe vers elle, c'était à croire qu'elle ne le voyait même pas, elle restait totalement immobile, la tête légèrement en arrière, l'eau glissant du haut de sa tête jusqu'à ses pieds, inondant sa longue chevelure sombre.

— Mademoiselle ! lui lança-t-il lorsqu'il ne fut plus qu'à quelques pas. Mademoiselle !

Mais elle ne répondit pas. Judy gardait les paupières fermées, elle se délectait tout à la fois de la douleur dans sa cheville qui irradiait sa jambe, du froid qui la faisait frissonner jusqu'au creux de la nuque, de ses vêtements détrempés, du vacarme de la tempête qui faisait mugir la rivière juste au-dessous et en arrivait presque à *le* faire taire. Elle ne voulait rien entendre de plus que le son de cette délivrance éphémère.

Alwyn, loin d'imaginer ce qui pouvait bien se tramer dans l'esprit de cette jeune femme en quête de sensations extrêmes, lâcha son parapluie, posa avec hâte la torche à même le sol et la cala de façon à pouvoir y voir le plus clair possible. Alors, il avança jusqu'à elle et lui saisit fermement le bras.

Au moment où sa main toucha la peau de Judy, celle-ci sursauta si fort qu'elle en perdit l'équilibre et glissa.

— Je vous tiens ! l'assura-t-il en la prenant dans ses bras avant qu'elle ne bascule dans le vide.

Judy se mit à se débattre avec vigueur.

— Lâchez-moi, lâchez-moi ! s'écria Judy, dont le sang s'était glacé à la seconde où elle avait compris qu'elle n'était pas seule. Ne me touchez pas ! dit-elle en le frappant au visage.

Alwyn obéit et relâcha son étreinte sur-le-champ. Elle tenta de se relever, mais constata avec effroi que sa cheville ne pouvait la porter. Effarouchée, tel un animal, Judy recula en se hissant sur les bras, traînant sa jambe du mieux possible, jusqu'à saisir la lampe qu'elle dirigea immédiatement sur le visage de l'inconnu. Son cœur battait à une vitesse telle qu'elle en fut surprise et contente à la fois : pour elle qui était venue éprouver la peur, cet homme sorti de nulle part était une aubaine. C'était effrayant, dangereux et grisant.

— Je ne vous veux aucun mal, lui dit-il, assis sur le sol ruisselant, en portant la main à sa lèvre inférieure qui s'était fendue au moment du choc.

Alors, pour la première fois, Judy posa les yeux sur Alwyn. Elle ne distinguait son visage qu'à travers le halo de la lampe torche et le rideau de pluie qui les séparait. Il ramassa son écharpe trempée et la passa autour de son cou, d'un geste lent, pour ne pas l'effrayer. Il n'avait l'air ni d'un tueur en série ni d'un terroriste. Il avait même un air doux. Cela dit, il se trouvait au beau milieu d'une forêt, dans une tenue peu adaptée – un costume et des chaussures de ville, visiblement – et par un temps particulièrement défavorable à une promenade nocturne.

— Qui êtes-vous ? s'enquit-elle, suspicieuse.

— Alwyn Andrews, mademoiselle, répondit-il poliment en se relevant.

— Que faites-vous ici à cette heure ?

Mais la pluie continuait à tomber à verse, et bientôt ils n'entendirent plus que le bruit des trombes d'eau qui s'abattaient sur le vieux pont mêlé au tumulte de la rivière dont le niveau ne cessait de monter.

— Me permettriez-vous de vous expliquer ça au sec, dans ma voiture ? Elle est à une centaine de mètres, sur le sentier.

Dans sa voiture. Seuls au milieu de nulle part, dans sa voiture. Judy ne le connaissait ni d'Ève ni d'Adam et n'avait jamais fait confiance à personne. Sur le coup, l'idée du tueur psychopathe lui revint en tête et déclencha une bouffée d'adrénaline. C'était risqué, imprudent. Et terriblement tentant.

— Très bien, répondit-elle simplement.

Il s'approcha alors avec précaution, comme on approche un renard qu'on apprivoise. Elle braqua la lampe sur son visage et remarqua qu'un filet de sang s'échappait de sa bouche. Malgré les circonstances, elle n'avait pas peur de lui. Peut-être parce qu'elle n'avait pas vraiment peur de la mort, peut-être parce qu'elle était précisément venue chercher le danger. Ou bien peut-être parce qu'elle le trouvait charmant, si étonnant que cela puisse paraître.

Lorsqu'il lui tendit la main pour l'aider à se redresser, elle savoura la fraîcheur de sa paume, le contact de sa peau. Personne ne l'avait touchée depuis si longtemps.

Ils marchèrent l'un à côté de l'autre, s'abritant du mieux possible sous le parapluie malmené par un vent si fort qu'il avait pénétré jusqu'au cœur de la forêt. Le parcours était escarpé, rocailleux, et la boue n'arrangeait rien. Alwyn faisait de son mieux pour aider Judy à marcher malgré la douleur lancinante dans sa cheville. Judy s'agrippait à sa veste pour ne pas s'écrouler à chaque pas.

*

— Eh bien ? Que faites-vous ici ?

— Ce chemin forestier était censé raccourcir ma route. C'était compter sans cette météo déplorable. La voiture s'est enlisée, la nuit est tombée. Plus j'essayais de la dégager de la boue, plus elle s'enfonçait. Sans une bonne dépanneuse, je ne peux rien faire. Et, bien entendu, la batterie de mon portable avait lâché quelques minutes avant que je me retrouve coincé ici.

Judy, qui l'écoutait attentivement, remarqua quelque chose dans sa voix, sans pouvoir précisément le définir.

— J'ai allumé la liseuse, je me suis plongé dans ce livre que vous voyez là en attendant que la pluie se calme, dit-il en désignant un vieil ouvrage sur le tableau de bord. L'heure a tourné, le temps n'allait pas en s'arrangeant, alors je me suis décidé à partir chercher de l'aide malgré tout. Au moment où je vous ai aperçue, j'étais décidé à rejoindre la route principale, j'espérais qu'un automobiliste me conduirait jusqu'au village le plus proche pour que je puisse passer la nuit ailleurs que dans ma voiture.

Il avait un accent, elle en était sûre.

— D'où venez-vous, au juste ?

— Hier soir encore, j'étais à Londres.

— Anglais ?

— En effet.

Elle le regarda longuement et se surprit à songer que, pour un Anglais, il n'était pas si laid. Elle avait toujours imaginé les Anglais grands et maigres, avec la mâchoire trop étroite et les dents en avant, le regard bleu un peu tombant et les cheveux blond vénitien. Il n'avait rien de tout ça. Au contraire, bien qu'elle ne distingue ses traits qu'en ce clair-obscur, elle le découvrait grand, bien bâti, le visage harmonieux, une barbe de trois jours, de beaux yeux émeraude en amande surplombés de sourcils noirs si réguliers qu'elle les imagina dessinés au fusain. Son teint très clair tranchait avec la masse de cheveux bruns qu'il se mit à ébouriffer pour tenter de les faire sécher un peu. Elle ne pouvait pas lui donner d'âge. Tout ce qui lui vint à l'esprit, c'est qu'il avait l'air d'un ange. Elle le dévisageait, comme hypnotisée.

Gêné par le silence, Alwyn s'enquit :

— Surtout sentez-vous libre de ne pas me répondre, mais… serait-il trop impoli de vous demander ce que vous faisiez sur ce pont ?

Judy éclata d'un rire cristallin.

— Non ! Ce n'est pas trop impoli, non ! ajouta-t-elle, très amusée.

Elle riait, là, assise sur le siège, trempée jusqu'aux os, un simple débardeur et un jean pour uniques vêtements, ses longues boucles brunes mouillées courant sur ses épaules et sa poitrine. Elle avait un petit nez légèrement retroussé, des pommettes saillantes et rosées, de grands yeux ébène et une bouche aux doux contours. Alwyn la trouva belle. Il ne comprit pas vraiment ce qui la mettait de si bonne humeur, mais la situation lui parut si incongrue qu'il ne put s'empêcher de sourire à son tour, laissant apparaître deux charmantes fossettes qu'elle remarqua immédiatement.

— Je suis bien moins inquiétante lorsque je ris que debout au bord d'un pont, n'est-ce pas ?

— Effectivement !

— Pour qui m'avez-vous prise, au juste ? Un fantôme ? Une apparition sylvestre ?

— Peut-être bien ! s'amusa-t-il à son tour, mais c'est certain que je ne m'attendais pas à vous trouver là !

— Je me suis dit à plusieurs reprises que c'était étrange de vous voir débarquer dans ces conditions, mais je dois bien reconnaître que ce doit être plus étrange encore de trouver une pauvre fille sur un pont au milieu d'une tempête.

Alwyn sourit de nouveau, puis, se ravisant, baissa les yeux et ajouta :

— Eh bien… pour être franc… j'ai bien cru que vous alliez vous jeter dans la rivière.

Judy hésita un instant.

— Vous l'auriez fait ? demanda Alwyn, aussi embarrassé qu'inquiet.

— Sauter ? Non. Peut-être que si. Je ne sais pas.

Il avait eu beau se perdre à la contempler un moment, les choses ne pouvaient pas être simples, il en était conscient. Elle ne s'était manifestement pas trouvée là par hasard, un mal la rongeait, ça ne faisait aucun doute.

— Vous… vous aimeriez en parler ? tenta-t-il, mal à l'aise.

— Non. J'étais là, au bord du pont, en pleine nuit, sous la pluie, toute seule. Je n'attendais rien ni personne, il n'y a rien de plus à ajouter, je crois.

— Mais… vous allez bien ?

— Je vais bien, lui répondit-elle avec un sourire rassurant.

Dehors, la pluie commençait à peine à se calmer. Judy frissonna. Immédiatement, Alwyn se tourna et attrapa son manteau de laine sur la banquette arrière.

— Je suis impardonnable, annonça-t-il. Mettez donc ça, vous êtes transie de froid.

— Vous n'avez pas à vous en vouloir, c'est moi qui ai délibérément choisi de sortir sans me couvrir, répondit-elle en passant le manteau.

Il fut surpris par cette affirmation, se demanda ce qui avait bien pu la pousser à s'enfoncer dans la forêt sans même enfiler un pull, mais ne releva pas. Elle n'avait aucune raison de tout lui déballer sur-le-champ, ni même un jour. On lui avait appris à respecter ces choses-là. Qu'elle ait fui un petit ami violent, fugué pour se soustraire à un quotidien morose ou pour mettre fin à ses jours, ce n'était pas à lui de le lui faire dire. Et, même si la question le taraudait, même si, la connaissant depuis moins d'une heure, il éprouvait déjà le besoin de veiller sur elle, il resta silencieux.

La pluie s'arrêta, le bruit des gouttes sur le pare-brise s'estompa jusqu'à cesser. Pendant de longues minutes, ils restèrent tous deux interdits, sans dire un mot. Judy s'était réchauffée sous l'épais manteau de laine bouillie d'Alwyn et, le regard perdu à travers l'immensité de la forêt obscure, elle pensait à cette liberté retrouvée, au regard énigmatique de cet Anglais égaré, à l'odeur masculine et rassurante qui s'échappait de son vêtement.

Alwyn, silencieux, lui jetait un regard de temps à autre, juste pour se délecter de cette présence auprès de lui. Il avait été si longtemps habitué à la solitude que cette rencontre improbable l'avait bousculé. Elle était différente des femmes et des étudiantes qu'il avait croisées, elle lui semblait aussi forte que fragile, déterminée et bouleversée à la fois. Lui qui s'était toujours senti indifférent aux relations humaines se surprenait à souhaiter la protéger.

Judy bâilla. Il était près de trois heures du matin.

— Vous êtes exténuée.

— Ne vous en faites pas pour moi.

— Vous pouvez vous reposer à l'arrière, si vous voulez.

— Non, dit-elle en se redressant, le visage soudain préoccupé. Je dois rentrer. Je ne peux pas dormir ici.

— Rentrer ?

— Oui, il faut vraiment que je rentre chez moi.

— Mais il fait nuit noire et vous boitez !

— Ne vous en faites pas, je vous dis.

Alwyn la regarda, contrarié.

— Laissez-moi au moins vous raccompagner.

— À travers la forêt ? Avec vos petites chaussures en cuir ? Je suis venue dans le noir, je peux rentrer de la même façon.

— Mes chaussures seront bonnes à jeter, certes, mais je ne vous laisserai pas repartir à travers ces sentiers boueux et ce froid. Si je suis venu à votre secours au bord de ce pont, ce n'est pas pour vous laisser vous égarer au beau milieu de la nuit, blessée de surcroît. Je viens avec vous.

Elle remarqua sur son visage qu'il était on ne peut plus sérieux. Anglais ; gentleman, donc. Logique. Ce devait être dans ses gènes, ou dans son éducation. Ne pas laisser une demoiselle en détresse, songea-t-elle. Soit. S'il tenait à se faire tremper une seconde fois, après tout, ce n'était pas son affaire.

— Très bien. Allons-y, alors.

*

Ils marchèrent tous deux près d'une heure, prenant pour repère le sentier de terre qu'Alwyn avait emprunté en début de soirée. Il avançait en soutenant Judy, évitant les recoins escarpés pour qu'elle ne risque pas de se blesser plus encore. Il pleuvotait, mais l'orage était passé. Lorsqu'ils arrivèrent à l'orée de la forêt, assez près de Viryez pour en distinguer les lumières et éteindre la torche, Judy s'arrêta net.

— C'est ici que nos chemins se séparent, lui dit-elle, solennelle.

— Non, je vous ramène jusque chez vous.

— Il n'en est pas question. Et ne me demandez pas pourquoi.

L'image du petit ami violent s'afficha de nouveau devant les yeux d'Alwyn. Il faisait si sombre qu'il avait peut-être manqué des bleus sur ses bras ? Elle semblait si téméraire qu'elle se faisait peut-être battre tous les jours, encaissant chaque affront avec courage. Tandis que son imagination s'enflammait, un instinct protecteur qu'il ne connaissait pas s'emparait de lui.

— Je peux vous aider.

— Non, vous ne pouvez pas. Et il est hors de question qu'on nous aperçoive ensemble.

Le son de sa voix ne laissait aucune place à la discussion. Cette jeune femme était sans nul doute la plus insaisissable qu'il ait jamais rencontrée, mais elle était aussi la première à qui il ne voulait pas dire au revoir.

— Au revoir, Alwyn Andrews, annonça-t-elle tandis qu'il tergiversait encore.

— Quel est votre nom ?

— Je… c'est inutile. Je dois y aller. Il y a un petit hôtel à un peu moins d'un kilomètre, dans cette direction, lui indiqua-t-elle. J'espère que vous trouverez un moyen de reprendre la route au matin. Je vous remercie pour votre aide.

— S'il vous plaît, quel est votre nom ? la supplia-t-il.

Malgré elle, Judy leva les yeux vers lui et fut envahie par une émotion nouvelle en découvrant son regard intense et torturé. Qui était donc cet homme qui, en l'espace de quelques heures, avait distillé en elle une ivresse peu commune ? Elle rêvait de ne plus jamais le quitter, de passer toute la nuit à ses côtés à écouter la pluie tomber, à se délecter du silence de la forêt et de sa délicate présence. Ces années à Viryez lui avaient appris à oublier l'agréable sentiment de ne pas être seule, et voilà qu'en si peu de temps, alors qu'elle s'était sentie prête à en finir pour échapper à son quotidien démentiel, il avait volé à son secours, déterminé à prendre soin d'elle, lui offrant sa compagnie sans rien demander en retour.

Elle ne savait pas qui il était, pourtant elle aurait voulu le supplier de l'emmener avec elle. Mais c'était impossible. Elle savait pourquoi cette insipide solitude était également devenue sa meilleure amie, et les choses n'avaient pas changé entre-temps. Alors, bien malgré elle, elle répondit :

— Judy. C'est Judy. Et je dois vous dire au revoir, monsieur Andrews.

Elle tourna les talons et s'en alla, boitillante mais déterminée. Admiratif, il resta stoïque et l'observa s'éloigner puis disparaître. Il ne pouvait pas l'obliger à rester. Il ne pouvait pas l'obliger à lui parler. Pourtant, au fond de lui, Alwyn ressentit de la tristesse mêlée à un sentiment de manque qu'il n'avait jamais connu. En quelques mots, en quelques heures, elle avait changé celui qu'il était, elle avait bousculé ses convictions. Tandis qu'il s'en retournait vers la forêt, il se demanda si le principe selon lequel la solitude épargne mille souffrances était aussi fiable qu'il l'avait cru jusqu'à présent.

Alwyn ne le savait pas encore, mais cette rencontre si singulière allait bouleverser sa vie à tout jamais.

2.

10 septembre 2009

Judy était rentrée depuis des heures, personne ne l'avait suivie, personne ne l'avait remarquée, elle en était certaine, elle avait toujours eu l'habitude d'être sur ses gardes. Sa cheville avait gonflé, le sang la lançait avec une force telle que, malgré cette heure avancée de la nuit, elle n'était pas parvenue à trouver le sommeil. Était-ce seulement la douleur, d'ailleurs ? Ou plutôt cet inconnu croisé au milieu de nulle part, qui ne quittait pas ses pensées ?

Et ce silence. Ce silence si délectable… c'était ça, se dit-elle, qui était le plus inouï. C'était aussi ce qui était le plus effrayant ; c'était plus qu'inhabituel. Elle n'osait pas bouger, de peur qu'il ne se brise. Elle y croyait à peine, et pourtant c'était une évidence : voilà des heures qu'elle ne l'entendait plus. Elle n'était pas sourde, puisqu'elle percevait chaque craquement du bois de la vieille maison, chaque à-coup du vent qui venait encore faire claquer ses volets. Elle entendait même les oiseaux s'éveiller à l'approche de l'aube. Cependant, là, tout près, il n'y avait que le silence. Doux, reposant. Nouveau.

Où pouvait-*il* bien être ? Derrière la porte, attendant avec patience le moment où elle daignerait sortir de la chambre pour lui asséner le coup de grâce en lui livrant un flot de paroles moralisatrices ? Ou peut-être dans le salon, droit comme un I, guettant le moment où elle se lèverait pour la faire plier sous son regard inquisiteur avant de la sermonner à propos de son attitude irresponsable ?

Judy patienta jusqu'à six heures du matin, heure à laquelle Emma se levait. Elle l'entendit ouvrir la fenêtre de sa chambre, elle entendit Max, le chat, miauler à tue-tête jusqu'à ce qu'elle lui mette du lait dans sa gamelle. Judy connaissait par cœur chacun des bruits de la maison, elle y passait le plus clair de son temps depuis bientôt deux ans, et ils étaient aussi rassurants qu'angoissants. Rassurants parce qu'ils étaient synonymes d'un « quotidien plus normal », parce qu'elle avait fini par se résigner et que cet endroit était finalement devenu son unique refuge, celui où personne ne cherchait à s'en prendre à elle, celui où personne ne la jugeait ni ne l'insultait. Angoissants parce qu'ils n'avaient rien de ce dont pouvait rêver une jeune fille de dix-neuf ans. Elle se sentait prisonnière de cette vieille maison, de sa vieille propriétaire qu'elle soupçonnait de la surveiller un peu trop. Elle se voyait chaque jour s'habituer un peu plus à ce « quotidien normal » qui la répugnait, parce qu'elle vivait seule et cloîtrée, elle qui n'avait toujours rêvé que de liberté et de grands espaces, de couleurs, de voyages, et d'amour.

CHAPITRE 2

Ses yeux la brûlaient et quelques larmes s'en échappèrent. Elle était contrariée, perdue et excessivement fatiguée. Elle n'avait pas fermé l'œil de la nuit. Mais elle ne pouvait se résoudre à laisser le sommeil l'emporter. Elle voulait en avoir le cœur net : pourquoi avait-il décidé de se taire ?

Elle se leva avec difficulté et passa un tee-shirt avant de sortir, le cœur battant, pour rejoindre le salon. Il n'y avait personne.

— Hé oh ?

Pas un bruit.

— Où es-tu ?

Mais personne ne répondit.

— Je sais que tu es en colère. Tu m'en veux peut-être mille fois plus que d'ordinaire, mais tu sais quoi ? Je ne regrette pas ce que j'ai fait, dit-elle d'un ton insolent en entrant dans la cuisine.

Judy tourna sur elle-même, revint sur ses pas, puis entra dans chacune des pièces de son appartement, l'appela :

— Où es-tu, bon sang ? Si tu cherches à me faire peur, c'est gagné.

Le seul moyen de l'obliger à se manifester, c'était de le provoquer. Elle retourna dans la cuisine, saisit les grands ciseaux, les ouvrit et plaça l'une des lames sur son poignet, qui portait déjà les marques de cicatrices aussi fines que des bracelets.

— Je vais le faire, souffla-t-elle en l'approchant de sa peau.

Mais rien ne brisa le silence. S'*il* avait été là, pensa-t-elle, *il* aurait déjà accouru pour lui dire qu'elle était inconsciente et irresponsable. Elle lâcha les ciseaux. Comment était-ce possible ?

Un bruit sourd retentit, ça venait de sa chambre. Elle s'y précipita, envahie par l'adrénaline. Personne. La pièce était vide.

Elle la balaya du regard et remarqua que la fenêtre, qu'elle pensait avoir fermée la veille, était entrouverte. Elle s'en approcha, l'ouvrit et passa la tête au-dehors. Max la regardait depuis le jardin, ses grands yeux gris fixés sur elle. Judy frissonna. Qui avait bien pu ouvrir cette fenêtre ? L'avait-elle entrouverte elle-même machinalement ? Ou bien quelqu'un s'était-il introduit dans son appartement ?

Elle était seule. Figée au milieu de la pièce, le regard braqué sur cette fichue fenêtre, Judy fit face à la réalité : pour la première fois de sa vie, *il n'était pas là*.

La peur qui prenait possession d'elle n'avait rien de ce frisson en quête duquel elle avait quitté la maison la veille. Non, cette peur qui s'infiltrait en elle, c'était celle de l'inconnu, c'était celle de l'incompréhension. Pourquoi ? Pourquoi avait-il subitement disparu ? Allait-il revenir sitôt qu'elle l'aurait chassé de ses pensées ? Cherchait-il à l'intimider en lui faisant croire qu'il s'était volatilisé ? Comment était-ce possible ? Jamais auparavant *il* ne l'avait quittée de son plein gré, jamais elle n'avait réussi à se débarrasser de lui, jamais *il* n'avait manqué à l'un de ses appels, et voilà que soudain *il* n'était plus à ses côtés, ni pour la supplier de lui accorder une autre chance de partager sa vie dans la paix, ni pour déverser sur elle le flot de mises en garde qu'elle haïssait tant. *Il* l'avait suivie comme son ombre, et ce depuis toujours. *Il* avait détruit sa vie à petit feu, d'abord de manière insidieuse et imperceptible, se faisant passer pour l'ami, le confident et le compagnon de jeux, puis, le temps passant, de façon plus conflictuelle, plus frontale, et si manifeste que c'était sa propre famille et ses camarades qui avaient fini par s'en prendre à elle.

CHAPITRE 2

Judy n'avait jamais rien souhaité plus fort que de se voir débarrassée de son insupportable présence.

Et voilà que, l'espace de quelques heures, elle avait perdu le son de sa voix au travers d'une pluie torrentielle, et qu'il n'avait jamais daigné réapparaître. Qu'est-ce qui avait bien pu le chasser ? Ce n'était pas la première fois qu'elle tentait de fuguer. Ce n'était pas la première fois qu'elle se mettait en danger. Ce n'était pas la première fois qu'elle se retrouvait seule dans un endroit isolé. Seule. Voilà ce qui différait : elle n'avait pas été seule, cette nuit-là. Elle avait croisé la route d'Alwyn.

Alwyn. Sitôt que son prénom lui revint en pensée, il lui manqua. Judy ne put nier l'évidence : Alwyn était la clé. Il était le premier à qui elle avait accordé sa confiance. Il était le premier homme à avoir posé les yeux sur elle. Elle ne le connaissait que depuis quelques heures, et ces quelques heures avaient peut-être suffi à faire de l'autre un souvenir.

Devait-elle crier au miracle ? À la liberté retrouvée ? Devait-elle s'inquiéter ? Était-ce la preuve que les choses s'arrangeaient, ou bien que quelque chose ne tournait pas rond ? Devait-elle se réjouir de pouvoir enfin tourner la page ou bien s'alarmer de cette absence inhabituelle ?

La décision ne fut pas si difficile à prendre.

3.

10 septembre 2009

Il était six heures précises lorsque Alwyn s'éveilla dans la chambre de l'hôtel *Le Maître*. Malgré sa trop courte nuit de sommeil, il n'avait pas réussi à fermer l'œil plus longtemps, trop perturbé par sa rencontre avec cette jeune femme qui lui avait semblé des plus insaisissables.

Les images du moment où il avait aperçu Judy, de dos, à deux doigts de se jeter dans une rivière en crue, le troublaient au plus haut point. Il ne cessait de songer à ce qui avait bien pu la pousser à en arriver là. N'importe qui aurait cru à une tentative de suicide. Lui-même l'avait cru, au départ. Cependant, son attitude avait été plus détachée que désespérée, ce qui n'était pas allé sans l'intriguer. Avait-elle vraiment cherché à se tuer ? Lui avait-il réellement sauvé la vie ou bien s'était-il trompé sur ses intentions ? Quelque chose en elle lui avait donné l'impression qu'elle s'était comportée de façon presque normale par la suite, comme s'il n'y avait jamais eu lieu de s'inquiéter pour elle, comme si elle n'avait jamais été en danger. Ça sonnait faux, certes, mais ça ne ressemblait pas aux agissements de quelqu'un qui ne rêve que de mourir, il le savait. Il ne le savait que trop bien.

Effrayé à l'idée de se laisser submerger par des réflexions inquiétantes et des souvenirs douloureux, il se leva, prit une douche et descendit à la réception.

— Bonjour.

— Bien dormi, monsieur ? s'enquit la réceptionniste au badge affichant « Anaïs », qui avait pris son service en tout début de matinée.

— Pas vraiment, mais ça va aller.

— Vous m'en voyez navrée ! Que pourrais-je faire pour vous aider ?

— Pourriez-vous m'appeler un dépanneur, s'il vous plaît ? Ma voiture est enlisée dans la forêt, à un ou deux kilomètres d'ici.

— Bien sûr, monsieur. Je m'en occupe tout de suite. Aimeriez-vous prendre un petit déjeuner ?

Alwyn, trop préoccupé qu'il était, n'avait pas faim. Mais il n'avait pas dîné la veille et savait que, s'il n'avalait rien, il ne tiendrait pas une nouvelle journée de route. Il accepta et se laissa diriger vers la petite salle de restaurant, déserte.

— Votre chambre, c'est la 103, n'est-ce pas ? lui demanda-t-elle.

— Oui, je suis arrivé très tard cette nuit.

— Oui, c'est ce que m'a noté ma collègue. Monsieur Andrews, n'est-ce pas ?

— En effet.

— On a laissé un message pour vous.

— Vraiment ? répondit-il, surpris que quelqu'un puisse savoir où il se trouvait.

— Oui, ne bougez pas.

Elle s'en retourna quelques instants au comptoir, détacha un post-it du classeur ouvert et revint vers Alwyn.

— Voilà, monsieur, lui dit-elle en lui tendant la note, un sourire au coin des lèvres.

*

C'est insensé, c'est interdit, mais je veux vous revoir.

Je vous attendrai sur le vieux pont ce soir, à minuit.

Judy

4.

10 septembre 2009

Viryez avait toujours été soumis à un climat peu accueillant. Dès que septembre s'installait et que la saison d'été, plus clémente, revêtait sa parure d'automne, le froid revenait au galop. Perdu en pleine campagne picarde, ce village excentré, à plus de deux heures au nord de la capitale, était loin de tout, encerclé d'épaisses forêts. Ce soir-là, aux environs de minuit, il y faisait donc froid et humide, mais il ne pleuvait pas, le ciel était dégagé, la lune inondait les environs de sa clarté, éclairant avec délicatesse le sentier forestier à travers les branchages. L'endroit était désert et sauvage, seul le bruissement de la rivière, qui s'était nettement apaisée depuis la veille, était perceptible.

Il était venu à pied depuis le village, il l'attendait depuis quelques minutes déjà, assis sur le rebord de ce pont en ruine, lorsqu'il la vit arriver, boitillante. Il allait se lever mais, de la main, elle lui fit signe de ne pas bouger. Elle avança lentement vers lui, il lui sembla qu'elle souriait.

— Bonsoir, dit-il quand elle ne fut plus qu'à quelques pas, s'apercevant malgré lui que, pour une raison qu'il ne s'expliquait pas, elle lui avait manqué. Vous avez encore mal à la cheville ?

Ignorant sa question, Judy saisit doucement les mains d'Alwyn. Elles étaient glacées.

— Tu es là, souffla-t-elle.

— Je suis là.

Elle approcha un peu plus, jusqu'à ce que son visage frôle le sien. Il ferma les yeux et se perdit dans cette ébauche d'étreinte. Alwyn eut envie de la prendre dans ses bras, mais n'en fit rien. Il se contenta de fermer les yeux et de savourer cet instant hors du temps.

— Qui es-tu ? murmura-t-il.

— Personne, répondit-elle sur-le-champ en faisant un pas en arrière.

— Ne pars pas.

— Je n'en ai pas l'intention.

Judy sourit. Le clair-obscur la rendait si belle, pensa-t-il.

— Pourquoi es-tu revenu ?

Il sourit à son tour, dévoilant les fossettes qu'elle avait remarquées la veille.

— Parce que, moi qui étais venu chercher la solitude, je n'ai pas pu chasser ton visage de mes pensées. Je n'avais pas prévu que l'orage me mette sur ton chemin. Mais… mais il y a quelque chose en moi, quelque chose de plus fort que la raison, qui m'a empêché de partir.

— Que fuyais-tu ?

Sa question le laissa interdit tant elle était pertinente. Alwyn resta silencieux un long moment, le regard grave. Il fuyait. Bien sûr qu'il fuyait. Comment le savait-elle ? Qu'est-ce qui pouvait la rendre si perspicace ?

— Tu es en fuite également, n'est-ce pas ? commenta-t-il d'un ton assuré.

Elle détourna les yeux, fit volte-face et s'engagea sur le sentier d'un pas pressé.

— Attends ! s'exclama-t-il en la rejoignant.

Judy, trop anxieuse à l'idée de devoir s'expliquer, accéléra encore malgré la douleur qui se réveillait dans sa cheville.

— Pourquoi m'as-tu donné rendez-vous, au juste, si c'est pour rester si secrète ?

Elle s'arrêta net.

— Parce que, la nuit dernière, je me suis sentie en paix. Parce que, alors que j'étais avec toi, tout le reste a disparu, lâcha-t-elle sèchement en lui tournant le dos, incapable de le regarder. Je ne peux pas… je ne peux pas t'expliquer.

Il avança jusqu'à poser les mains sur ses épaules. Elle frissonna. Chaque contact était pour elle aussi enivrant qu'inattendu. Alors, sans même qu'il y ait pensé au préalable, sans même qu'il puisse le réfréner, Alwyn lui ouvrit son cœur.

— Je suis revenu, lui dit-il à l'oreille, parce que, quand je t'ai vue sur ce pont, sous cette pluie torrentielle, je me suis souvenu de celui que j'étais avant.

— Avant quoi ? s'enquit-elle, percevant la tristesse dans sa voix.

— Avant que ne meure celui que je considérais comme mon frère.

— Je… je suis désolée.

— Judy, si je suis revenu, c'est pour te dire merci. Je ne te connais pas mais, si je n'avais pas croisé ton chemin, peut-être bien qu'à cette heure je ne serais plus de ce monde, se livra Alwyn en laissant glisser ses mains le long des bras de Judy jusqu'à saisir ses doigts avec retenue. Si j'ai quitté Londres il y a deux jours, c'était avec la ferme intention de voir certains paysages de mes propres yeux avant de me perdre loin de tout, d'attacher une ancre à mon pied et de plonger à tout jamais dans l'océan.

Judy était incapable de parler. Sa gorge nouée lui faisait mal, son cœur battait à cent à l'heure. Les images se bousculaient dans sa tête. Elle avait toujours été dotée d'une imagination des plus fécondes. Elle voyait Alwyn plonger et, soudain, l'ancre le tirer vers le fond d'un coup sec, sans même qu'il se débatte. Elle voyait son visage digne disparaître sous les flots, puis se tordre de douleur au fur et à mesure que l'air s'échappait de ses poumons. Elle était pétrifiée et si secouée par les images qui défilaient devant ses yeux qu'elle peinait à respirer. Alwyn la prit alors dans ses bras et la plaqua contre lui.

— Je te demande pardon, je ne voulais pas t'effrayer.

— Tu ne dois pas mourir. J'ai… j'ai besoin de toi, sanglota-t-elle. Je ne sais pas qui tu es, mais j'ai envie que tu m'emmènes loin, je ne supporterais jamais l'idée de te savoir au fond de la mer. Rien… rien ne va dans ma vie, tout est en désordre, mes pensées, mes actions, mes souvenirs… Je suis perdue depuis si longtemps, et voilà que toi, toi que je ne connais pas, en l'espace de quelques heures, tu m'as délivrée d'un mal qui me rongeait depuis ce qui me semble une éternité. Tu ne dois pas mourir, répéta-t-elle.

— Judy… que faisais-tu au bord de ce pont ?

— Je cherchais à lui échapper. Je voulais ressentir la peur et la douleur, pour me souvenir que j'étais toujours libre malgré tout, même si, par sa faute, j'ai l'impression de dépérir chaque jour qui passe. Je ne suis que l'ombre de moi-même.

— Mais qui ? Qui est cet homme qui te tient prisonnière ?

— Je ne peux pas te le dire. Les choses sont… compliquées. Je t'en prie, ne m'oblige pas à tout te dire.

L'instinct qui avait saisi Alwyn la nuit précédente s'était réveillé avec force. Là, tout de suite, il n'aurait rêvé que de trouver ce type et de le menacer avec tant de persuasion que jamais plus il n'oserait s'en prendre à elle. Pourtant, elle était manifestement rongée par quelque chose qui l'obligeait à ne rien révéler. Aussi frustrant que cela puisse être, il ne pouvait exiger d'elle qu'elle se confie alors qu'il n'était rien de plus qu'un inconnu.

— Que puis-je faire, alors, si je ne peux pas trouver cet homme et le convaincre de te laisser vivre libre ?

— Rester. Tu peux rester.

— Je ne sais pas si…

Immédiatement, elle se dégagea de son étreinte, recula avec vigueur et lui fit face, les sourcils froncés, le regard noir. Il faisait trop sombre pour qu'il puisse le remarquer, mais les larmes lui étaient montées aux yeux. Comment pouvait-il subitement décider de l'abandonner alors qu'il venait tout juste de la rejoindre ? Comment survivrait-elle s'*il* décidait de revenir ? L'idée même de le retrouver, de retrouver son ignoble quotidien, la révulsait littéralement.

— Il y a une minute, tu me disais que tu étais prêt à faire un dernier voyage puis à mourir, et maintenant que je te dis que j'ai besoin de toi, que j'ai besoin que tu restes, tu hésites ! s'exclama-t-elle. Tu es trop occupé, peut-être ?

Là, dans le cœur de la forêt, son visage partiellement éclairé par la lune, elle lui fit penser à une créature sylvestre effarouchée. Une biche. Une panthère. Judy était si changeante ! Un rien semblait pouvoir l'ébranler, ce qui inquiéta plus encore Alwyn. Elle lui paraissait à la fois si déterminée et si frêle ! Il l'aurait crue capable de déplacer une montagne tant sa volonté semblait de fer, et pourtant, rien qu'à la regarder, il savait qu'elle pouvait s'effondrer comme un château de cartes au moindre coup de vent. Judy était un paradoxe à elle seule, c'était sans doute, pensa Alwyn, ce qui la rendait si mystérieusement séduisante. Cette jeune femme était assurément indéfinissable, et tout aussi troublante. Qu'est-ce qui pouvait bien l'avoir rendue à ce point méfiante et craintive ?

— Hey, ne t'inquiète pas, dit-il d'une voix douce et rassurante. Tu as raison, je n'ai plus aucune raison de partir. Personne ne sait où je suis, mais tout le monde chez moi se doute que je vais avoir besoin de temps avant de réapparaître.

Il lui sembla que son visage s'adoucissait. Elle desserra les poings, laissa retomber ses épaules et l'observa longuement, tel un animal sur la défensive qui, comme par miracle, se laisse apprivoiser. Il avança vers elle lentement, le cœur battant, sachant que les quelques mètres qui les séparaient étaient des plus décisifs. S'il choisissait de l'atteindre, s'il allait jusqu'à elle, il ne pourrait plus faire demi-tour. Rien qu'à la regarder, il savait qu'elle changerait sa vie. Rien qu'à observer ses grands yeux noirs braqués sur lui, son regard gorgé d'espoir, il savait qu'un pas de plus revêtirait le caractère d'un engagement solide.

Alwyn était prêt à prendre ce risque. Elle lui avait permis de réaliser qu'il tenait plus à la vie qu'il ne l'avait cru, elle lui avait montré qu'il pouvait encore éprouver un intérêt sincère pour quelqu'un, elle l'avait rappelé à lui-même, sans le savoir. Il lui en était reconnaissant, et redevable. Lorsqu'il ne fut plus qu'à quelques millimètres de son visage, il s'arrêta. De nouveau, Judy l'approcha jusqu'à frôler sa peau, jusqu'à ce que le doux parfum s'échappant de ses vêtements lui parvienne. Elle ferma les yeux, envahie par un sentiment nouveau, une émotion indéfinissable qu'elle n'avait jamais connue jusque-là. Alwyn laissa sa main gauche glisser jusqu'à la taille de Judy et, de l'autre, il lui caressa la joue avec tendresse. La fraîcheur de sa paume la fit frissonner. En lui s'esquissait l'ébauche d'un rêve : la douceur de ses lèvres contre sa joue, la chaleur de ses mains entremêlées aux siennes, le parfum de ses boucles brunes.

— Alwyn, ne t'en va pas, lui susurra-t-elle.

— Je reste.

5.

17 septembre 2009

Leur rencontre remontait à une semaine déjà. Elle avait refusé de lui dire où elle vivait, il avait respecté son choix et se contentait de la rejoindre près du vieux pont, chaque nuit, lorsque le village s'endormait, lorsque plus personne ne risquait de les surprendre. Alors ils s'enfonçaient dans la forêt pour marcher, l'un près de l'autre, parfois en silence, parfois en échangeant quelques mots à propos de Max, le chat, ou de la peinture du dix-neuvième. Cependant, ce soir-là, il faisait si froid que, la voyant grelotter, Alwyn décida de retourner au chaud, dans la voiture. Judy accepta à la seule condition qu'ils partent, loin, sans destination précise. Ils prirent donc la voiture et roulèrent plusieurs dizaines de kilomètres, plus d'une heure durant, sur la nationale puis à travers de plus petits chemins de campagne, jusqu'à passer devant de hauts murs de pierre.

— Arrête-toi, s'il te plaît, dit Judy, comme fascinée.

Alwyn coupa le moteur. Les phares éclairaient des murs pratiquement recouverts de lierre, encadrant un vieux portail en fer forgé à arabesques que la végétation maintenait entrouvert, pétrifié par le temps.

— Je veux y aller.

— C'est probablement une propriété privée.

— Ça m'est égal, je veux y aller. L'endroit est désert, de quoi as-tu peur ?

Alwyn était un garçon de bonne famille. Il s'était vu imposer les règles de politesse et de bienséance et les respectait depuis toujours, d'aussi loin que remonte sa mémoire. Ne jamais braver l'interdit, ne jamais s'introduire là où l'on n'a pas été invité, ne jamais forcer une entrée. Judy, quant à elle, était entêtée, et avait manifestement une soif d'aventure qui ne le laissait pas indifférent. Elle était menue et fragile, mais d'une témérité étonnante. Avant même qu'il n'ait pu la retenir, elle sortit du véhicule, approcha de l'entrée, dégagea le passage en arrachant quelques branches de lierre et de ronces, passa de l'autre côté de la grille et lui jeta un regard malicieux. Il n'avait pas le choix, sa volonté était irréductible, soit il l'accompagnait, soit elle irait seule, et il tenait à elle plus qu'à ses leçons de savoir-vivre. Il n'avait rien à perdre, au demeurant. Il éteignit les lumières, saisit sa lampe torche et la rejoignit. Derrière les barreaux étranglés de végétation courait un sentier de terre. Il semblait ne pas avoir été foulé depuis des années.

— Tu boites encore un peu… Il faudrait penser à soigner ta cheville, suggéra Alwyn au bout de quelques mètres.

— Ce n'est rien. Sûrement une entorse, voilà tout.

— Une entorse n'a rien d'anodin. Pourquoi n'as-tu pas consulté un médecin ?

— Je ne peux pas.

— Ça aussi, il te l'interdit ? lâcha Alwyn, les dents serrées.

— Non. Mais le médecin saurait que je suis sortie, que j'ai marché assez vite ou de manière si précipitée que je suis tombée.

— Tu ne sors donc jamais ?

— Non. Pas plus loin que le jardin. Et Emma a toujours un œil sur moi lorsque je suis dans son jardin. Elle sait bien que je n'ai pas trébuché.

— Qui est Emma ?

Judy pensa qu'elle en avait déjà trop dit.

— C'est ma... grand-tante. Je vis chez elle.

— Tu vis chez elle ? Avec cet homme !

— Oui. C'est compliqué, je te dis.

Intérieurement, Alwyn bouillonnait de colère. Il ne pouvait la voir qu'en secret, la nuit, probablement quand son bourreau dormait d'un sommeil si profond qu'il ne l'entendait pas sortir. Ces sept derniers jours avaient, pensait-il, été les premiers depuis longtemps où Judy s'était autorisé un peu de liberté. Qu'elle soit effrayée par l'attitude menaçante d'un homme violent, colérique ou alcoolique, c'était concevable. Dramatique, mais concevable. Mais qu'une tierce personne, de sa propre famille de surcroît, soit présente et n'intervienne pas, ça le mettait hors de lui. Bien entendu, il n'était personne, il n'avait même pas idée de ce que Judy pouvait ressentir pour lui, elle était insondable et aussi changeante que la mer. Que représentait-il pour elle, dans le fond ? Un divertissement ? Une échappatoire ? Il n'avait aucun pouvoir, elle refusait toujours catégoriquement de rentrer dans les détails, de lui donner une occasion de l'aider. Il l'avait rencontrée si récemment, et pourtant il éprouvait ce besoin irrationnel de la protéger. Il n'oublierait jamais ce premier instant, celui où il l'avait aperçue de dos, la pluie ruisselant le long de sa chevelure sombre. Il avait eu peur pour elle et, soudain, tous ses doutes s'étaient envolés. Avant même qu'elle ne se retourne, quelque chose en lui qu'il avait cru mort s'était réveillé de manière insoupçonnée. L'altruisme n'avait pas été son fort ces derniers mois. Alwyn avait plongé avec précipitation dans un flot d'idées noires qui avaient fait de lui, le jeune homme passionné et apprécié, un véritable misanthrope. Il s'était aigri et n'avait plus voulu voir personne, la seule présence de son oncle ou même de ses élèves lui était devenue insupportable. Sauf qu'en voyant Judy, cette nuit-là, il avait instantanément oublié sa volonté pourtant profonde de vivre seul et loin de toute vie sociale. Il avait souhaité plus que tout qu'elle ne se jette pas dans la rivière, et, en découvrant ses grands yeux noirs, un sentiment plus fort que sa volonté s'était imposé à lui, l'idée fixe de la protéger avait pris le dessus sur tout le reste, sur son envie de mourir, sur son aversion pour le monde entier.

— Quel âge as-tu ? lui demanda Judy, le tirant de ses réflexions.

— Vingt-cinq ans.

— C'est drôle, plus je te regardais, plus j'avais du mal à te donner un âge. Tu sais que tu as des airs… d'enfant ?

— On me l'a déjà dit, oui, même si je n'ai jamais vraiment compris ce qui pousse les gens à penser ça.

— Ce n'est pas que tu n'as pas l'air d'un homme, hein, précisa Judy en riant.

Évidemment qu'il avait l'air d'un homme. Alwyn était grand, il avait de larges épaules, qu'elle devinait musclées même si depuis leur rencontre il portait toujours ce long manteau de laine. Il était aussi doux qu'inébranlable, elle en était certaine. Toutefois, même si depuis le début elle n'avait pu le distinguer qu'au clair de lune ou à la lumière d'une lampe torche, il lui avait semblé que son visage révélait parfois la candeur d'un enfant. À plusieurs reprises, en lui jetant un coup d'œil furtif, elle s'était dit qu'Alwyn avait su garder cette expression d'innocence, celle qu'on perd toujours bien trop tôt. C'était comme si elle irradiait. À travers son regard tendre, à travers son sourire à fossettes.

— Et toi ? Quel âge as-tu ?

— Bientôt vingt ans.

— Vingt ans ! s'exclama Alwyn, surpris.

Judy éclata de rire.

— Oui ! Et alors ?

— Et alors… tu es si jeune !

— Et toi, tu parles comme un vieux, lui dit-elle, amusée. Ça ne fait que cinq ans de moins. Et l'âge n'est qu'un chiffre, non ?

— C'est vrai, confirma Alwyn en riant à son tour.

Mais, au fond de lui, la colère allait croissant. Comment avait-elle pu tomber sur cet homme ? Il imaginait ce type, sûrement bien plus âgé qu'elle, qui la tenait enfermée, la privait d'amis, de sorties, de voyages… de vie. Elle n'avait pas encore vingt ans mais connaissait déjà les privations, l'oppression même. C'était injuste et intolérable. Alwyn se demanda si Judy n'était pas l'une de ces fillettes qui sont enlevées, recherchées des années durant puis qu'on pense mortes, tandis qu'un psychopathe les garde recluses dans une pièce secrète de son sous-sol. Jusqu'au jour où, convaincu qu'elles sont trop soumises pour oser tenter une évasion, il sort en prenant moins de précautions et l'oiseau sort de sa cage.

— Tu ne vas même pas en cours ?

— Non. J'ai arrêté mes études il y a longtemps déjà.

— Judy... il n'a pas le droit de t'empêcher de sortir, de vivre. Tu as toute la vie devant toi ! Tu ne devrais pas avoir besoin de te cacher et de sortir en secret pour me voir, ni pour voir qui que ce soit d'autre, d'ailleurs, tenta-t-il à nouveau.

— Arrête.

— Tu ne peux pas me demander de rester de marbre ! Je sais que je ne suis encore qu'un inconnu, que je n'ai aucune légitimité, mais l'idée de te savoir seule avec lui, sans même disposer de la liberté d'aller et venir à ta guise, ça me dépasse !

— C'est vrai, Alwyn, tu ne me connais pas. Comme je te l'ai dit, les choses sont compliquées et je ne peux pas tout t'expliquer. Mais c'est comme ça, ça ne peut pas être autrement, pour le moment. Et il... il n'est pas aussi méchant que tu le penses. C'est juste qu'il ne supporte pas que je sois loin.

— Syndrome de Stockholm. Tu ne vois plus le mal qu'il te fait, parce qu'il t'en a trop fait. Tu t'es habituée.

— Arrête, je te dis. Tu manques d'éléments. Et je ne me suis pas entichée de lui.

Sans qu'il puisse contrôler ses pensées, cette phrase le soulagea. Dans le fond, ce qu'Alwyn craignait sans pouvoir se l'expliquer, c'était que son cœur soit déjà pris. Cependant, malgré toute sa bonne volonté, Judy restait hermétique. Elle se contenta d'avancer sur le chemin couvert de feuilles mortes, en silence. Il était évident qu'elle ne tenait pas à lui en dire plus. C'est vrai, il ne disposait pas de tous les éléments, et sans doute la situation était-elle semblable à un véritable sac de nœuds. Cela dit, il s'inquiétait pour elle, sa condition le révoltait.

— Alwyn, lui dit-elle, je sais que c'est difficile de ne pas pouvoir comprendre. Mais dis-toi que nos escapades nocturnes sont de purs moments d'évasion pour moi. Dis-toi que, depuis qu'on se connaît, je vais mieux. Avec toi, je respire, je me sens vivante. Ne gâche pas tout, et viens, marche avec moi. Je suis sûre qu'il y a quelque chose de magnifique au bout de ce sentier.

Résigné, il fit quelques pas pour la rejoindre. Judy lui prit la main.

— Tes mains sont si froides ! s'exclama-t-elle.

— Toujours. Il paraît que c'est de famille, commenta-t-il, aussi surpris que touché par ce geste.

6.

17 septembre 2009

Au bout de ce sentier qui courait au milieu des bois, il y avait une petite clairière. Le ciel était dégagé, la lune presque pleine baignait les environs de sa lueur pâle. Face à eux se dressait un colossal édifice en pierre de taille, sur les murs duquel courait du lierre. Les arbres alentour formaient une ronde parfaitement circulaire autour du bâtiment. De hautes fenêtres ciselaient le mur frontal, le perron de pierre anthracite trônait au-dessus d'une succession de marches devant une porte massive en bois, aux poignées métalliques en arabesques. Certaines des nombreuses vitres, aux étages, étaient brisées.

— C'est magnifique, souffla Alwyn.

— C'est flippant, tu veux dire.

— Vu l'architecture, c'est un manoir des années 1800, je dirais.

— Tu dirais ? reprit Judy en lui jetant un regard intrigué.

— J'ai grandi dans une maison semblable, en Cornouailles. Jusqu'à mes douze ans, ajouta-t-il, amer.

Judy leva de nouveau les yeux vers le bâtiment abandonné. Il avait raison, c'était magnifique. Inquiétant, mais magnifique. Ils étaient perdus au milieu de nulle part, elle qui n'avait jamais mis les pieds plus loin que la boîte de nuit, à dix minutes du village. Elle n'avait aucune idée de l'endroit où ils se trouvaient, et cette simple idée la ravissait. Alwyn, quant à lui, affichait une expression mélancolique.

— Que s'est-il passé, quand tu as eu douze ans ?

— J'ai perdu mes parents, j'étais fils unique. Ils avaient une maison de campagne à la frontière écossaise, mon père travaillait dans les affaires, il faisait souvent une escale là-bas. Cet hiver-là, ma mère l'avait accompagné. J'étais en internat. Il y a eu un incendie, en pleine nuit, parce que la cheminée avait été mal entretenue. Ils seraient morts dans leur sommeil, intoxiqués par les fumées. Le frère de ma mère, Leonard, mon oncle et parrain, m'a alors adopté.

Alwyn était-il le seul rescapé de sa famille ? Elle qui ne connaissait que trop bien la solitude, pour de tout autres raisons, certes, s'imagina sans peine le chagrin et la douleur de se retrouver seul, privé de tous ses repères. C'était un véritable drame, pensa-t-elle.

— Je suis désolée…

— Il ne faut pas. C'était il y a longtemps. L'eau a coulé sous les ponts depuis, et, pour tout te dire, ils ne m'ont jamais vraiment manqué. J'ai vécu à l'internat très tôt, je ne voyais mes parents que rarement, mon père travaillait beaucoup et ma mère préférait me confier aux jeunes filles au pair qui travaillaient pour nous.

— Quand je t'entends, je m'imagine une autre époque. Ta famille est loin de ce que je connais. Je veux dire… Tu es d'une famille très aisée, non ?

— En effet. Les Buckly siègent à la Chambre des lords, le Parlement britannique, depuis des décennies. Mon oncle est toujours lord à ce jour, c'est un statut politique important au Royaume-Uni. Mon père, quant à lui, descendait d'une famille noble.

Judy resta sans voix. Le Parlement ? Elle n'y connaissait pas grand-chose, mais, du peu de souvenirs scolaires dont elle disposait, elle déduisit qu'Alwyn faisait manifestement partie d'une lignée prestigieuse. Elle se sentit soudain médiocre. Ce qu'il lui contait lui parut sorti d'une autre époque, tout comme ce manoir à l'abandon qui se dressait devant elle.

Alwyn, qui n'aimait pas beaucoup évoquer son rang de peur d'être trop vite catalogué, n'ajouta rien à ses explications et avança, balayant les alentours de sa lampe torche. Un peu plus loin, derrière la vieille bâtisse, il remarqua un banc en fer forgé, entouré d'une multitude d'arbustes dont certains grimpaient sur une arche de bois.

— Regarde, dit-il à Judy en s'approchant, c'est une ancienne roseraie.

Ils avancèrent tous deux jusqu'au banc et il l'invita à s'asseoir près de lui. Malgré la nuit et l'aspect vétuste de ce qui les entourait, tous deux trouvaient l'endroit magnifique. Face à eux, une fontaine oubliée depuis longtemps mettait en scène la statue d'une jeune femme sur l'index de laquelle était perché un rossignol.

— Il a beau être abandonné, ce jardin a quelque chose de magique, souffla Judy. Je voudrais y rester pour toujours.

Elle qui aimait se perdre dans la contemplation du jardin d'Emma du Maurier savourait le spectacle qui s'offrait à elle. Cela faisait si longtemps qu'elle n'avait pas pu découvrir d'autres plantes, d'autres fleurs, d'autres lieux. Judy se sentait bien. Tout autour l'amenait à penser que, finalement, son existence n'était peut-être pas vouée à la désolation et à la colère. La nuit était claire, une brise fraîche soulevait les feuilles mortes par moments, la lune baignait les champs de son aura laiteuse. C'était beau, reposant. La présence d'Alwyn la rassurait. Et la saveur du silence était indescriptible. Sept jours plus tôt, elle s'était laissé emporter par le désir de frôler la mort dans l'unique but de se prouver qu'elle disposait encore d'un peu de liberté pour s'arracher quelques secondes à sa condition misérable. Alwyn était entré dans sa vie à ce moment précis, sans avoir la moindre idée du mal qui la rongeait. Il était arrivé, il avait cherché à la protéger, non pas comme *l'autre* tentait parfois de le faire, à grands coups de remontrances et de leçons de morale, mais plutôt avec douceur, avec respect. Cet homme qui, par elle ne savait quel miracle, avait choisi de rester pour elle était là, à ses côtés, lui parlant des roses, des toiles de Turner et de sa vie d'avant, sur un banc au milieu de nulle part. Depuis qu'elle avait fait la connaissance d'Alwyn, par cette nuit de tempête, *il* n'était pas revenu. Cet Alwyn, qui était encore un inconnu une semaine plus tôt, avait levé sa malédiction. Elle ne pouvait plus le laisser partir.

Alwyn, qui ignorait les réflexions de Judy, remarqua qu'elle s'était blottie contre lui. Il avait du mal à apprivoiser ce sentiment qu'il pensait jusque-là utopique et surréaliste, mais qui l'envahissait un peu plus à chaque minute passée auprès d'elle. Judy avait bouleversé ses convictions. Lui qui, des mois durant, n'avait souhaité que fuir le monde et cette société qui l'écœurait au plus haut point, lui qui avait tant sombré dans le chagrin qu'il s'était éveillé une semaine plus tôt sans la moindre raison de vivre, avait observé Judy raviver en quelques heures un espoir qu'il pensait perdu à jamais. Elle n'en était pas consciente, mais elle lui avait sans doute sauvé la vie.

Alwyn saisit doucement sa main.

Celle d'Alwyn était glacée, mais si douce, songea Judy.

Elle aurait voulu que l'instant dure indéfiniment. Elle n'avait jamais rien connu de pareil. Son odeur si rassurante l'enveloppait, elle percevait le son discret et régulier de sa respiration, leurs doigts entrelacés lui offraient la sensation la plus extraordinaire au monde : le contact. Sa peau touchait la sienne, et ce n'était ni un rêve ni une hallucination.

— Je voudrais que cet endroit soit le nôtre, pensa-t-elle tout haut.

— Il est à nous.

— Tu disais que c'était une propriété privée, le taquina Judy.

— Cette nuit est à nous. Ce clair de lune est à nous. Ce moment est à nous, ajouta-t-il de son accent chantant.

— C'est notre jardin de nuit, alors.

— *Our Night Garden*, traduisit Alwyn. Ça me plaît beaucoup, oui.

7.

22 septembre 2009

— Tu es cultivé. Tu es probablement riche. Tu es jeune et beau. Et pourtant tu me disais souhaiter mourir, l'autre fois ? Je ne comprends pas.

Cela faisait cinq soirs de suite qu'ils passaient une partie de la nuit à se promener dans les parages du vieux manoir abandonné. En son for intérieur, Judy s'en était fait un repère, cet endroit revêtait un aspect secret dont elle s'enivrait, savourant plus encore le silence lorsqu'elle était auprès d'Alwyn que lorsqu'elle passait ses journées à attendre que la nuit tombe, seule. Elle l'écoutait lui parler passionnément de ces peintres qu'il admirait tant, de ses nombreux voyages aux quatre coins du monde pour admirer les toiles des plus grands maîtres, de son amour pour le piano, de la beauté de la campagne anglaise, de la Chambre des lords.

Le bois alentour leur offrait de quoi se promener, ils croisaient parfois un chevreuil peu farouche, sans doute parce que le lieu était déserté depuis trop longtemps pour que la faune se souvienne des dangers de la présence humaine. C'était silencieux, sauvage, paisible. Alwyn aussi se sentait plus léger à chacune de leurs escapades nocturnes, emporté par une insouciance qu'il pensait évanouie à jamais.

Mais la question que soulevait Judy, bien qu'il se soit progressivement habitué et laissé charmer par son caractère franc et impulsif, raviva en lui la douleur d'une blessure profonde.

— Crois-moi, j'ai longtemps pensé que le suicide n'était la solution à aucun problème. Mais, quand tout s'effondre autour de toi, quand la personne à qui tu tiens le plus disparaît sans crier gare et que la face cachée du monde t'est par là révélée, alors, parfois, il n'y a plus d'autre issue.

— C'est de ton frère que tu parles, pas vrai ?

Le silence qui suivit répondit à cette question. Alwyn était meurtri par ses souvenirs. Judy s'en voulait un peu de les avoir ravivés, mais quelque chose en lui le rendait parfois si mélancolique qu'elle s'en inquiétait sincèrement. Il était évident que malgré leur rencontre, malgré ce hasard qui, d'après lui, l'avait empêché de mettre fin à ses jours, sa plaie restait béante. Elle était convaincue qu'il lui fallait laisser tout ça s'échapper pour qu'il puisse enfin passer à autre chose. Et rester avec elle, pour toujours, puisqu'il était le remède à ses propres maux.

— Quel était son nom ? demanda-t-elle.

— James.

— J'aime beaucoup. Comme le tien. Même si, le tien, je ne l'ai jamais entendu auparavant.

— En effet, il est assez peu répandu.

— Est-ce que… Est-ce qu'il a une signification particulière ? tenta Judy pour alimenter la conversation.

— Il est d'origine galloise, cela signifie « ami sage » et « aimé de tous », précisa Alwyn, la gorge nouée. Je me dis souvent que mon frère l'aurait sans doute mieux porté que moi. James est la meilleure personne que j'aie jamais connue.

— Comment était-il ?

Alwyn réfléchit quelques instants puis prit une grande inspiration.

— James était le fils charnel de mon oncle, Leonard Buckly. Nous n'avions que deux ans d'écart et partagions tout ensemble. Il aimait Sherlock Holmes, les groseilles et les chiffres. James avait tout pour lui : le charisme, l'intelligence, le tact, la prestance, l'élégance. Très tôt, poussé par son père, il a rêvé de se faire une place dans le monde des affaires et de la politique, et cela lui réussissait, il était doué. Ses professeurs ont toujours été ravis de l'avoir comme élève et, dès qu'il est entré dans le monde du travail, rien n'a changé, il a tout de suite été très apprécié par ses collaborateurs qui voyaient en lui la prestance, la modernité, bref, la relève. Les filles aussi lui couraient après d'ailleurs, mais il se plaisait à raconter à qui voulait bien l'entendre, moi y compris, qu'il resterait célibataire le temps qu'il lui faudrait pour réussir dans le milieu professionnel. Il avait de l'ambition et des projets plein la tête.

— Mais toi, tu as suivi un autre chemin, c'est ça ?

— De mon côté, comme tu l'auras compris, je passais le plus clair de mon temps dans les musées, ou bien le nez plongé dans les livres et les partitions. James s'amusait à dire que je finirais poète, j'avais toujours la tête ailleurs et des visions un peu trop utopiques du monde, à cette époque-là. J'ai toujours été amoureux des arts, de la musique et de la littérature. Et puis… je n'aime pas vraiment l'évoquer, mais, tout petit, je m'ennuyais beaucoup en classe, j'avais l'impression que les choses n'allaient pas à mon rythme, on a pensé que j'étais surdoué. Cela s'est confirmé assez rapidement. J'ai sauté beaucoup de classes, j'apprenais très vite, j'étais avide de connaissances et insatiable. À mes treize ans, avec l'aide de Leonard, qui est un ami proche du doyen, j'ai eu le privilège d'intégrer l'université d'Oxford, d'abord comme étudiant, puis très tôt, extrêmement tôt même, puisque je n'avais que dix-neuf ans, comme professeur d'histoire de l'art.

Judy n'en croyait pas ses oreilles mais ne doutait pas de la bonne foi d'Alwyn. Dès le départ, il lui avait semblé si instruit et si vif d'esprit qu'en définitive ce n'était pas si surprenant. Ça n'en restait pas moins impressionnant. Cela dit, même si elle lui trouvait bien quelque chose se rapprochant d'une sensibilité artistique, elle pensait surtout que ce qui l'animait, depuis qu'elle le connaissait, ressemblait plus à de l'amertume qu'à un esprit rêveur.

— Tu réussissais tout aussi bien que James, alors.

— Nous étions tous deux travailleurs, passionnés, et fils de bonne famille, de surcroît. Ça nous a ouvert quelques portes. Bien que nos passions aient toujours divergé de beaucoup, nous nous aimions de tout notre cœur et nous voyions à la moindre occasion. Plus qu'un cousin, il est devenu mon frère, mon confident, mon complice. Il a toujours été présent pour moi.

Judy n'eut aucune peine à remarquer que le ton de la voix d'Alwyn avait changé.

— Que s'est-il passé, alors ?

— Il y a environ un an, reprit Alwyn, James est entré dans mon bureau, dans la maison des Buckly où je vivais toujours. Il a commencé à regarder tout autour, il a laissé ses doigts glisser sur le clavier de mon piano, puis sur les vieilles reliures que je collectionnais dans ma grande bibliothèque. Il était pensif, presque inquiet, je ne l'avais jamais connu comme ça, lui, l'homme sûr de lui. Pour la première fois, j'ai eu l'impression qu'il cherchait ses mots. Puis il m'a demandé de lui promettre que jamais ses paroles ne sortiraient de mon bureau. J'ai juré. Alors, il m'a parlé d'amour. Lui que je ne connaissais que passionné par les affaires, il m'a dit qu'il avait rencontré une femme six mois plus tôt, qu'elle avait tout changé, qu'il avait de quoi l'emmener au bout du monde et ne plus jamais la quitter. Elle s'appelait Mary. Mary Marshall.

— Ah oui ?

— Oui, il était fou amoureux. Il m'a dit qu'elle avait donné un sens à sa vie, qu'il l'aimait. Et je t'assure que moi qui avais lu un millier de romans et de poèmes mettant en scène ce genre d'amour, moi qui n'avais jamais connu la moindre étincelle, ce soir-là, j'ai été jaloux de la façon dont il me parlait d'elle. Il était si différent, il voyait tout d'un œil nouveau, comme si, brutalement, il avait pris conscience de la vraie valeur de sa vie. Il était prêt à tout pour elle. Même à défier notre père.

— Comment ça ?

— Cette femme représentait bien plus à ses yeux que sa carrière. Elle aimait la nature, les grands espaces, elle n'avait que trois sous en poche mais elle voyageait depuis ses dix-neuf ans, avec pour seul bagage un gros sac à dos. Elle voyait son métier d'un œil préoccupé, elle disait qu'il y passait bien trop de temps, qu'il méritait de respirer, de contempler la nature, de vivre intensément. Lui qui n'avait mis les pieds hors de l'Angleterre que pour s'enfermer dans des salles de conférences, il avait soudain pris conscience qu'il ratait des expériences incroyables, qu'il passait à côté des choses les plus importantes. C'est pour ça que c'est moi qu'il est venu voir, ce soir-là. Il voulait ma bénédiction.

— Il voulait tout plaquer pour la suivre ?

— Oui.

— Et qu'as-tu répondu ?

— Que notre père n'accepterait jamais. Moi, le « poète », la première chose que j'ai trouvé à lui répondre, c'est qu'il briserait les aspirations de son père. Je lui ai demandé s'il était vraiment prêt à faire une croix sur l'empire financier qu'il avait commencé à bâtir et, surtout, s'il serait capable de détruire l'avenir que Leonard lui avait préparé des années durant. Pour la première fois de ma vie, à cet instant-là, j'ai réagi avec ma raison plutôt qu'avec mon cœur.

— Mais il t'a dit qu'il prendrait le risque, pas vrai ?

— Il m'a dit… qu'elle était enceinte, de quatre mois. Qu'il n'avait plus aucun doute, que sa décision était prise. Qu'il voulait partir avec elle dans le Montana et couler des jours heureux dans une maison en bois au bord d'un grand lac. Elle avait fait de lui un homme meilleur encore.

— Waouh. Ça a dû te faire un sacré choc, commenta Judy, totalement absorbée par le récit d'Alwyn. Tu l'as laissé préparer son départ, alors ?

— Bien sûr. Il était heureux. Quelques jours plus tard, il me l'a présentée, et ça ne faisait aucun doute. Si l'amour, le vrai, avait frappé à sa porte, je ne pouvais pas aller contre ça, j'en rêvais moi-même, de tout plaquer pour suivre mes rêves. Contrairement à lui, j'avais déjà vu le monde, à plusieurs reprises, mais seul. Je ne pouvais que lui souhaiter d'aller le découvrir à son tour avec elle et de fonder une famille, puisque c'était son souhait.

Judy s'était délectée de cette histoire comme un enfant se plaît à écouter un joli conte. Sauf que, malgré cet incipit débordant d'espoirs et de bons sentiments, elle savait que la conclusion n'avait rien d'un happy end. Les choses avaient pris un tournant dramatique.

— Que s'est-il passé pour que tout s'effondre ? demanda-t-elle.

— D'abord, il y a eu l'affrontement. James a fini par tout dire à Leonard qui est entré dans une fureur noire. Il ne comprenait pas, comme je l'avais redouté. Notre père ne cessait de lui répéter qu'il était inconscient et stupide de laisser « un soi-disant amour prendre le pas sur un destin si parfaitement tracé ». Leurs liens, autrefois si forts, empreints de respect, se sont rompus. Leonard a refusé de rencontrer Mary. Et le temps a passé… et…

La voix d'Alwyn se cassa tandis qu'il se remémorait les faits. Son corps se contracta, il faisait de son mieux pour ne pas laisser l'émotion l'envahir. Judy, toujours blottie contre lui, se mordit la lèvre inférieure sans oser le regarder. Ses questions, trop personnelles, le plongeaient dans un état peu rassurant. Elle ne savait plus si elle avait eu raison de le pousser dans ses retranchements, elle ne savait plus si le fait d'évoquer cela à nouveau serait libérateur ou plutôt destructeur. Elle qui, une minute plus tôt, avait pensé que partager sa peine pourrait le soulager se demanda si cela ne risquait pas plutôt de l'inviter à replonger dans une spirale autodestructrice. Elle était pourtant la mieux placée pour savoir que les émotions sont plus dangereuses qu'elles n'y paraissent, tantôt douces et enveloppantes, tantôt acérées comme les griffes d'un fauve prêt à nous engloutir. Gênée par son attitude une fois encore trop indisciplinée, elle ravala sa salive sans bouger. Une bonne minute plus tard, Alwyn passa son bras autour de Judy et la serra contre lui. Elle perçut sa force, elle perçut l'intensité de ses pensées, elle perçut l'amour et la désolation qui l'animaient. Elle eut peur de ce qu'il s'apprêtait à lui raconter, et pourtant elle savourait cette étreinte, puisque c'était la toute première fois depuis des années qu'on l'enlaçait. Il inspira encore, comme pour se donner le courage de laisser les mots s'échapper.

— L'accouchement s'est mal passé. Mary a fait une embolie amniotique puis un arrêt cardiaque, la petite n'a pas survécu non plus. On les a enterrées le même jour, la petite portant à son poignet le cadeau de naissance que je lui avais commandé : une gourmette gravée de l'inscription « *You are a Buckly* ». James était effondré, bouleversé. J'ai passé chaque jour et chaque nuit auprès de mon frère, chez lui, déterminé à ne pas le laisser sombrer puisque, chaque jour qui passait, la tristesse l'envahissait un peu plus ; il disait sans cesse qu'il voulait « aller les rejoindre », que la vie sans elles n'aurait plus jamais de saveur. Mon père n'a pas daigné lui rendre visite, il n'a d'ailleurs pas assisté aux obsèques. La première fois qu'ils se sont revus, plusieurs semaines après, c'est parce que mon frère voulait comprendre les raisons d'une telle indifférence. Leonard lui a seulement répondu qu'il ne pouvait s'en prendre qu'à lui-même, que s'il l'avait écouté dès le départ, rien de tout cela ne serait arrivé. Trois jours plus tard, James s'est pendu à la branche d'un vieux chêne, à deux pas de notre maison, conclut Alwyn, la gorge nouée, les larmes roulant sur ses joues pâles.

Judy était horrifiée. Ses parents. Mary. Le bébé. Et son frère. C'était une véritable succession de drames qu'Alwyn avait vécue. Elle n'eut aucun mal à comprendre ce qui faisait de lui un homme si tourmenté.

— Je… je suis tellement désolée, souffla Judy en tournant la tête vers lui. Je…

— Je sais, ne t'inquiète pas, la coupa-t-il en lui caressant la joue du revers de la main, comme il savait si bien le faire.

— Bien sûr que si, je m'inquiète. Tu en es arrivé toi aussi à considérer la mort comme une amie. C'est dangereux.

— Tu as raison. Mais tu étais prête à sauter dans cette rivière en crue, toi aussi, n'est-ce pas ?

— Oui et non. Ce soir-là ou un autre, peu importe. Je sais seulement qu'un jour, si ça recommence, quand le poids sera trop lourd à porter, je sauterai.

— Nous sommes donc deux âmes égarées à la frontière du suicide ?

— On dirait bien.

— Ce n'est pas très réjouissant.

— Non. Mais, s'il n'y avait pas eu cette tempête, on serait peut-être déjà morts, tous les deux.

— Et pourtant, dit Alwyn d'une voix exagérément dramatique, nous voilà, deux âmes égarées mais bien vivantes, devisant sur un banc au milieu de nulle part.

On aurait cru la réplique d'une pièce de théâtre un peu trop sérieuse. Judy laissa échapper un éclat de rire. Alwyn se joignit à elle et ils rirent de bon cœur. Les larmes avaient à peine séché sur ses pommettes que Judy avait réussi, par un improbable moyen, à lui arracher un rire. Il pensa qu'elle était une fée, mais qu'elle ne le savait pas. En sa présence, le passé, si accablant qu'il soit, s'effaçait un peu, comme troublé par une brume rafraîchissante. Mais une phrase résonnait encore aux oreilles d'Alwyn.

— Pourquoi dis-tu « si ça recommence » ? lui demanda-t-il.

— Je te l'ai dit : parce que, depuis que j'ai croisé ton chemin, je me sens libre. Avant, j'étais libre de mourir. Aujourd'hui, je crois que je me sens libre de vivre, ajouta-t-elle. Avec toi, même si ce ne sont que quelques heures, que quelques jours, je découvre le sens de la liberté.

Il lui sembla qu'elle éludait encore la question, mais il était convaincu d'avoir perçu un semblant d'information dans ses paroles : manifestement, sa présence avait fait cesser quelque chose. Des sévices ? Des brimades ? Des menaces ? Il ne se doutait pas une seconde qu'il s'agissait de la voix de *l'autre* qui s'était volatilisée, mais il se félicita d'avoir amélioré, même un tout petit peu, la situation de Judy. Il pensait qu'elle méritait de la considération. Il se surprit même à avoir en aversion l'idée de devoir la quitter. S'il pouvait la protéger d'une manière ou d'une autre, il voulait le faire.

8.

1er octobre 2009

Les jours passèrent et Alwyn resta à Viryez. Quelque chose de plus fort que lui l'obligeait à toujours remettre son départ à plus tard. Où serait-il allé, de toute façon ? Il s'était acheté quelques vêtements, il les avait rangés dans les placards de sa chambre au *Maître*. Il passait ses journées à attendre que la nuit tombe, impatient de retrouver Judy pour quelques heures. Parfois il se plongeait dans un roman, parfois il sortait se promener seul, perdu dans ses pensées, s'évertuant à comprendre ce qui pouvait le retenir ici, ce qui pouvait à ce point l'avoir lié à cette jeune femme si singulière. Il ne savait plus très bien s'il haïssait toujours autant le monde et son intolérable cruauté, il se surprenait parfois à penser qu'il y avait peut-être encore un soupçon de douceur et de paix caché quelque part, qui pourrait l'aider à oublier un peu la douleur qui le rongeait depuis des mois. Judy le fascinait, par son attitude changeante et impulsive, par cette force de caractère qui l'animait. C'était une jeune femme étonnante. C'était la première qui captait son attention, lui qui, depuis la disparition de son frère, n'avait plus ouvert son cœur à personne.

Son portable sonnait souvent, mais il ne décrochait jamais. Il était venu ici pour oublier et se jeter dans l'abîme, et, même s'il en avait finalement été autrement, il n'avait pas encore assez de force pour affronter de nouveau la réalité. Alwyn se délectait de son anonymat dans ce petit village perdu, il savourait cette liberté inattendue, celle de ne plus être joignable, celle qui le rendait introuvable. Depuis trois semaines qu'il avait quitté l'Angleterre, il n'avait plus à supporter l'effervescence de Londres, dont le tumulte ne s'était pas même arrêté une seconde lorsque James avait trépassé. Depuis trois semaines, il n'avait plus à faire semblant d'être le professeur passionné devant ses étudiants d'Oxford alors que plus rien n'avait de saveur depuis le suicide de James. Mais par-dessus tout, depuis trois semaines, il n'avait plus à endurer le regard hautain de Leonard, ni la vision macabre de ce chêne qui se dressait toujours à deux pas de la maison où il avait grandi.

Ce matin-là, Alwyn roula jusqu'à une petite ville à un peu plus d'une heure de là, déterminé à trouver une librairie.

*

Emma du Maurier n'avait pas vraiment remarqué que les cris avaient cessé une courte période, au rez-de-chaussée. Elle n'était pas du genre à surveiller tous les faits et gestes de sa jeune locataire, même si, de temps à autre, elle se surprenait à l'observer plusieurs minutes durant lorsqu'elle la voyait bavarder seule dans le jardin. C'était tout de même peu commun. C'était surtout bien triste. Elle aurait pu être sa petite-fille – même si son Stéphane finirait probablement vieux garçon et ne lui donnerait jamais de petits-enfants. C'était désolant de voir une si jeune personne vivre seule. « Bipolaire », qu'ils avaient dit, les parents. Ça ne parlait pas beaucoup à Emma, mais elle avait bien compris, quand ils étaient venus installer leur fille, que quelque chose ne tournait pas rond dans sa tête, à la gamine. Tantôt elle avait une sorte d'effroi dans le regard, tantôt elle avait l'air complètement détachée. Pauvre petite.

Judy s'était mise à fredonner, ce qui était bien plus agréable que de se battre contre un fantôme acariâtre et moralisateur qui n'était pas capable de foutre le camp. Mais, pour éviter que sa propriétaire ne se doute de quelque chose, elle avait finalement pris l'habitude de simuler des crises de colère en fin de journée, comme c'était souvent le cas lorsque *l'autre* était encore là. Judy avait toujours soupçonné la vieille dame de la surveiller. Mieux valait feindre quelques disputes que de risquer d'être prise lors de ses escapades nocturnes.

Malgré cette petite mascarade plutôt amusante, Judy appréciait fort, comme chaque jour depuis trois semaines, le silence qui l'entourait dès qu'elle ouvrait les yeux. Oh, elle avait toujours hâte d'aller retrouver Alwyn, bien sûr, mais elle ne pouvait s'empêcher de profiter de chaque seconde qu'elle passait seule, si délicieusement seule, enfin. Malgré le temps qui passait, *il* n'était pas réapparu.

Si les premiers jours cela lui avait semblé impossible, trop beau pour être vrai, elle avait désormais la certitude qu'Alwyn, sans même le savoir, sans même l'avoir voulu, avait déjoué le mauvais sort. Il était son antidote. Judy était convaincue que, tant qu'il resterait auprès d'elle, *l'autre* ne reviendrait pas l'accabler. La seule peur qui l'envahissait régulièrement, c'était celle qu'un jour Alwyn ne décide de s'en aller. Que se passerait-il alors ? *L'autre* reviendrait-il aussi sec ? Se retrouverait-elle de nouveau pieds et poings liés, obligée de replonger dans la folie et dans un quotidien rythmé par les disputes, retranchée de la société, dépourvue de toute forme d'attachement et de bonheur ? Plutôt mourir.

Judy chassa ces pensées de son esprit. Il n'y avait pas lieu de s'inquiéter, Alwyn serait là, ce soir et tous les autres soirs. Il l'attendrait, ils iraient marcher dans la forêt ou bien rouleraient jusqu'au manoir abandonné, se raconteraient quelques souvenirs ou contempleraient simplement la nature environnante au clair de lune. Il lui prêterait son manteau quand il ferait trop froid. Il serait toujours présent. Il la protégerait de tout. Elle ne serait plus jamais seule.

9.

1er octobre 2009

— Voilà pour toi, lui dit Alwyn alors qu'ils venaient de monter dans la voiture.

Judy sourit et laissa ses doigts glisser sur le papier cadeau.

— Qu'est-ce que c'est ?

— Une façon de te remercier.

Elle retira l'emballage et découvrit l'ouvrage. La couverture en papier glacé, sans doute la photographie d'une toile aux couleurs chatoyantes, représentait deux voiliers sur la mer. Le nom *TURNER*, en lettres majuscules, faisait office de titre.

— Turner ? Comme le peintre dont tu m'as parlé ?

— Oui.

— C'est magnifique. Mais pourquoi tiens-tu à me remercier ?

— Parce que tu as réveillé ma mémoire.

— Comment ça ?

— Judy, il y a trois semaines encore, plus rien en ce bas monde n'avait de valeur à mes yeux. Ni mon travail, ni ce qu'il me restait de ma famille. Quand James est mort, quand j'ai vu le dédain de celui qui prétendait être notre père, tout autour de moi a pris une couleur terne et morbide. Je ne voyais plus que la désolation, le deuil. À tel point que ce que j'avais autrefois chéri comme un trésor ne représentait plus qu'un souvenir amer. Mais ce matin, quand je me suis éveillé, je me suis souvenu de ma passion pour les toiles de Turner. Je me suis souvenu que, si certaines d'entre elles étaient sombres et grisâtres, si parfois il mettait en scène des navires échoués ou naufragés, eh bien, à d'autres occasions, il peignait mieux que quiconque la beauté d'un coucher de soleil sur l'océan, mêlant les jaunes, les rouges et les oranges pour en faire des tableaux d'une beauté sans égale. Je me suis souvenu du plaisir que j'ai toujours eu à scruter ses toiles jusque dans le moindre détail, déterminé à en percer les secrets, à en découvrir les éléments cachés, car il jouait toujours avec les subtilités et s'amusait à dissimuler des secrets à travers ses coups de pinceau.

Judy observait Alwyn avec attention. Ses yeux brillaient comme ceux d'un enfant, il souriait, dévoilant ses fossettes.

— Turner est le peintre qui m'a le plus touché au cours de mes études et de ma carrière. Ses toiles sont… Elles sont gorgées d'émotion. Et sa technique est époustouflante.

— Tu avais oublié ça ?

— Oui. À cause de ma peine, à cause de ma colère, à cause de ce deuil que je suis incapable de faire. Pourtant, j'ai voyagé à de nombreuses reprises sur les traces de ce peintre, il m'a passionné des années durant, c'est ancré en moi. Alors je voulais simplement te remercier de m'avoir rappelé à quel point j'aime l'art, à quel point la vision d'une de ses toiles peut me transporter. À quel point certaines choses, dans le fond, sont restées belles. Merci de m'avoir rappelé ça.

Judy sourit. Sans qu'elle ait pu le maîtriser, son cœur s'était mis à battre très fort. Elle regardait Alwyn dans son manteau de laine, son teint pâle tranchant avec la couleur de ses cheveux bruns en bataille, ses grands yeux émeraude reflétant une joie qu'elle n'avait jamais observée auparavant. La candeur qu'elle avait toujours décelée en lui s'était comme réveillée, et c'était irrésistible.

— Approche, lui dit-elle.

Alwyn obéit. Lentement, il se pencha et approcha son visage au point de lui frôler la joue. Judy ferma les yeux, savourant la douceur de sa peau toujours si fraîche. Alwyn fit glisser sa main jusque dans le cou de Judy, respirant l'odeur délicate qui s'échappait de sa chevelure noire.

— Embrasse-moi, murmura-t-elle.

10.

2 octobre 2009

Allongée sur le côté dans le grand lit de l'hôtel *Le Maître*, Judy ouvrit les yeux sur le premier jour du reste de sa vie. Pour la première fois, tout allait bien. Pour la première fois, plutôt que de songer à ce qui risquait de déraper, elle pouvait distinguer ces petites choses qui rendaient désormais son existence paisible. Le chant d'une mésange sur une branche proche de la fenêtre, la douceur des draps sur sa peau nue, la lumière du soleil qui filtrait à travers les rideaux, l'harmonie de couleurs crème et gris des meubles de la chambre, l'odeur rassurante d'Alwyn, ce mélange de menthe et de parfum si caractéristique dont elle raffolait. Et, par-dessus tout, sa main sur sa hanche. Son corps, là, contre le sien, juste derrière elle.

Ça ressemblait drôlement au bonheur.

Cette nuit, cette incroyable nuit avait été sa toute première fois. Il allait sans dire qu'elle resterait gravée dans sa mémoire. Ce moment était si parfait ! Elle aurait voulu le vivre éternellement. À l'aube de ses vingt ans, elle avait enfin trouvé sa place, un endroit où elle se sentait en sécurité, un endroit où elle n'avait aucune raison d'éprouver de la frayeur ou de la colère, un endroit où elle pouvait se laisser aller à être sincère : au creux de ses bras. Elle n'en revenait pas d'être là, avec lui, de sentir son buste contre son dos, sa peau contre la sienne. Elle se demanda même si elle n'était pas en train de rêver.

Alwyn passa lentement les doigts sur son épaule. Judy frémit sous sa caresse.

— Bien dormi ? s'enquit-il d'une voix calme.

— Oui, répondit-elle sans oser se retourner, trop intimidée par ce réveil miraculeux. Et toi ?

— Je n'ai jamais rien connu de plus doux, dit-il en s'asseyant pour la regarder.

Elle passa une main dans ses boucles brunes, baissant les yeux.

— Tu rougis, Judy.

Elle plaqua alors le drap contre sa poitrine, puis se redressa et s'approcha de lui, envoûtée. Elle effleura du bout des doigts son torse imberbe, et se hissa jusqu'à son oreille.

— Alwyn ? lui murmura-t-elle.

— Oui ?

— Je crois que je t'aime.

Les battements de son cœur se firent plus rapides, si bien qu'elle les perçut elle-même. Pendant quelques secondes, il ne dit rien. Puis, enfin, il posa le front contre le sien tout en la prenant tendrement dans ses bras. Il sourit, la gratifiant de ses charmantes fossettes.

— Je t'aime aussi, Judy.

CHAPITRE 10

— Alwyn, ne t'en va pas, lui susurra-t-elle.

— Je n'en ai pas l'intention.

— Je veux dire, jamais. Ne t'en va jamais.

— Je ne t'abandonnerai pas, Judy.

— Jure-le-moi. Jure-moi que tu ne me quitteras jamais.

— Je jure que je ne te quitterai jamais. J'en fais le serment.

11.

2 octobre 2009

— Tu m'as dit que tu voyageais beaucoup. Pourquoi ?

Alwyn regarda Judy en souriant. Il avait attendu cette question avec appréhension. La naïveté avec laquelle elle avait prononcé cette phrase tranchait avec la complexité de la réponse.

— Eh bien… pour les toiles.

— Lesquelles ?

— Des tas de toiles.

— Des voyages culturels, avec tes étudiants ?

Il rit.

— Non, pas vraiment, non.

— Hum, tu joues l'homme mystérieux, remarqua-t-elle en lui volant un baiser.

— C'est plutôt que je ne sais pas vraiment comment qualifier ce… job.

— Un job ? Tu veux dire que tu travailles sur autre chose que tes cours ?

— Oui. Disons que je suis… consultant.

— Consultant ? Ce n'est pas le mot qu'on utilise pour embrouiller les gens, ça, par hasard ?

— Si, un peu, répondit Alwyn en riant de plus belle.

Elle le trouvait si séduisant lorsqu'il souriait.

— Tu as donc un secret, lui dit-elle en passant le bout de l'index sur l'une de ses fossettes.

— On peut dire ça, oui.

— Alors, tu me caches quelque chose d'important ? À moi ?

— Tu me caches quelque chose d'important, toi aussi, rétorqua-t-il d'une voix calme.

— C'est différent.

— Bien sûr que c'est différent.

— Tu ne veux pas me le dire juste pour te venger de ce que je te cache ?

— Je n'ai pas dit que je ne voulais pas te le dire. Et je n'aime pas me venger.

— Alors ? C'est quoi, le truc ? Raconte.

Alwyn inspira et passa son bras autour des épaules de Judy, comme il en avait pris l'habitude chaque fois qu'il s'apprêtait à lui raconter quelque chose. Judy raffolait de cet instant où elle savait qu'elle était sur le point de se laisser bercer par le son de sa voix tendre, au cœur de la nuit. Il avait un don pour dire les choses. Elle se sentait comme une petite fille à qui l'on raconte une histoire du soir, comme une enfant candide disposée à se laisser porter par un récit d'aventures. À ce détail près qu'elle avait presque vingt ans et qu'elle était nue, blottie tout contre lui. Ils se retrouvaient toujours dans les bois, puisqu'elle était déterminée à ne jamais lui montrer la maison où elle vivait, mais désormais ils terminaient leurs escapades par quelques heures au *Maître*, se délectant de leurs douces étreintes, s'assoupissant dans les bras l'un de l'autre. Avant l'aube, elle s'échappait, le laissant seul et heureux, pour s'en retourner vers son chez-elle, au rez-de-chaussée de Mme du Maurier, assez tôt pour qu'Emma ne soit pas encore éveillée.

La seule personne à avoir connaissance de tout ça, c'était Anaïs, la trentenaire réceptionniste de l'hôtel qui faisait le plus souvent les nuits. Elle n'avait pas été sans remarquer qu'Alwyn quittait sa chambre tous les soirs vers vingt-trois heures, revenait accompagné d'une jeune femme quelques heures plus tard, jeune femme qui repartait seule aux alentours de cinq heures du matin. Elle avait d'abord trouvé ça étrange, que M. Andrews soit subitement accompagné. Elle s'était surtout dit que c'était fort dommage, parce qu'il était de loin l'homme le plus charmant qu'elle ait jamais rencontré dans ce coin paumé, et qu'elle se serait bien imaginé se glisser dans sa valise ou à son bras quand il repartirait pour l'Angleterre. Puis, les voyant revenir main dans la main, inlassablement, le sourire aux lèvres et les yeux brillants, elle avait fini par se dire qu'ils n'étaient que deux amoureux transis, que c'était beau à voir et que, si elle avait manqué le coche, c'était uniquement sa faute, elle n'avait qu'à être un peu plus entreprenante. Elle finirait vieille fille, comme sa mère le lui répétait à longueur de temps, et eux partageraient une belle et grande histoire d'amour, ils vivraient heureux et auraient beaucoup d'enfants.

Anaïs n'avait aucune idée de l'identité de Judy. Elle ne l'avait jamais croisée. Judy ne quittait presque jamais son appartement ni ne se promenait dans les rues de Viryez. La maison d'Emma n'était pas dans une rue passante mais à l'extrémité du village, là où seuls Louis, le facteur, ou Stéphane, son fils, passaient régulièrement. Judy était là sans que personne le sache vraiment ni fasse attention à elle. Elle aurait pu être de la ville voisine ou d'un autre pays que ça n'aurait rien changé. Lorsqu'elle avait emménagé là-bas, à dix-huit ans, ça avait été comme si elle avait littéralement disparu de la circulation. Jusqu'à ce qu'Alwyn arrive, elle en avait souffert, même si, paradoxalement, cette solitude obligatoire avait été l'unique solution pour échapper aux brimades, aux coups, au regard des autres. Salvatrice, certes, mais pas agréable pour autant. Désormais, Judy voyait sa situation d'un autre œil. Elle passait pour une inconnue. La journée, elle vivait comme la jeune fille folle du rez-de-chaussée. La nuit, elle se transformait en femme, celle qu'un homme amoureux attendait le cœur battant.

— C'est Turner. Joseph Mallord William Turner. Il est bien plus qu'un artiste que j'admire, Judy. Il est aussi… une sorte d'obsession. Je t'ai déjà montré, à travers les pages du livre que je t'ai offert, l'étendue de son talent et ce pour quoi j'ai été subjugué par sa peinture dès que j'ai découvert ses œuvres. Et plus j'en ai appris à son sujet, plus je me suis passionné. Pour son jeu de lumière, cette façon si particulière qu'il a de représenter les reflets, de mêler réalisme et imaginaire, de faire éclater les couleurs, de sublimer les flots, les nuages… Peu de temps après être devenu professeur à Oxford, j'ai trouvé une lettre, dans une épaisse enveloppe noire, simplement posée sur mon bureau à l'université. Elle était manuscrite, rédigée sur un épais papier et signée par un certain « J.W. ». Il était question des « toiles perdues » de Turner.

— Les « toiles perdues » ?

— C'est un bruit qui court, une légende selon laquelle Turner aurait offert plusieurs de ses tableaux à lord Lamont, l'un de ses amis qui l'accueillait régulièrement à Petworth House, dans le Sussex. On dit que ces toiles seraient les plus belles qu'il ait jamais peintes, plus belles encore que celles qu'il a léguées à la Tate Britain de Londres, qu'il les aurait réalisées à l'apogée de son art, deux ou trois ans avant le décès de son père.

— Et tu y crois, toi, à cette légende ?

— Comment pourrais-je y être indifférent ? J'en rêve depuis mon adolescence, de découvrir l'une de ces toiles. De mettre la main sur ce qui, pour moi comme pour l'Angleterre, constituerait un véritable trésor.

— Cet anonyme te lançait le défi de les trouver, c'est ça ?

— C'était évident. Dans le pli, il y avait aussi un chèque, une très grosse somme en euros, un carnet de voyage avec des adresses, des numéros, des croquis, et un billet aller-retour pour Munich.

— Alors ? Tu as accepté ?

— J'ai accepté. J'avais plus de curiosité que de peur à revendre. Et j'étais la bonne personne, j'imagine. Je me demande si quelqu'un d'autre en Grande-Bretagne connaît mieux le travail de Turner que moi. À part l'auteur de cette lettre.

— Et tu es parti ? À Munich ?

— Oui ! Je n'avais que vingt ans, j'avais une passion dévorante et de l'énergie. On m'engageait pour partir sur les traces d'un artiste peintre que je vénérais presque, c'était exaltant ! Et puis, ayant dévoré tous les romans de Conan Doyle, je n'avais pas tellement peur des lettres anonymes, des énigmes et de l'inconnu, ajouta-t-il, amusé.

— C'est génial, commenta simplement Judy, happée par ce récit.

Elle aurait pu l'écouter des heures durant, et c'est précisément ce qui se passa. Alwyn expliqua à Judy comment, de fil en aiguille, motivé par un désir insatiable d'en découvrir toujours plus, il avait décidé de troquer la chaleur familière de son bureau et de sa bibliothèque pour se livrer à une toute nouvelle activité aux quatre coins du monde. Il devenait acteur de son propre roman.

À Prague, en suivant l'itinéraire tracé par « J.W. », il avait atterri chez un vieil homme juif étrangement accueillant qui, de prime abord, lui avait semblé ne plus avoir toute sa tête. Et pourtant, à l'étage de sa maison, dans une pièce remplie de cadres, de chevalets et de peintures à l'huile, il lui avait montré un tableau représentant un galion aux voiles d'un noir profond voguant sur un océan paisible au coucher du soleil. Il lui rappelait *Ulysse raillant Polyphème*, l'une des plus belles réalisations de Turner, avec toutefois quelque chose d'indéfinissable qui en émanait, quelque chose de mélancolique. C'était aussi époustouflant que mystérieux. Le contraste des couleurs, le sujet, l'époque : tout conduisait à William Turner. Alwyn avait frémi, il avait frissonné, il avait rêvé plus fort que jamais. L'espace de quelques instants, il s'était senti privilégié, honoré, émerveillé.

En approchant plus près, pourtant, il avait observé la technique du peintre, qui, si elle était étonnamment bien imitée, n'était pas celle du maître. Le vieillard n'avait pas démenti, il lui avait assuré que c'était une copie conforme de l'une des trois toiles que son propre père avait dissimulées des années durant, au péril de sa vie, y compris pendant la Seconde Guerre. Il lui avait raconté qu'il y en avait deux autres, l'une mettant en scène le même voilier sombre sur des eaux déchaînées, l'autre le dépeignant échoué sur un récif. Il lui raconta que, jusqu'à ses quinze ans, ces trois tableaux inestimables avaient paré les murs de leur modeste demeure et que son père, artiste peintre lui aussi, les avait observés une éternité avant de finalement s'atteler à les reproduire. Un beau jour, il avait remplacé les vrais par ses propres réalisations. Il lui raconta qu'il n'avait jamais su d'où provenaient les premiers et qu'on lui avait volé les deux autres copies. Il lui raconta qu'il tenait à cette dernière toile, immense fierté de son père, plus qu'à toute autre chose.

— Je suis rentré en Angleterre, après ce premier voyage à Munich, persuadé que la légende disait vrai, et sans doute cela avait-il précisément été l'objectif du corbeau. Il me connaissait bien, manifestement. Il voulait attiser mon intérêt, me lancer aux trousses de cette triade. Ça n'a donc pas été la seule enveloppe. Je ne les recevais pas à intervalles réguliers, parfois je n'avais rien pendant des mois, puis, soudain, je découvrais un nouveau pli noir sur mon bureau, de nouvelles indications, de nouveaux contacts. Et je repartais pour quelques jours. J'y ai pris goût, je me suis livré corps et âme à cette quête, j'ai avancé pas à pas, j'ai trouvé de nouvelles informations, chaque fois un peu plus précises, chaque fois un peu plus vérifiables. « J.W. » m'a envoyé en Autriche, en Espagne, au Maroc, en Argentine et même au

Congo. Non seulement j'étais sur les traces d'un peintre que j'estimais, mais aussi je découvrais le monde, les cultures, les langues. C'était passionnant.

— Pourquoi parles-tu à l'imparfait ?

— Parce que, à la mort de mon frère, la flamme qui m'animait s'est éteinte. J'avais perdu mon meilleur ami, je n'avais plus goût à rien. Ni à enseigner, ni à jouer les Indiana Jones. L'insouciance m'avait quitté. Mon esprit était fixé sur le visage de James, pendu, tel que je l'avais retrouvé. C'était effroyable, traumatisant, sans compter que l'indifférence de notre père me rongeait de l'intérieur. Je n'avais plus envie de rien, pas même de repartir en voyage pour poursuivre mes recherches sur les toiles perdues.

— Je comprends. Et tu n'as jamais su qui était ce « J.W. » ?

— Jamais. Je me suis souvent dit que c'était probablement quelqu'un qui me connaissait très bien. Cela s'est vérifié à la mort de James : les courriers ont cessé. Je suis convaincu que l'auteur de ces lettres avait eu connaissance de son suicide, et de ma peine. Qui plus est, au travers de ses lettres, je ne sais pas très bien comment l'expliquer, mais je l'ai toujours trouvé respectueux, bienveillant, même. Comme s'il m'avait mis sur la piste des toiles perdues pour me faire plaisir, comme si ces énigmes étaient un cadeau à mon intention. Peut-être est-ce un autre professeur, un collègue. Peut-être est-ce le père fortuné de l'un de mes élèves. J'ai eu quelques soupçons, puis je me suis ravisé, je n'avais aucune preuve, aucune certitude. Et dans le fond je crois que je préférais ne pas savoir qui il était, cette part de mystère me plaisait.

12.

7 octobre 2009

28 mars 2009

Mon cher petit frère,

Pour cette dernière lettre, c'est moi qui écris. Pas besoin de nègre, il est sans doute un peu tard désormais pour risquer de manquer une occasion de te parler une dernière fois.
Eh bien ? Que serait ce talentueux Sherlock sans son acolyte, le Dr Watson ? N'aurait-il pas fini noyé dans ses élucubrations, les idées embuées par l'absinthe ? À l'heure où j'écris ces lignes, j'avoue que l'idée selon laquelle tu ne m'as pas encore démasqué est bien la seule qui me permette encore d'esquisser un sourire.
Songeais-tu être en mesure de te passer de moi ? Pensais-tu que je ne serais pas là à tes côtés pour t'empêcher de devenir un homme « normal », un homme d'un ennui total, ce genre d'homme que tu as toujours craint de devenir ? Aujourd'hui je regarde celui

que tu es et je suis fier, on ne peut plus fier, d'avoir pu entretenir cette flamme qui brûle en toi depuis toujours. Je suis fier d'avoir participé, en quelque sorte, à l'éclosion du papillon, d'avoir assisté à ton envol, d'avoir constaté avec plaisir que tes ailes sont tout aussi bariolées que la petite chenille que tu étais jadis.

J'ai raffolé de ce jeu. Je suis heureux d'avoir pu me dire que cette futile montagne d'argent que j'ai amassée des années durant aura au moins profité à mon frère et à ses rêves extraordinaires. Tes galions perdus existent. Moi qui te regardais d'un œil aussi moqueur qu'attendri autrefois, je suis aujourd'hui convaincu qu'ils existent bel et bien. Parce que, aussi ridicule que cela puisse te paraître, l'argent ouvre une quantité de portes indécente. Je n'ai pas fait grand-chose qui mérite des éloges, mon frère, mais je me félicite d'avoir eu la présence d'esprit de faire de Barnes mon nègre et complice, de nourrir tes espoirs du mieux que je pouvais. Je me félicite d'avoir pu découvrir ton visage radieux lorsque tu es venu me parler de ce riche anonyme qui te mettait sur les traces de Turner. Je suis sûr qu'avec les informations que j'ai pu découvrir et te transmettre, tu réaliseras ton rêve, tu suivras le chemin et, un beau jour, quand tu auras trente ans ou quatre-vingts, tu retrouveras ces trois toiles, tu les contempleras et tu penseras à moi. Tu te diras que James, ton Watson, ce James que tu trouvais parfois ennuyeux tant il était plongé dans ses manuels de mathématiques, t'aura mené sur les traces du peintre qui habite tes pensées depuis toujours. Tu te diras que nous avons retrouvé un trésor ensemble. Alors, je serai à tes côtés.

Alwyn, tu es devenu l'homme que j'aurais rêvé d'être. Tu es motivé par la passion, tu ne te laisses pas arrêter par les règles, les performances, les devoirs. Tu es honnête, discipliné et on ne peut plus gentleman, certes, mais tu disposes encore à ce jour de cette candeur, de cet amour de l'inconnu qui ne m'a pas assez animé au cours de ma propre existence. J'aurais aimé te ressembler. J'aurais aimé vivre intensément, m'évader comme tu sais le faire. Et j'ai été cet homme, l'espace de quelques mois, je crois. Je l'ai été à ses côtés, auprès d'elle. C'est étrange, n'est-ce pas, d'avoir le meilleur professeur qui soit à sa disposition et de pourtant attendre qu'une femme arrive pour bouleverser notre façon de regarder le monde ? Les femmes ont un pouvoir dont nul homme ne disposera jamais, mon frère. Elles peuvent nous changer, faire de nous des hommes meilleurs, d'un battement de cils, d'un unique regard.

Elle était comme toi, Alwyn, elle était libre, elle voulait vivre ses rêves. Elle a fait de moi un homme meilleur, un homme qui voyait, enfin, plus loin que l'écran qui affichait le cours de la Bourse. Elle m'a donné envie de grands espaces, elle m'a poussé à imaginer ce que serait une vie loin du tumulte de Londres, loin des murs de mon bureau, là où ni chiffres ni objectifs ne règnent, là où seul l'amour est roi. Mary aura été de loin mon plus beau et mon plus précieux trésor. Pourtant, on me l'a enlevée. On m'a volé mon bonheur.

Petit frère, je sais que tu m'en veux. Je sais qu'il t'est impossible de comprendre pourquoi le chagrin m'a envahi à tel point que je n'ai plus goût à la vie. Demain, je ne serai plus de ce monde, demain, tu maudiras ton frère de t'avoir abandonné. Mais je sais qu'un jour tu comprendras. Je sais qu'un jour tu me pardonneras. Un beau jour, Alwyn, tu la rencontreras. Celle qui bouleversera tant ton univers que plus rien ne comptera à tes yeux, que rien ne méritera plus ton attention qu'elle, elle et elle seule. Ce jour-là, mon frère, tu sauras pourquoi il m'aura été impossible de supporter une vie entière sans elle à mes côtés. Tu sauras qu'elle est ton oxygène, et tu auras la certitude absolue que, sans elle, il t'est impossible de survivre. Ce sera plus fort que toi, comme ça a été plus fort que moi. Il m'est impossible de survivre à son souvenir, à son absence. Le manque est devenu intolérable, je suffoque, je suis au bout et rien, rien ne parvient à m'aider à respirer. Voilà pourquoi je dois m'en aller, voilà pourquoi je vais aussi te quitter. J'ai le cœur lourd, Alwyn, mais je te fais le serment qu'il n'y a désormais plus d'autre issue à ma portée. Ceci est donc un adieu. Si tout se passe comme je l'ai préparé, de longs mois seront déjà passés lorsque tu poseras les yeux sur ces mots. J'espère de tout mon cœur que le temps aura déjà commencé à cicatriser ta peine. Je ne veux pas que tu te morfondes, que tu oublies de vivre ta vie et tes rêves simplement parce que je ne suis plus vraiment à tes côtés pour les partager. Alwyn, tu as la capacité de te relever. Tu es plus que disposé à mener tes projets de main de maître sans avoir besoin de moi. Te voilà grand, intelligent et fort. Il ne fait aucun doute que tu t'en sortiras mieux que quiconque, que tu vivras de grandes choses, de belles aventures, que tu verras le monde, que tu te bâtiras un merveilleux futur.

Parce que je sais que tu nieras ces dernières lignes, parce que, te connaissant bien, je sais que je te manquerai quand même, puisque tu me manquerais tout autant, sache que je ne te laisse pas sans rien. Il reste une dernière enveloppe, un dernier mot.

Il y a une caisse de métal, verrouillée, à l'autre bout du monde. Elle contient un nouvel indice, un nouvel itinéraire et de quoi te permettre de poursuivre tes recherches le temps qu'il faudra. Ils te mèneront plus près encore des toiles perdues de Turner. Et, dans cette caisse, tu trouveras une partie de moi. Celle que je chéris le plus, celle que je veux que tu conserves précieusement. Elle contient entre autres choses les lettres de Mary, nos photos d'enfance à toi et moi, ce porte-clés en forme de balle de base-ball que j'avais gagné au tir à la carabine sous tes yeux écarquillés, la montre de gousset en argent que grand-père m'a offerte à mes dix ans ainsi que quelques souvenirs dont je ne me sens pas capable de me séparer.

Et ta casquette, Sherlock. Tu en auras besoin.

Alors, essuie tes larmes, s'il te plaît, dis-toi que malgré le temps et la distance infinie qui nous séparent, il te reste encore mille aventures à vivre et que, d'une certaine façon, je serai tout de même à tes côtés. Prends cet avion, retrouve ce qu'il te reste de moi à Caracas, et cours, envole-toi, retrouve ces galions perdus et grimpe à leur bord. Je sais que tu en es capable, j'ai confiance en toi.

Adieu, petit frère. Je t'aime.

James

*

Sur l'épais papier, les lettres, bien que dessinées avec la pointe du même stylo plume noir, n'étaient pas identiques à celles des précédents messages. Alwyn n'avait eu aucun mal à en identifier l'auteur, avant même de commencer à lire. Alwyn connaissait son frère par cœur, il avait été son héros, son modèle, tout au long de sa vie.

Le cœur d'Alwyn s'était mis à battre fort, si fort, sous le poids de l'adrénaline et de la surprise. Dès qu'il avait commencé à retirer la lettre de l'enveloppe noire, il avait passé son doigt sur les mots comme s'il pouvait encore subsister quelque particule de James sur le papier, comme si, à cet instant précis, il s'apprêtait à le retrouver. Plutôt que de se laisser submerger par les mille questions qui auraient pu l'envahir, il avait figé son esprit sur le privilège extraordinaire qu'il avait de saisir une dernière occasion de laisser son frère lui parler. Son cœur s'était serré, les larmes avaient coulé. Il lui manquait tant ! Il ne s'était pas passé un seul jour sans qu'Alwyn regrette les moments passés à ses côtés, il ne s'était pas passé une seule heure sans qu'il éprouve le sentiment terrible qu'il avait perdu une partie de son être à tout jamais, la personne à laquelle il avait le plus tenu tout au long de sa vie, son frère, son ami.

Cette lettre, c'était un cadeau à retardement.

Alors, Alwyn avait compris. « J.W. ». C'était une évidence, et pourtant, emporté par le deuil et la mélancolie, il avait été aveuglé au point d'oublier ce qui avait rythmé toutes ses vacances d'été lorsqu'il était enfant. Les enquêtes. Bien qu'étant le cadet, il avait toujours été Sherlock, celui à qui tante Janice avait offert cette abominable casquette qui s'était finalement révélée être une assez bonne copie de celle du célèbre détective. Il avait réclamé à son père l'une de ses vieilles pipes en bois, avait passé son long manteau officier, et, ainsi déguisé, s'était senti tout-puissant, prêt à démêler la mystérieuse énigme de cette vieille cabane abandonnée au fond du bois, de laquelle, semblait-il, s'échappait parfois un craquement étrange.

James, bien trop rebuté à l'idée de porter ladite casquette, avait décidé, malgré son statut d'aîné, de prendre le rôle secondaire, celui du docteur. James Watson.

Tout devint plus clair. Cette correspondance à sens unique avait débuté lorsque le très jeune Alwyn était devenu professeur. Surdoué mais plus facilement happé par ses rêveries que poussé par une once d'orgueil, il avait parfois été jugé un brin autiste, mais il avait surtout été reconnu par les plus grands, envié par ses propres élèves. Plusieurs d'entre eux, qui avaient le même âge ou étaient même plus âgés que lui, étaient abasourdis par sa jeunesse lorsqu'il arrivait pour ses premiers cours, au début de l'année universitaire.

Alwyn était entré dans la vie d'adulte bien trop tôt, et l'idée de James visait sans nul doute à préserver sa candeur, à ne pas le laisser se noyer dans le monde sévère et si terre à terre des adultes, que lui connaissait déjà si bien. James avait cherché à poursuivre le jeu, à perpétuer la tradition des longs après-midi de leur enfance, à chercher la vérité sur le chien des Baskerville en arpentant les bois qui entouraient la résidence secondaire des Buckly. James avait accepté de laisser son petit frère devenir un homme, sans oublier pour autant de tout mettre en œuvre pour qu'il ne perde jamais l'éclat de passion qui scintillait dans ses yeux dès qu'on lui parlait d'énigmes, de trésors, et de Turner.

James, ce James que beaucoup jugeaient trop solennel, trop plongé dans les affaires pour savoir s'évader, s'était fait un devoir de préserver les songes qui avaient toujours élu domicile dans l'esprit rêveur de son cher petit frère.

*

Alwyn ne pouvait pas résister à cet appel. En lui, l'évidence s'imposait : il devait partir, retrouver cette caisse, rendre un dernier hommage à son frère, honorer sa mémoire. Loin de se concentrer sur une chasse au trésor, il espérait, du plus profond de son cœur, que ce tout dernier voyage serait celui qui lui permettrait de faire son deuil, enfin. Contre toute attente, lui qui avait fui Londres pour oublier se devait d'y retourner, de monter dans cet avion et de mettre un terme à ces mois de chagrin une bonne fois pour toutes. Un dernier voyage. Un adieu.

*

— Non !

— Judy, laisse-moi t'expliquer...

— NON !

— Il ne s'agit que d'une semaine !

— Tu as promis ! Tu n'as pas le droit ! Tu as juré de ne jamais me quitter ! hurla-t-elle.

— Mais enfin, je ne te quitte pas, ce n'est qu'un voyage, je reviens juste après, il n'est pas question de t'abandonner !

— Tu mens ! Tout le monde ment ! Vous êtes tous sadiques ! Tu es comme les autres, tu attends que je m'attache à toi et puis tu pars, juste pour me regarder souffrir ! Je connais la manœuvre, mes parents ont fait exactement la même chose, comme tous ceux à qui j'ai pu tenir ! Votre seul objectif, à tous, c'est de profiter de moi puis de me regarder sombrer dans la folie et la souffrance, je le sais ! Je le sais !

Alwyn n'en croyait pas ses yeux. Judy avait plongé dans la colère en une fraction de seconde, c'était insensé. La minute précédente, elle l'observait en silence, mais, dès qu'elle avait compris qu'il songeait à s'en aller, elle avait subitement changé d'expression. Son visage s'était figé, ses joues avaient rougi, comme si un brasier s'était enflammé en elle. Elle lui avait jeté un terrible regard noir avant de se lever et de mettre un coup violent dans le vase. Les roses qu'il lui avait offertes quelques heures plus tôt jonchaient maintenant le sol parmi l'eau et les bris de verre. Il n'avait pas eu le temps de s'expliquer, ni même d'amorcer une discussion ; elle ne lui en avait laissé ni le temps ni l'occasion. Elle tournait en rond dans la chambre d'hôtel comme un fauve en cage, prête à bondir sur lui ou à s'échapper. Elle lui sembla désorientée, emportée par des émotions qu'il ne comprenait pas. Elle ne le laissait pas s'approcher ; le renard apprivoisé redevenait plus sauvage que jamais. Ses mains tremblaient si fort qu'elle lui sembla soudain prête à s'effondrer comme un château de cartes.

Sur la table basse, sous quelques pétales rouges échappés du bouquet déchu, l'enveloppe noire fraîchement ouverte, laissant apparaître le papier à lettres et un billet d'avion, provoquait Judy par sa simple présence, splendide et épique mensonge. Quelle mise en scène ! Quel fabuleux scénariste il avait été ! Le feuillet à l'intérieur n'était qu'un prétexte, elle en était certaine. Toute cette histoire n'avait été qu'une énième mascarade. Les promesses n'avaient été que de machiavéliques stratagèmes destinés à la faire rêver, à la duper, c'était si évident désormais. Comment avait-elle pu être aussi naïve, d'ailleurs ? Son existence n'avait-elle pas précisément été jonchée d'espérances invariablement accompagnées de déceptions ? De promesses changées en abandons ? Elle savait bien qu'elle ne devait faire confiance à personne. Elle savait bien que le monde entier avait toujours été ligué contre elle.

Voilà qu'Alwyn avait débarqué, pile au bon moment, la sauvant du désastre et du danger, tel le prince d'un conte de fées. Et, comme par hasard, il l'avait laissée croire qu'elle aussi lui était venue en aide. Tss. Le hasard n'avait rien à voir là-dedans. Bien sûr que ça avait été trop beau pour être vrai. Évidemment que ces belles paroles n'avaient été que des balivernes. Lui avait-il d'ailleurs donné son vrai nom, ou tout cela n'était-il qu'une carte de plus dans son jeu ? Il avait réchauffé son cœur pour mieux le refroidir, le briser et le regarder voler en éclats. Il lui avait fait croire au bonheur, à l'amour. Il lui avait manifesté juste assez de douceur pour qu'elle en devienne dépendante. Il lui avait offert la délicieuse étreinte de ses bras juste assez longtemps pour la laisser en manque. C'était sadique. Mais ça avait été son plan dès le départ, ça ne faisait plus aucun doute.

C'est vrai, Judy s'était toujours méfiée de tout le monde, mais, dans le fond, elle rêvait depuis tout aussi longtemps de pouvoir un jour accorder sa confiance à quelqu'un. Il l'avait charmée de son regard tendre, il avait volé son cœur à la douceur de ses mains glacées par le froid des nuits d'automne, au beau milieu de la forêt. Il avait été attentionné, un brin énigmatique, juste assez pour qu'elle succombe et ne soit plus sur ses gardes. Elle avait marché dans son jeu, motivée par cet espoir secret qu'il était peut-être l'échappatoire qu'elle attendait sans relâche. Oui, c'était cela : l'espoir. Il lui en avait insufflé juste assez pour la rendre accro. Juste assez pour s'assurer qu'elle souffrirait plus intensément encore lorsqu'il s'évanouirait dans la nature.

À présent, tout ce qu'elle souhaitait, c'était sortir, se précipiter chez elle, retrouver sa bouteille de vodka et boire, boire jusqu'à ne plus se souvenir de ces instants qu'elle avait crus magiques, jusqu'à oublier l'odeur enivrante de cet homme, cet Alwyn qui l'avait charmée par son accent et son allure hors du temps. Judy se sentait ridicule, dupée et furieuse. La colère s'emparait d'elle un peu plus chaque seconde, elle s'infiltrait dans ses veines comme un poison puissant et mortel, secouant son corps tout entier. Il lui avait volé ses rêves.

Alwyn était incrédule. Devant lui, ce n'était plus la jeune femme candide et pétillante qu'il avait connue, c'était une bombe à retardement. Il ne savait pas quand ni comment, mais plus les secondes s'égrenaient, plus il tentait de décrypter son regard, plus il se doutait que l'explosion serait dévastatrice. Chaque pas qu'il faisait pour l'approcher semblait être une erreur de plus au compteur, chaque tentative pour la calmer avait précisément l'effet inverse.

— Va-t'en. Va-t'en et ne reviens jamais, lança Judy à Alwyn avec froideur.

— Mais…

— Jamais, je te dis, répéta-t-elle, revêche.

Il ne comprenait pas cet accès de colère qui la submergeait, il ne la reconnaissait pas.

— Je ne veux plus te voir, ajouta-t-elle tandis qu'elle reculait jusqu'à la porte.

— Judy, arrête ! Reste, enfin !

Mais elle tourna la poignée.

— Je vais te faire une promesse à mon tour : si tu reviens, je me tue.

Il la crut.

Elle s'en alla.

ALWYN

Cauchemar

18 octobre 2010

— Je vous laisse le soin de tout noter, Vaubert.

Il se dirigea vers le fond de son bureau en se frottant la tête et annonça :

— On va reprendre depuis le début et dans l'ordre, voulez-vous ? Pouvez-vous m'énoncer vos nom, prénom et date de naissance, je vous prie ?

— Andrews Alwyn, 26 octobre 1984, répondis-je.

Ça sentait à la fois la cigarette, le café et la transpiration, dans cette pièce où on m'avait fait entrer environ deux heures plus tôt. Le commissaire m'observait, circonspect. Une belle cinquantaine, de petits yeux intelligents, d'un bleu assez terne, sous ses paupières tombantes, il n'était pas très grand mais en imposait par sa façon de se tenir bien droit. Il m'écoutait avec attention, les mains dans les poches de son pantalon, adossé à la fenêtre, tandis que le commandant Vaubert, un homme grand et robuste dont on ne pouvait cependant presque pas apercevoir le regard tant ses petits yeux se perdaient derrière ses lunettes, se mit à taper ma déposition avec minutie.

— Où êtes-vous domicilié ?

— Au 17B, Fleet Street, Londres.

— Vraiment ? Vous êtes de nationalité britannique, donc ?

— Je suis anglais, oui.

— Vous me vérifierez tout ça, Vaubert.

— Pas de problème, patron.

— Monsieur Andrews, vous me livrez là des éléments nouveaux et pour le moins surprenants. Il va donc falloir tâcher d'être précis dans vos explications. Ce dossier traîne depuis bientôt un an, nous manquons cruellement d'éléments pour l'éclaircir, et je ne vous cacherai pas que cette affaire est franchement sordide, surtout qu'il s'agit d'une gamine, vous voyez ?

— Sordide ? Je ne comprends pas bien, commissaire.

— Avez-vous la moindre idée des charges qui pourraient peser sur vous après une telle déposition, jeune homme ?

— À vrai dire, monsieur, je n'en ai aucune.

— Vous êtes susceptible d'être accusé de coups et blessures contre Mlle Desforêt, et, pire encore, de viol.

Je restai sans voix. Les journaux ne faisaient aucune mention de sévices sexuels. J'en eus la nausée instantanément. La nausée et, juste après, une irrépressible envie de démolir sur-le-champ celui qui avait bien pu faire ça à Judy. La colère monta en moi, accompagnée d'incompréhension et d'un affreux sentiment de culpabilité. Si j'avais été là…

— Vous me suivez, monsieur Andrews ? Ce n'est pas à prendre à la légère, commenta-t-il tandis que je tentais de reprendre mes esprits.

— Pardonnez-moi, commissaire, mais il y a forcément un malentendu. D'où tenez-vous ces informations ?

— De Mlle Desforêt elle-même.

Mon cœur sembla s'arrêter. Je fus envahi d'une bouffée de chaleur.

— Elle… elle vous a dit que je l'avais battue ? Violée ?

— C'est un peu plus compliqué que ça. Vous voyez, monsieur Andrews, ce qui me chiffonne le plus dans cette histoire, c'est justement que je ne parviens pas à démêler le vrai du faux. Mlle Desforêt a manifestement quelques trous de mémoire, et certains aspects de ce qu'elle a confié à sa psychiatre, le Dr Hernest, sont à prendre avec des pincettes tant que nous n'avons pas d'éléments plus concrets à avancer.

— Une psychiatre ? Elle a dû consulter une psychiatre ?

— C'était plus que nécessaire, croyez-moi. Je pense qu'on peut dire que le Dr Hernest lui a littéralement sauvé la vie. La pauvre gamine était totalement secouée, ses propos étaient parfois incompréhensibles, incohérents. C'est entre autres choses pour cette raison que l'enquête piétine depuis octobre dernier. Pas de témoin, pas de revendication, et une victime si malmenée qu'elle en perd ses moyens ; le récit de son agression reste assez brouillon, même si, des tarés, j'en ai vu passer un bon paquet en garde à vue. Cela dit, ce que je peux vous assurer, pour l'avoir vue de mes propres yeux quelques heures après son rapatriement, c'est que cette jeune fille a été ramassée dans un piteux état. Elle a été salement amochée, mutilée, même. Ce qui me pose problème, c'est l'acharnement dont on a fait preuve. Ça ne ressemble pas vraiment à une agression… disons, classique, ajouta-t-il.

Il laissa planer trois bonnes minutes de silence. Autant dire une éternité, vu les circonstances. Je peinais à comprendre ce que j'entendais. Je ne voulais pas m'imaginer Judy autrement que belle, son visage balayé par le clair de lune, ses longues boucles noires tombant jusqu'au bas de son dos. Je ne parvenais pas à la revoir autrement que blottie contre moi, forte et fragile à la fois, ses grands yeux bruns contemplant le ciel, lorsque, une année plus tôt, nous étions encore tous deux plongés au plus profond des premières nuits d'automne. Sans même que je puisse le pressentir, Judy avait volé mon cœur d'une façon plus farouche encore que les coups de pinceau de Turner ébauchant les flammes de l'incendie de Westminster. Moi, le solitaire un brin misanthrope, celui qui ne vivait qu'à travers les tableaux et les livres… Avec elle j'avais eu envie de renoncer à ma solitude, avec elle j'avais eu envie de faire confiance, de partager. En quelques semaines à peine, elle m'avait changé, apaisé, assiégé.

Le commissaire Debriand finit par extraire les mains de ses poches, approcha de son bureau, saisit le dossier et en sortit une grande enveloppe kraft. Il fit glisser les clichés qu'elle contenait devant moi. Je portai ma main à ma bouche, décontenancé. C'était bien elle, cela ne faisait aucun doute. Je reconnus sans difficulté la forme de sa mâchoire, de ses sourcils, la couleur de ses cheveux, de sa peau, et ce petit grain de beauté juste au-dessus de sa clavicule. Je connaissais par cœur chaque recoin de son corps, je l'avais observée, naguère, des heures durant. Mais là, le spectacle était ignoble. Je fis glisser vers moi une photo, puis une autre, horrifié. Elle était couverte d'hématomes, sur les bras, les jambes, les pommettes. Sa main droite était couverte de coupures. Son œil droit était tuméfié, son sourcil saignait. Sur un autre cliché, du sang s'échappait d'une plaie de six bons centimètres à l'arrière de son crâne, un filet du liquide pourpre glissant le long de sa nuque. Ses lèvres, que j'avais autrefois jugées si parfaitement dessinées, n'étaient plus que deux boursouflures rougeâtres, comme si on l'avait volontairement giflée sur la bouche. Enfin, je distinguai d'affreuses coupures sur ses frêles poignets. Les cheveux noirs en bataille, le teint blafard... Seul son regard témoignait du fait qu'elle était encore en vie, sans quoi on aurait aisément pu la croire morte. C'était insoutenable.

— Monsieur Andrews, quelle est votre profession ?

Je l'entendais sans pouvoir lâcher des yeux la série de photos étalées sur le bureau, alors que j'aurais voulu ne jamais avoir posé les yeux dessus. La rage montait en moi à chaque seconde, je rêvais déjà de la façon dont je pourrais faire payer à ce malade les blessures qu'il avait infligées à Judy. C'était sans nul doute le type qui l'avait tenue recluse des mois durant. J'étais pourtant coupable moi aussi, autant que celui qui lui avait fait ça. Je devais payer le prix de ma désertion, puisque j'avais rompu mon serment. Si j'avais été là...

Le commissaire Debriand s'éclaircit la voix.

— Monsieur Andrews, quelle est votre profession ? répéta-t-il. Précisément ?

— Je suis professeur, commissaire, répondis-je en lâchant les clichés du regard, à présent dégoûté par ce que je voyais et par mon absence, qui était sans doute l'unique déclencheur de ce drame. Pourriez-vous soustraire ces horreurs à ma vue, s'il vous plaît ?

— Vraiment ? Professeur ? Si jeune ? Dans quelle branche ? enchaîna-t-il d'un seul souffle et sur le même ton, tout en remettant soigneusement chacune des photos dans la grande enveloppe.

— Art.

— Vraiment ?

— Vraiment. Je donne des cours d'histoire de l'art à Oxford.

— Histoire de l'art, hein ? Dites-m'en plus.

— Oxford est une université prestigieuse, monsieur, l'une des plus anciennes au monde. Nous y avons des étudiants passionnés. Par les lettres, les mathématiques, les arts. Je leur parle de Raphaël, Michel-Ange, Vinci, Renoir, Monet. Cela dit, le doyen et mes élèves le savent bien, je suis tout particulièrement passionné par les peintres du dix-neuvième.

Debriand donnait l'impression de ne pas même cligner des paupières. Il se frotta le menton en esquissant un sourire peu amical.

— Vous avez vingt-six ans dans quelques jours, annonça-t-il.

— En effet.

— N'est-ce pas légèrement prématuré pour prétendre enseigner dans l'une des plus prestigieuses universités de votre pays ?

— Il se trouve que j'ai quelques « facultés » peu communes. Je suis « surdoué », comme on dit. J'ai toujours disposé d'une mémoire pratiquement infaillible et, lorsque ma passion pour les tableaux de Turner s'est déclarée, alors que je n'avais que quatre ans, j'ai imprimé chaque information, chaque coup de pinceau, chaque tonalité de couleur, jusqu'à connaître ses œuvres par cœur. Ajoutez à cela le fait que mon oncle, un homme influent, est également un ami proche du doyen, vous aurez vite compris pourquoi j'ai accédé à ce poste aussi jeune.

— Vraiment ? Le doyen ? L'ami de votre oncle ?

— Mes parents sont morts dans l'incendie de leur maison de campagne lorsque j'avais douze ans. Leonard Buckly, mon oncle et parrain, m'a adopté et éduqué comme son propre fils après ça.

— Vous me vérifierez tout ça, Vaubert.

— Pas de problème, patron, répéta le gaillard aux lunettes, qui retranscrivait consciencieusement chacun de mes propos.

Un autre silence s'installa. Le commandant Vaubert, visiblement habitué aux manières de son supérieur, patientait de manière quasi figée, tel un robot. Le commissaire frotta de nouveau sa barbe naissante. Il plissa les yeux.

— Et vous enseignez à quelle fréquence ?

— Je donne quatre ou cinq cours par semaine, en règle générale.

— Vraiment ?

— Vraiment, répétai-je, me demandant si cette succession de « vraiment » était une étrange méthode d'intimidation ou simplement un vilain tic de langage.

— Monsieur Andrews, pouvez-vous me dire où vous étiez le soir du 15 octobre 2009, je vous prie ?

— Probablement au-dessus du Pacifique, entre Londres et Caracas.

Vaubert leva le regard dans ma direction, juste une seconde, frotta le haut de son front dégarni et reprit instantanément sa position de secrétaire. Debriand croisa les bras en affichant un froncement de sourcils que je ne parvins pas à interpréter. Autant tout lui dire tout de suite. Certaines charges pouvaient peut-être bien peser sur moi, mais, pensai-je, cela relevait plus de Scotland Yard que de la police française. Je n'étais pas tout blanc, certes, mais je n'étais ni violeur ni assassin. Et j'étais venu ici de mon plein gré, le commissaire le savait bien, même s'il devait par ailleurs trouver cela un brin déstabilisant. De son point de vue, ma présence ici était impromptue, j'en convenais. Toutefois, elle était la preuve que je m'inquiétais pour Judy. Mes autres activités ne la concernaient pas directement, bien qu'elles m'aient trop longtemps éloigné d'elle.

— Vous ne faites pas uniquement dans l'enseignement, n'est-ce pas ?

— Disons que j'ai plusieurs casquettes. Je travaille aussi comme… consultant.

— Allons, mon garçon, éluda le commissaire, visiblement agacé, vous pensez bien que votre soudaine « apparition » me surprend autant qu'elle m'interroge. Vous vous pointez dans mon bureau comme une fleur, avec un an de retard, et vous me dites que cette gamine, vous l'aimez, que vous voulez de ses nouvelles. Ne me faites donc pas perdre mon temps, me somma-t-il d'une voix grave. Vous savez qu'on enquête sur des trafics de drogue, sur des meurtres, de véritables délits, par ici ? Nous ne sommes pas au cinéma, ces photos n'ont rien d'effets spéciaux. Mlle Desforêt a été passée à tabac, elle a été laissée pour morte. Une heure de plus et ce n'est pas dans un hôpital qu'elle aurait été conduite, mais à la morgue. Alors, s'il vous plaît, venez-en aux faits et expliquez-moi mieux que ça ce que vous foutez là, et ce qu'il peut bien y avoir comme rapport entre Londres, Caracas et votre second job.

— Très bien. Alors disons, pour faire court, que je suis chasseur de trésors, en quelque sorte. Mes connaissances en matière de peinture, en particulier des œuvres de Turner, m'ont valu l'intérêt d'une personne aux moyens financiers pratiquement illimités, qui m'emploie depuis quelques années déjà pour dénicher des toiles de grande valeur dans des endroits parfois improbables. Et, pour tout vous dire, la toile que je suis parti chercher le soir du 7 octobre 2009 m'a coûté très cher. Elle m'a coûté onze mois à l'autre bout du monde, onze mois sans vie sociale, onze mois sans voir la pluie d'Oxford, onze mois sans nouvelles de Judy.

Pas évident pour Debriand de lâcher son habituel *Vous me vérifierez tout ça, Vaubert*, ni même un *Vraiment ?* songeai-je. Mis à part à Judy, je n'avais jamais confié ces informations à personne, pas même à oncle Leonard, c'était un secret entre James et moi, c'était ce qui subsistait de lui. Il y avait d'importantes sommes d'argent et de très riches collectionneurs engagés là-dedans. Ça n'avait pas été une simple chasse au trésor, ça avait été risqué à plusieurs reprises. J'aurais pu être accusé de vol, d'effraction… Ce petit jeu entre mon frère et moi avait été des plus palpitants, et pas des moins dangereux. Mais je devais dire la vérité à cet homme, apporter ma contribution à l'avancement de l'enquête. Je le faisais pour elle, rien d'autre ne comptait plus à mes yeux, désormais.

Le commissaire Debriand s'approcha, posa les mains sur le bureau et se pencha au-dessus comme pour sonder mon esprit.

Je pouvais voir les quelques poils blancs parsemant sa barbe blonde, je pouvais respirer l'odeur de tabac froid qu'il dégageait, je pouvais sentir le souffle de sa respiration sur mon visage. Je restai immobile, déterminé à le laisser voir clair à travers moi. Bien qu'un peu mal à l'aise face à lui, je n'étais pas effrayé par cet homme que je jugeais instruit et expérimenté. Au contraire, il m'inspirait confiance et la façon dont il m'avait dépeint l'agression de Judy donnait à penser qu'il avait fait de son métier un moyen de rétablir l'ordre et la justice là où les hommes sèment la discorde et la violence. Sans doute s'était-il engagé comme policier par vocation, sans doute avait-il cru pouvoir jouer à Zorro. J'aurais parié qu'il avait des enfants, cela se lisait sur son visage buriné par les ans, les rides au coin de ses yeux lui octroyaient un discret air rieur. Dès les premières minutes de notre échange, j'avais pensé que Judy était entre de bonnes mains. Il était manifestement l'un des rares à vouloir comprendre ce qui avait pu lui arriver. Lui et ce Dr Hernest, peut-être.

Il se passa bien une ou deux minutes au cours desquelles nous nous regardâmes en silence. Je n'arrivais pas à me sortir les images de la tête.

Les bleus.

Les plaies.

Le sang.

Elle.

Battue.

Violée.

Debriand disposait-il de cet « instinct de flic » dont parlent les polars ? Je l'espérais infiniment, je voulais mettre un visage sur le monstre qui avait fait ça à Judy, le voir payer pour ces horreurs. Mes yeux plongés dans le regard du commissaire, je me repassai en boucle les événements de la soirée du 7 octobre, celle où tout avait basculé, la pire erreur de mon existence. J'entendis de nouveau ses cris, je revis les larmes dévaler les pentes de ses joues rougies par la colère, je me souvins de ses mains qui tremblaient, de sa voix qui s'éraillait sous l'effet de la surprise. Je l'entendis me répéter que je n'avais pas le droit, que j'avais promis, que je devais l'emmener avec moi. Je la revis se débattre quand j'avais tenté de la prendre dans mes bras, je l'entendis à nouveau menacer de se tuer si je revenais. Elle avait été si convaincante ! Je savais qu'elle en était capable : l'image de sa silhouette debout sur le pont, prête à se jeter dans la rivière déchaînée, le tout premier soir, réapparut devant mes yeux. L'adrénaline remonta en moi comme si j'y étais encore, exacerbée par la culpabilité de l'avoir effectivement abandonnée, livrée à elle-même, ce qui avait eu pour conséquence les atrocités que je venais de découvrir. J'étais convaincu que le type méritait de mourir, mais c'était ma faute si elle s'était retrouvée entre ses mains. Je n'aurais pas dû l'écouter. J'aurais dû rester, envers et contre tout.

Tout à coup, le commissaire se redressa, jeta un œil à l'horloge au mur et annonça :

— Il est plus de vingt-trois heures, ça fait déjà trois bonnes heures qu'on est là, vous, moi et Vaubert. Ma femme m'attend et vous avez triste mine, monsieur Andrews. Je crois qu'on va s'en tenir à cette conversation pour ce soir.

Anéanti par ce que je venais d'apprendre, j'opinai. Je n'avais pas dormi depuis plus de vingt heures. Et l'image du visage tuméfié de Judy ne quittait plus mon esprit.

— Vaubert, vous pensez pouvoir me vérifier tout ce qu'il y a de vérifiable avant demain midi ?

— Pas de problème, patron.

— Vous m'appellerez le Dr Hernest, aussi, Vaubert. Je veux qu'elle soit là pour la suite de nos entretiens. Elle est la mieux placée pour faire le lien entre l'histoire de M. Andrews et celle de Mlle Desforêt.

— Très bien, patron. Je m'en occupe.

— Pas de garde à vue pour vous, jeune homme. Du moins, pour l'instant. Vous aurez compris que nous manquons d'éléments précis pour serrer qui que ce soit. Cela dit, votre présence ici n'est pas sans m'intriguer, je ne vous le cacherai pas. Et vos activités, qu'elles soient honnêtes ou non, vérifiables ou non, ne me plaisent pas, sachez-le.

— Je comprends.

— Interdiction formelle de quitter la ville, que ce soit bien clair.

— Je n'en ai pas l'intention. Je suis venu pour la retrouver, pas pour la quitter encore.

— Rendez-vous demain à quatorze heures précises.

— Je serai là, acquiesçai-je en me levant.

Je quittai le commissariat aux alentours de minuit, dévasté par la culpabilité, par la tristesse et par la rage. Judy était vivante. Mais Judy était hospitalisée. Judy avait été battue. Judy avait été violée.

LISA

Cauchemar

19 octobre 2010

Le silence ne fut pas de longue durée. À peine m'étais-je assoupie que je l'entendis gémir une première fois. J'ouvris les yeux dans l'obscurité, le cœur battant, les mâchoires serrées, espérant de toutes mes forces que cela ne recommence pas encore, que ce n'était qu'un changement de cycle du sommeil, comme me l'avaient expliqué les infirmières puéricultrices. Pendant quelques secondes, il se tut, m'offrant un instant d'espoir. Je jetai un œil au réveil sur ma table de nuit : il était plus de quatre heures du matin. Combien de temps avais-je dormi ? Quarante minutes en tout et pour tout. Je n'eus que le temps de me frotter les paupières avant qu'il pousse un premier cri. Les larmes me montèrent aux yeux instantanément. Pour la sixième fois cette nuit-là, je me levai, seule, et me rendis dans cette pièce qui, quelques semaines plus tôt, était encore mon bureau. Ses pleurs se transformèrent vite en hurlements, comme à son habitude.

Guidée par un abominable sentiment de culpabilité plutôt que par l'instinct maternel que j'avais idéalisé des années durant, je saisis l'enfant qui se débattait dans son lit, hurlant si fort que mes oreilles bourdonnaient. Pour ajouter à mon désarroi, il sanglota plus fort encore lorsqu'il comprit que je l'avais pris dans mes bras. Il criait fort, si fort, que son front était en sueur, qu'il tremblait de tous ses membres.

— Chut, chuuuut, tout va bien, calme-toi, bébé, ça va aller, tentai-je, moi-même peu convaincue par mes propos.

Je fis les cent pas, m'efforçant de garder mon calme malgré les larmes qui coulaient sans tarir sur ses joues et sur les miennes. Il n'avait pas faim, il n'avait pas froid. Non. Nous étions tous deux égarés, dépourvus de repères ainsi que de présence rassurante. Ses cris stridents résonnaient en moi avec violence, me rappelant à chaque expiration que je n'étais pas la bonne personne, que j'étais loin de la mère que j'avais voulu être toute ma vie. Je tentai de l'approcher de la lumière colorée de la veilleuse. Il pleurait tant qu'il n'ouvrit même pas les yeux et ne s'arrêta pas une seconde.

Mon désespoir se changea en colère.

— Mais pourquoi tu pleures ? Qu'est-ce que tu veux ? Qu'est-ce que tu veux ? répétai-je tandis que je le tenais contre moi en observant son visage si petit et si torturé.

Ce qu'il voulait, je le savais. Sa mère. Une présence, certes, mais une présence stable, sereine, paisible, dont il puisse reconnaître l'odeur, auprès de qui trouver du réconfort. Oui mais voilà, sa mère était à des kilomètres de là, plus amaigrie que jamais, toujours plongée dans un coma si profond qu'on ne savait plus vraiment si elle pouvait encore percevoir ou non le son de nos voix. Il y avait des semaines que son état stagnait et que l'espoir de la retrouver s'amenuisait. Sans compter qu'elle n'avait jamais manifesté la moindre envie de le voir.

Quant à moi, j'étais tout l'inverse de ce dont il avait besoin. Je vivais en n'étant plus que l'ombre de moi-même depuis que Paul avait mis les voiles pour de bon, pour des raisons que je comprenais et ne pouvais même pas tenter de réfuter, laissant derrière lui un vide énorme dans l'armoire et dans mon être tout entier. Mon esprit n'était plus qu'un mélange hétérogène d'anxiété, de regrets, ainsi que d'une détermination à *le* garder envers et contre tout, envers et contre moi. Je ne travaillais plus. Je n'allais plus courir. Je ne mangeais pas plus que je ne dormais. J'étais seule. Seule avec lui. Seule pour assumer mon choix. Seule pour pleurer. Et je ne pouvais m'en prendre qu'à moi-même.

Malgré mes caresses et mes tentatives pour le distraire, il redoubla d'efforts, comme emporté par une vague de détresse plus intense encore. J'étais bouleversée rien qu'à le regarder et totalement incapable de le rassurer ; la seule expression qui marquait ses traits était un effroyable concentré de peur et d'inconfort. Mon cœur battait fort, j'avais la migraine, mes yeux, toujours remplis de larmes, me brûlaient, assaillis par le sommeil et l'épuisement psychologique. Je n'étais qu'une idiote. Comment avais-je seulement pu imaginer être capable d'assumer un tel rôle ? Comment avais-je pu être à ce point convaincue que c'était là mon unique raison d'être alors que je n'étais bonne à rien ? Je me haïssais.

Sa voix de nouveau-né se mit à s'érailler ; cela faisait déjà plus de vingt minutes qu'il criait sans répit, et je pris peur tant il s'égosillait. Il se mit à tousser, trop enroué. Il toussa, toussa, toussa encore. De plus en plus fort. Au bout de quelques secondes, je compris qu'il était si agité qu'il avait du mal à reprendre son souffle. Soudain, il vomit.

La colère se changea en panique.

Il s'étouffait. Je m'empressai de le redresser, le tenant d'un bras, saisissant un coton pour essuyer sa bouche et sa joue.

Il pleurait tellement qu'il en vomissait.

Je vivais un enfer.

Lorsque j'eus fini de lui nettoyer le visage, je lui proposai un biberon d'eau que, par miracle, il accepta. Assoiffé, il but à longues gorgées et sembla s'apaiser quelques instants, durant lesquels je me mis à penser que c'était peut-être enfin terminé pour cette nuit.

— Voilà, voilà, ça va aller.

Mais à peine avais-je prononcé ces paroles qu'il se mit à hurler de plus belle, mettant un terme à ce trop bref intermède. Éreintée, je le recouchai dans son lit, fermai la porte, honteuse, et m'écroulai en larmes dans mon lit vide, regrettant amèrement de m'être battue pour une cause perdue d'avance.

Manipulation

La « transmission », comme je l'appelais, avait bel et bien eu lieu. D'abord de manière discrète – des remarques au cours de nos entretiens, des piques, des sous-entendus. Et puis, tout s'était concrétisé avec évidence, une évidence qui m'avait surprise et qui, cependant, correspondait en tous points à l'esprit fécond et impulsif de Judy.

Il y avait eu cette courte lettre, qu'elle avait pris soin de rédiger et signer sous les yeux d'une infirmière surveillante quelques jours avant l'accouchement, pour s'assurer qu'on ne remettrait pas en cause qu'elle en était l'auteure :

À l'attention de mes parents, Martine et Michel Desforêt, du personnel médical et de ma psychiatre, le Dr Lisa Hernest, aux officiers d'état civil ainsi qu'à toute personne susceptible d'être impliquée dans les suites à donner à mon dossier :
Je soussignée Judy Émeline Desforêt, née le 9 octobre 1989 à Paris, actuellement internée à l'institut de soins psychiatriques Saint-Vincent, déclare solennellement confier la garde de mon

enfant à naître à Mme Lisa Hernest. Cette décision prend effet dès la naissance et ne comporte pas de limite de durée.
Je souhaite qu'elle puisse adopter l'enfant et l'élever comme le sien, sans qu'elle ait à subir de longues démarches juridiques. Je lui accorde ma pleine confiance et souhaite qu'il en soit de même pour les personnes qui auront à charge de gérer ce dossier.
Judy Desforêt, le 15 juin 2010

L'infirmière l'avait aussitôt transmise à Fabrice, en précisant qu'à la demande de la patiente il ne fallait pas ouvrir le pli avant l'accouchement. Fabrice avait hoché la tête, mais une fois la porte de son bureau refermée, il l'avait lue, bien entendu.

Judy me confiait l'enfant, ou plutôt elle m'en faisait cadeau. Oui, c'était bien ça, elle avait préféré me l'offrir plutôt que de prendre le risque de le haïr. Ce qui, tout au fond, était une marque d'affection à son égard. C'était la démonstration d'une émotion, d'un sentiment qu'elle éprouvait, bien qu'elle refuse catégoriquement de l'admettre. Elle avait tenté des mois durant de persuader chaque personne qui croisait son chemin qu'elle détestait son bébé plus que toute autre chose au monde. Elle avait tenté, encore et encore, de se persuader que le suicide valait mieux pour elle que de vivre avec l'enfant de son violeur. Judy m'avait toujours livré un récit empreint de fatalité : les événements qu'elle avait vécus ou imaginés, tout était comme livré à la tristesse et au malheur, jusqu'à son histoire d'amour. Il lui était impossible de faire confiance à son espoir. Depuis des années, elle était comme programmée pour ne jamais penser que les choses puissent s'arranger, que le vent puisse tourner, qu'un élément dans sa vie puisse la réjouir durablement. Elle était paranoïaque. Paranoïaque à tel point qu'elle s'était toujours méfiée de tout le monde, et qu'elle se méfiait plus encore de cet enfant à naître.

Pourtant, lorsque, pour la première fois, elle m'avait confié son histoire à travers la métaphore de la princesse qui perd son bien-aimé, j'avais noté qu'elle espérait. Elle espérait avoir tort, découvrir le visage de l'enfant, lui reconnaître les traits de l'homme qu'elle avait tant aimé. Il ne s'agissait pas de détruire à tout prix la progéniture d'un meurtrier ; non, ses tentatives de suicide avaient pour objectif d'éliminer le doute. En tuant le fœtus, en se tuant elle-même, elle n'avait plus à faire face au doute. Elle n'avait plus besoin de se poser la moindre question ni de souffrir de la réponse.

Judy n'avait jamais prétendu être folle ni saine d'esprit. Elle avait même toujours ponctué son explication imaginaire de remises en question, de phrases sorties de sa bouche ou de celle d'Alwyn qui démontraient son doute, son incapacité à se juger incomprise du monde entier ou bien folle à lier.

Voilà ce que j'avais longuement analysé, abasourdie, lorsque, trois jours après la naissance, Fabrice m'avait convoquée dans son bureau pour partager avec moi cette fameuse lettre. Ce n'était pas qu'elle me faisait confiance – à vrai dire, sa paranoïa la poussait perpétuellement à remettre en question les actions et mobiles des autres, y compris les miens. Mais elle avait toujours fait preuve d'un discernement hors pair, et avait sans le moindre doute perçu ma sincérité lorsqu'elle avait compris à quel point la stérilité m'affectait. J'avais été là au bon endroit au bon moment. J'avais été, depuis le début, celle qu'elle avait choisie pour que nous soyons toutes les deux satisfaites : elle, débarrassée de ce poids qu'elle ne pouvait plus tolérer ; moi, gratifiée du titre quasi honorifique de mère de substitution. Je ne lui faisais plus peur, je n'étais plus un danger à ses yeux. J'étais la solution.

Des mois durant, elle avait délibérément choisi de me livrer son histoire, non pas parce qu'elle m'appréciait, mais bien plutôt parce qu'elle avait trouvé là le moyen imparable de se délivrer d'une charge qu'elle ne voulait pas assumer. Voilà pourquoi elle avait également accepté de recommencer à s'alimenter ; son plan avait changé, il n'était plus question de se suicider mais de se délester de ce fœtus qui la rongeait de l'intérieur, avec, au bout, l'espoir de reprendre une vie sans ami imaginaire et sans enfant sur les bras. L'espoir l'avait finalement gagnée. La thérapie n'avait été qu'un moyen pour elle de me « garder sous le coude », de m'inclure dans sa grossesse, de me rendre dépendante, de me pousser à m'attacher à ce bébé. Je n'avais rien vu, j'avais marché dans son petit jeu à corps perdu, totalement aveuglée par mes propres désirs, par mes propres frustrations, par mes propres aspirations. J'avais passé trois mois à échanger avec elle en étant convaincue de ma toute-puissance médicale. J'avais passé trois mois à la regarder manger, boire, parler, satisfaite de la voir céder à mes suggestions, certaine que ma méthode différait et surpassait, comme toujours, celle de mes confrères. Elle m'avait manipulée depuis le début.

L'inconnu

19 octobre 2010

Un bruit sourd me sortit d'un sommeil trop perturbé. Les rayons du soleil filtraient à travers les rideaux, je n'avais pas même eu le temps de fermer les volets la veille. Un deuxième coup retentit. J'ouvris des yeux irrités par l'épuisement et par les larmes. Lorsque ma vision fut moins trouble, je jetai un œil au radio-réveil : onze heures vingt-six. Heureusement que j'étais en congé. De toute ma vie, jamais je ne m'étais éveillée à plus de huit heures, ma mère m'ayant enseigné depuis ma plus tendre enfance que « l'avenir appartient à ceux qui se lèvent tôt », m'ayant emmenée profiter des levers de soleil en pleine nature lors de nos vacances, m'ayant incitée à lire, week-ends compris, quelques pages de *La Confession d'un enfant du siècle*[2], de la Bible ou des *Fables* de La Fontaine avant mon petit déjeuner. Elle voulait que je m'imprègne « de la beauté de la nature, de la

2. *La Confession d'un enfant du siècle* est un roman d'Alfred de Musset publié en 1836.

littérature et de la bonté », comme elle disait. Je ne m'en étais jamais plainte, au contraire, j'avais toujours accepté et savouré ces moments au cours desquels non seulement je m'instruisais et me « bonifiais », mais surtout je pouvais profiter de ses yeux bienveillants, de son regard tendre et empli de fierté.

Elle aurait été surprise de me voir, ce matin-là, vêtue d'un top en coton gris délavé que je portais depuis deux jours non-stop, luttant pour reprendre mes esprits autant que pour ouvrir mes paupières, allongée sur mon lit défait, un biberon d'eau encore serré dans ma main gauche. Elle aurait été surprise, certes, mais elle aurait été là pour me rassurer, pour me gratifier de son éternel « Tout va bien, ma chérie, je suis là ». Mais tout allait au plus mal, et elle n'était pas là.

Pour la troisième fois, on frappa à la porte, un peu plus fort. Qui pouvait bien insister de la sorte ? Le facteur lui-même savait que, depuis l'arrivée du bébé, j'avais coupé l'interphone de peur qu'il ne soit réveillé, puisque je bataillais comme une forcenée pour tenter de l'endormir. Cette idée m'obligea à me lever immédiatement. Will dormait. Il dormait ! Je ne savais pas depuis combien de temps, puisque je m'étais manifestement écroulée de sommeil malgré ses cris incessants. Lui aussi était éreinté. Il devait absolument se reposer, coûte que coûte. Je me levai d'un bond, tout à coup gonflée par une énergie insoupçonnée, déterminée à aller ouvrir avant que le petit ne s'éveille et ne se remette à hurler. J'enfilai un jean, passai une main dans mes cheveux pour les arranger un minimum et traversai l'appartement pieds nus, tandis que l'on frappait de plus en plus fort.

Au moment où ma main se posait sur la poignée de la porte d'entrée, j'entendis très distinctement Will qui se mettait à chouiner. L'agacement s'empara de moi en moins de deux. J'ouvris la porte d'un coup sec, un air hargneux se superposant à mon masque de fatigue.

— Quoi ! lançai-je, excédée, oubliant en une fraction de seconde tout ce que j'avais de savoir-vivre et de politesse.

Un homme grand et bien bâti, vêtu d'un élégant manteau noir, m'observait sur le palier, l'air interdit.

— Que voulez-vous ? fis-je, agacée de ne pas même l'entendre me saluer.

Il baissa les yeux, passa une main dans ses cheveux bruns, gêné. Will appela une première fois depuis son lit.

— Que voulez-vous ? répétai-je, agressive.

— Je…

Will poussa un hurlement. Je jetai un regard noir à l'inconnu.

— Avez-vous seulement quelque chose à me dire, monsieur ?

— Oui. C'est important.

Son visage solennel m'inquiéta. Je me demandai s'il ne s'agissait pas d'un flic venu m'avertir d'un événement tragique – depuis le départ de Paul, qui ne me donnait plus de ses nouvelles bien que je passe une bonne partie de mon temps à vérifier s'il ne m'avait pas envoyé ne serait-ce qu'un SMS, il m'arrivait très fréquemment d'avoir peur qu'il ne lui soit arrivé malheur, un accident de voiture, par exemple.

— Restez donc là, je reviens, lançai-je en laissant la porte ouverte.

Tandis que je me dirigeais vers la chambre de Will, anxieuse, je songeai que, s'il avait été flic, il se serait présenté tout de suite, et qu'il ne serait pas venu seul. Quand j'entrai dans la pièce, le petit se mit à pleurer pour de bon, visiblement contrarié de me retrouver.

— Tiens-toi tranquille une minute, tu veux ? On a de la visite.

Je parlais dans le vent. Je le pris dans mes bras et retournai dans l'entrée tandis qu'il s'agitait et pleurait à chaudes larmes. L'homme n'avait pas bougé d'un pouce. Lorsqu'il me vit apparaître avec le bébé dans les bras, il sembla plus confus encore.

— Eh bien ? Je vous écoute, lâchai-je en tentant de bercer Will, toujours contrariée qu'il l'ait réveillé, mais également de plus en plus agacée de ne pas comprendre ce qu'il faisait là.

Mais il ne dit rien.

— Que me voulez-vous, nom d'un chien ?

— Je… je voudrais savoir si… commença-t-il, cherchant ses mots.

— Si quoi ?

— Madame, vous êtes bien le Dr Hernest ? Lisa Hernest ? me demanda-t-il avec un léger accent que je ne parvins pas à reconnaître en observant le bout de ses chaussures, embarrassé ; on aurait dit un enfant.

À ma grande surprise, Will, en entendant sa voix, s'arrêta net de pleurer. Il se tortilla entre mes bras de façon à entrevoir l'inconnu, tourna la tête dans sa direction et le fixa longuement. Depuis que je l'avais recueilli, c'était la toute première fois que je le voyais se calmer en une fraction de seconde. Bien que tout petit, il ouvrait de grands yeux curieux sur cet homme que nous n'avions jamais croisé auparavant. Il le dévisageait littéralement.

— Oui. Oui, c'est écrit sur la porte, répondis-je en essayant de reprendre mes esprits, totalement abasourdie par ce qui se passait, jetant des regards en direction de l'un puis de l'autre pour tenter de comprendre. Il y a un problème ?

L'homme leva enfin de grands yeux verts dans notre direction. Son visage se changea soudain en une expression effrayée, son teint, déjà très pâle, vira presque au blanc. Sans que je puisse l'expliquer, Will se remit à hurler. Il se débattait, criait, plus agité encore que d'habitude. Je perdis tous mes moyens, comme engloutie par une vague de contrariété que je ne maîtrisais plus. Ses cris avaient sur moi une emprise folle : à peine eut-il recommencé que déjà la migraine se mit à cogner à l'intérieur de mon crâne, que je sentis l'adrénaline secouer mon corps tout entier. C'était pire que tout, impossible à contrôler ; la fatigue extrême, la peur, le sentiment d'impuissance, la culpabilité… tout cela se rappelait à moi, c'était une véritable torture.

— Je suis désolée, je ne sais pas ce qui lui prend, dis-je, paniquée. Il a peut-être soif, mentis-je, ne bougez pas, je reviens dans une seconde.

Honteuse de me donner en spectacle de la sorte, pauvre mère célibataire incapable de consoler son enfant que j'étais, je m'empressai de filer dans le salon à la recherche de la tétine qui me permettrait, peut-être, de discuter cinq minutes avant de retomber dans mon abominable quotidien, rythmé par nos moments de détresse respectifs. Will sur un bras, je retournai les coussins du canapé, les magazines de psychologie sur la table basse, puis finis par en trouver une sur le rebord du meuble télé. Je la tendis à Will, qui la repoussa aussitôt, tentai de lui proposer le biberon que j'avais posé sur la console, sans succès. Dépassée, je décidai de le reposer dans son lit, puisque rien n'y faisait.

Après avoir recouché l'enfant qui ne cessait de hurler, désemparée, je traversai l'appartement une fois de plus jusqu'à la porte. L'homme avait disparu.

*

Je m'effondrai sur le divan, vidée, la tête entre les mains. Will pleurait encore, mais j'étais trop contrariée et en colère pour trouver le courage de retourner près de lui tout de suite. Paul aurait sans doute été le seul à pouvoir me rendre un semblant de paix intérieure, son absence se faisait plus lourde à chaque minute, je ruminais mes erreurs, ressassais mes décisions égoïstes... quand, tout à coup, une évidence s'imposa à moi.

Le teint pâle. Les yeux verts. Cette allure si curieuse d'homme fort doublée d'une expression quasi enfantine...

Je me redressai immédiatement, essuyai d'un revers de main les larmes qui mouillaient mes joues. Mon cœur battait à cent à l'heure, survolté, dérouté.

C'était la description parfaite d'Alwyn.

La ressemblance était troublante, d'une irrationalité peu commune et cependant indiscutable. Je l'avais imaginé des mois durant. Tandis que Judy me l'avait décrit, je l'avais imaginé avec elle sur l'accoudoir de son divan, je l'avais imaginé découvrant son piano dans ce vieux manoir, je l'avais imaginé peint dans le bureau de ce lord. Cet inconnu qui était à ma porte cinq minutes plus tôt, c'était son portrait craché.

C'était… c'était… *lui* ? Comment avais-je pu le voir, en chair et en os ? Que pouvait-il bien faire chez moi ? Avais-je totalement halluciné ou quelque chose d'invraisemblable venait-il de se produire ? Était-ce un cauchemar ? La fatigue avait-elle eu raison de moi ? Mes yeux m'avaient-ils joué un mauvais tour ? N'avais-je vu que ce que mon esprit embrouillé par la tristesse et l'épuisement avait délibérément choisi de me montrer ? Étais-je seulement consciente ? J'entendais pourtant encore très distinctement les pleurs de Will et le bruit des voitures en bas. Je sentais l'odeur du canapé en cuir, je voyais le vent se faufiler par la fenêtre entrouverte qui faisait danser le voile du rideau… tout me semblait d'une réalité des plus perceptibles. Comment cet homme pouvait-il exister au-delà de l'imagination de cette patiente ? C'était contre tous mes principes, contre toute rationalité, contre moi. Je devais en avoir le cœur net.

Envahie par un instinct irrésistible, je me précipitai dans la chambre de Will, le saisis en lui disant un « Viens là, bonhomme, on va faire un petit tour dehors », l'emmitouflai dans une couverture, sautai dans la première paire de chaussures qui traînait dans le couloir de l'entrée, sortis de l'appartement sans même prendre la peine de refermer la porte à clé derrière moi et dévalai l'escalier de l'immeuble. Le petit, sans doute surpris par cette escapade impromptue, avait cessé de se lamenter lorsque j'arrivai dehors.

Perdre le contrôle

19 octobre 2010

Je serrai Will contre moi, les yeux grands ouverts sur tout ce qui m'entourait. Je scrutai chaque passant un par un, le cœur battant. Ce qui était certain, c'est qu'un inconnu avait frappé à ma porte et que je ne savais pas pourquoi. Où pouvait-il bien être ? Combien de temps avais-je seulement mis à réaliser ? Avait-il eu le temps de filer ? Était-il venu à pied ? En taxi ? Je remontai ma rue dans un sens puis dans l'autre à grandes foulées, le souffle court, déterminée à le rattraper si par chance il était encore dans le coin. Mais rien. La rue comportait plusieurs bars et restaurants. Il était près de midi, il faisait frais mais beau. S'était-il arrêté pour déjeuner ? Deux hommes d'affaires prenaient un café en terrasse. Je m'en approchai d'un pas rapide et sentis leur regard se poser sur moi, curieuse apparition que j'étais, les cheveux en pétard, mal fagotée, un nouveau-né dans les bras.

— Excusez-moi, fis-je aux deux types que je ne connaissais ni d'Ève ni d'Adam. Avez-vous vu passer un homme grand, mince, plutôt pâle, en manteau noir ? C'est très important.

Les deux hommes se jetèrent un regard perplexe avant de secouer la tête.

— Tout va bien, madame ? s'inquiéta le serveur qui arrivait.

— Non, pas vraiment, répondis-je en tournant les talons.

Je me remis à la recherche de l'inconnu, déterminée à sillonner tout le quartier s'il le fallait. Je ne réfléchissais plus, les idées en moi étaient floues, mêlées de fatigue extrême et de confusion, mais je ne pouvais m'empêcher de voir encore et encore le visage de cet homme que je venais de rencontrer et qui ressemblait comme deux gouttes d'eau à un fantôme qu'on m'avait décrit des mois durant. Ce n'était ni rationnel ni possible, ce n'était même pas probable, et pourtant cette idée fixe s'était imposée à moi sans que je puisse lui faire face. Mon cerveau embrumé était passé en pilotage automatique. Will ne bougeait pas. Jamais je ne l'avais senti si placide ; ça aussi, j'avais du mal à y croire.

Je passai devant les devantures de l'épicerie, de la boulangerie, du *Café de Flore*. J'entrai même dans la banque à l'autre bout de la rue, passai et repassai devant les gens qui faisaient la queue au comptoir, les dévisageant les uns après les autres, les questionnant pour savoir s'ils ne l'auraient pas vu passer. J'avais arpenté les quatre rues parallèles, j'étais entrée dans une vingtaine de boutiques, librairies, salons de coiffure. L'heure tournait, le froid commençait à s'emparer de moi, je ne savais plus très bien depuis combien de temps j'étais là à errer dans mon propre quartier, mais je n'étais parvenue ni à le repérer ni à le croiser. Finalement, je revins sur mes pas et me collai au mur. Ma tête tournait et mes jambes semblaient vouloir se dérober. J'étais en sueur, mais je tremblais de froid.

Il avait disparu, peut-être pour de bon, peut-être pour toujours. Je jetai encore un coup d'œil dans les environs, rien. J'étais essoufflée, désarçonnée par mes propres émotions, par mes agissements soudains et totalement irrationnels. Des gouttes de sueur perlaient sur mon front, j'avais couru dans tous les sens avec ténacité durant de longues minutes. Déçue et exténuée, je caressai avec tendresse les cheveux de Will, qui m'observait de ses grands yeux d'un vert si peu commun.

— Tu l'as vu, toi aussi, n'est-ce pas ? lui susurrai-je. Il était là, face à nous, pas vrai ?

Pour la toute première fois, j'eus l'impression que nous communiquions. Non seulement il ne pleurait plus, mais surtout il me parlait avec clarté d'un simple regard. Je fus immédiatement envahie par un sentiment de tendresse, aussi imprévisible que celui qui m'avait poussée à descendre de chez moi pour poursuivre l'image d'une chimère. Que m'arrivait-il ? C'était fort, déstabilisant et délicieux à la fois. Je lâchais prise, je perdais le contrôle, j'étais submergée par des pensées plus puissantes que ma volonté, plus tenaces que mon esprit cartésien. Nous étions là, Will et moi, en plein froid, en pleine rue, à faire la paix avec près de quatre mois de différé. Parce que nous avions désormais un point commun : nous l'avions vu. C'était impossible, irrationnel, insensé et absurde, oui. Il n'empêche que quelque chose s'était produit, quelque chose que nous avions perçu tous les deux ; j'en trouvais la certitude dans ses iris émeraude.

Dans un contexte classique, je me serais mise à douter de tout. Ce n'était pas moi, ce n'était pas bien, ce n'était pas ce qu'on m'avait appris en médecine. C'était comme plonger de « l'autre côté », c'était comme renier mes principes, mon travail, mes certitudes. Toutefois, à cet instant précis, il n'en était rien. Loin d'angoisser, je savourais. Je me mis à câliner Will, qui me rendit mon étreinte en posant sa petite tête contre mon épaule. Jamais je n'avais éprouvé tant de tendresse et de soulagement.

*

— Lisa ?

Je sursautai. Je ne l'avais pas vue arriver.

— Lucie ? Qu'est-ce que…

— Je n'arrive pas à déterminer si je dois me réjouir de vous voir apparemment en phase, ou bien si je dois tout de suite t'emmener à l'hôpital, lança-t-elle d'une voix contrariée.

— Comment ça ?

— Je ne t'ai jamais vue dans un état pareil. Tu as des valises sous les yeux et tu dois peser au moins cinq kilos de moins que la dernière fois que je t'ai vue. Et… c'est le haut de ton pyjama ? Comment as-tu pu sortir de chez toi habillée comme ça ?

Je restai muette, me contentant de me redresser tout en essayant de remettre un peu d'ordre dans mes cheveux.

— Je descends de chez toi. La porte était ouverte. Ou-verte, Lisa ! Sans compter que ça fait quinze jours que je t'appelle et que je te laisse des messages sans que jamais tu m'accordes plus de trois minutes pour donner des nouvelles. Mais qu'est-ce que tu fous, nom d'un chien ?

— Monte, je vais t'expliquer.

Malentendu

19 octobre 2010

— Alors ? Qu'a-t-il bien pu arriver pour que tu te transformes en ange, toi ?

Will jeta un regard curieux à Lucie, installé confortablement dans son transat tout neuf, sans la moindre tache de lait ni de bave puisqu'il n'avait jamais supporté d'y passer une minute jusqu'à ce jour. Depuis la cuisine ouverte, tandis que je préparais un café à mon amie, je l'observais, médusée. Je n'avais pas eu plus de deux minutes pour analyser ce qui s'était produit, je ne pouvais pas précisément expliquer ce qui avait « transformé » ce bébé angoissé et agité en un petit être si calme que je ne l'entendais plus depuis plusieurs minutes. Ça avait été hors du temps, hors de contrôle. C'était une sensation que je n'avais jamais éprouvée auparavant, une impression nouvelle, unique. Je n'avais pas encore décidé si cela me plaisait ou non, ce qui, en la circonstance, était une première puisque je défendais les lois de la rationalité depuis des décennies et que c'était là l'essence même de ma profession, voire de ma personnalité. Lucie était arrivée vite, bien trop vite, avant que je ne puisse réfléchir posément aux événements de cette dernière heure et tâcher de leur donner un sens. L'enfant était calme. L'enfant était silencieux. Est-ce que c'était normal ? Est-ce que ça allait durer ? Le calme avant la tempête, peut-être ?

— Et toi qui me disais qu'il te menait la vie dure !

— Il faut se méfier de l'eau qui dort. Ou plutôt ne dort pas, en ce qui le concerne.

— Les nuits sont toujours aussi mouvementées ?

— Chaotiques. Insupportables. Et les journées ne sont pas mieux.

— Tu me diras, ça se voit sur ta tête, confirma-t-elle en saisissant la tasse que je lui apportais dans le salon. Tu me joues la comédie pour m'attendrir, pas vrai ? dit-elle à Will d'une voix chantante, un peu niaise, pensai-je. Cela dit, je m'attendais à une machine à bruit et je me retrouve face à un poupon. Avoue qu'il y a de quoi se poser des questions, non ?

Je restai muette et me contentai de siroter ma limonade.

— Depuis quand préfères-tu de la limonade à un bon vieil arabica, hum ? me demanda-t-elle, inquisitrice.

— J'ai soif.

— Depuis quand étais-tu dehors ?

— Un bon moment.

— « Un bon moment » ? Un moment assez long pour que je te retrouve à la fois en sueur et frigorifiée au pied de chez toi, à peine habillée. Un moment assez long pour que tu choisisses de boire un soda plutôt que de sauter sur ta machine à café comme tu le fais toujours. Qu'est-ce que tu foutais dehors, Lisa ?

— Je… je cherchais quelqu'un.

Elle me jeta un regard suspicieux. Elle ressemblait un peu à une petite fille, avec sa robe rouge à manches longues et col Claudine, ses lunettes de soleil rondes sur la tête, sa frange droite noir corbeau parfaitement coiffée, son rouge à lèvres carmin. Sauf que je connaissais bien cette façon qu'elle avait de me dévisager et que le ton de cette conversation était on ne peut plus sérieux.

— Ma belle, il s'est passé quelque chose. Dis-moi quoi.

J'inspirai un grand coup.

— Quelqu'un est venu nous rendre visite. Il était plus de onze heures mais je n'avais pas fermé l'œil de la nuit, il nous a réveillés, le petit et moi, ça m'a mise dans une colère noire. Il… il est monté, il a frappé, j'ai ouvert, il m'a dit qu'il voulait me parler, que c'était important, mais il ne savait pas par où commencer, il bafouillait, il regardait le bout de ses chaussures… Will s'est mis à hurler, pour changer, alors je lui ai demandé de patienter une minute, le temps que je trouve un moyen de distraire le petit pour qu'on puisse discuter et… et, quand je suis revenue, il avait disparu.

Lucie se leva, me gratifia d'un sourire gêné, approcha puis me prit dans ses bras. L'étreinte me surprit autant qu'elle me toucha. J'étais perdue et seule depuis des semaines, avec pour seules compagnes une culpabilité chronique et une fatigue extrême. La présence d'une amie chère à mon cœur me réconforta.

— Oh, ma belle, je suis désolée, je crois qu'il avait de bonnes raisons de ne pas trouver ses mots... Je crois que je sais pourquoi il est passé, me souffla-t-elle, la gorge nouée.

J'ouvris des yeux ronds, stupéfaite. Comment pouvait-elle savoir ?

— Quoi ?

— Il me semble que ce n'est pas vraiment à moi de te l'annoncer, mais...

— Mais quoi ? Explique-toi ! Que me caches-tu ?

— C'est Jules.

— Jules ? Qui ça, Jules ?

— Tu es vraiment fatiguée, Lisa. Son père, bien sûr. Son père est décédé il y a deux jours. C'est sûrement pour te l'annoncer que Paul est venu.

Je restai sans voix, envahie par un flot de sentiments contradictoires. Lucie n'avait pas saisi le véritable propos de ce que je venais de lui raconter, mais elle me larguait une bombe en plein sur le cœur. L'ascenseur émotionnel de ma journée avait manifestement été activé tôt ce matin-là.

J'avais toujours considéré le père de Paul comme un membre de ma famille. Ayant moi-même souffert de l'absence paternelle, je m'étais parfois surprise à me sentir en confiance auprès de Jules, qui, j'en étais convaincue, m'avait toujours lui aussi considérée comme la fille qu'il n'avait jamais eue. On lui avait diagnostiqué un cancer du côlon deux ans auparavant et son état s'était nettement aggravé au cours de l'hiver. J'avais connu ça avec maman, je n'avais pas de peine à imaginer mon beau-père, du haut de ses soixante-dix ans, faire face à ce même fléau et y succomber, comme tant d'autres. Ce n'était pas précisément le même cancer, mais je savais ce à quoi ressemblait une « fin de vie », rythmée par les séances de chimio, les examens à tort et à travers, les longues journées à attendre que la mort vienne, prisonnier d'un lit d'hôpital. Je revoyais maman, plus affaiblie que jamais, qui prenait avec philosophie le passage imminent de la grande faucheuse. Je me souvenais de tout. Les abominables nausées. Le corps qui flanche. Les forces qui s'amenuisent, les cheveux qui tombent. J'aurais voulu être là. J'aurais voulu tenir la main gauche de Jules quand Paul tenait la droite, au moment fatidique. Être là. Le soutenir. L'accompagner, comme il l'avait fait avec amour et compassion lorsque j'avais moi-même dû faire face à cette terrible épreuve.

Sauf que Paul avait quitté les lieux dès que les services sociaux m'avaient confié la garde de Will, peu de temps après sa naissance, et que, depuis, je n'avais pas eu de ses nouvelles. Silence radio. Un silence que j'avais respecté, comprenant sans mal son besoin de s'éloigner de tout ça, de moi, de mes obsessions.

Debout, assommée par cette nouvelle, je me mis à pleurer. Décidément, les larmes s'invitaient souvent, ces temps-ci. J'étais triste à propos de Jules, triste de ne pas avoir pu lui dire au revoir. J'étais surtout triste d'apprendre que Paul avait décidé de sérieusement m'écarter de sa vie. À tel point qu'il m'avait même écartée de son deuil. Moi qui, au fond, m'étais toujours dit que nos différends ne seraient que passagers, que les choses finiraient bien par s'arranger, qu'il reviendrait tôt ou tard, je me prenais la réalité en pleine figure. Quelque chose entre nous s'était véritablement brisé.

— Je suis terriblement désolée, j'imagine que tu aurais préféré l'apprendre autrement, me dit Lucie en m'étreignant de plus belle.

Je n'arrivais pas à sortir le moindre mot. Comment, alors qu'il n'était même pas quinze heures, avais-je pu ressentir à la fois fatigue, colère, incompréhension, espoir, déception, apaisement, joie, puis deuil et détresse ? La pièce se mit à tourner, mes oreilles sifflèrent, ma vue se brouilla. Je portai la main à mon front et manquai de tomber.

— Hé là, allonge-toi sur le divan, m'ordonna Lucie en m'accompagnant.

Les larmes coulaient encore sur mes joues. J'avais l'impression qu'elles coulaient depuis des semaines sans jamais tarir. Lucie prit mon pouls.

— Tu sais que tu m'inquiètes, ma belle ? Il faudrait aller chez le médecin. Ou aux urgences. Il y a de quoi se faire du souci, quand on te regarde.

— Je suis exténuée, voilà tout.

— Quand as-tu mangé pour la dernière fois ?

— Je n'en sais rien, murmurai-je en fronçant les sourcils. Il pleure, il pleure tout le temps.

— J'appelle les pompiers.

— Non.

— Non ? Mais tu ne tiens plus debout, tu as les joues creusées, des cernes à faire peur, et tu penses encore être capable de rester seule avec un bébé ?

— Je ne veux pas qu'on m'emmène en ambulance, c'est juste une mauvaise passe, un coup de pompe…

— Alors j'appelle Paul.

— Non !

— Tu ne peux pas rester seule dans cet état !

— Paul ne veut pas me voir.

— Hein ? Mais tu viens de me dire qu'il était passé ce matin ! La fatigue te tape sur le système !

— Tu en fais des tonnes, ne dramatise pas, ça va aller, fis-je d'une voix rassurante en essayant de m'asseoir.

À peine eus-je terminé ma phrase qu'un second malaise me prit au dépourvu ; je me sentis flancher. J'étais à bout de forces et, cette fois-ci, mon mental se voyait terrassé lui aussi.

En mon for intérieur

Nous étions plongés dans le silence et la clarté. Je connaissais bien cet endroit, c'était là que je me retranchais quand je voulais apaiser mon esprit, quand je voulais me recentrer sur l'essentiel. Sauf que, cette fois, je ne me souvenais pas d'y être entrée. J'étais là, voilà tout.

Il se tenait en face de moi, le regard baissé. Il semblait ne pas même percevoir ma présence. Immobile. Stoïque. Je l'observais, concentrée, déterminée à le scruter jusqu'au moindre détail. Je voulais savoir. Qui avait raison ? Elle ? Moi ? Pourquoi me posais-je cette question, d'ailleurs ?

Je haïssais le doute plus que toute autre chose. J'aimais la maîtrise, la connaissance, la certitude. Depuis toujours, l'idée d'admettre des faits que je ne pouvais pas vérifier de manière concrète m'angoissait. Voilà pourquoi j'avais choisi ce métier. Parce qu'il m'amenait à côtoyer de près l'incohérence, les esprits confus, l'absurde. Oui, je les côtoyais, je les analysais, je les décortiquais, je les diagnostiquais, je les expliquais, je les traitais. Loin de me laisser submerger par l'irrationnel, je me faisais un devoir de tout justifier, parce que cela me rassurait, parce que cela me réconfortait. J'avais conscience d'être motivée par un excessif besoin de contrôler les choses, de peur qu'elles ne finissent par m'échapper puis m'engloutir. Bien que j'aie passé un nombre incalculable d'heures à potasser les écrits de Freud, Kant, Nietzsche et tous les autres au cours de mes études, je n'avais jamais pu me résoudre à philosopher, à me demander pourquoi l'on vit et meurt, ce qui se passe « après ». Je n'avais jamais adhéré à autre chose qu'aux livres, aux mathématiques, à la raison. Parce que je préférais ne pas savoir. Parce que j'étais terrorisée.

Et pourtant, voilà qu'il se dressait devant moi, plus réel et distinct que jamais, enveloppé de cette lumière si vive, dans cet espace sans murs ni frontières que je connaissais par cœur. L'espace de ma perception, celui de ma réalité, celui de mes certitudes : mon refuge, mon palais mental, mon for intérieur. Que pouvait-il bien faire ici, lui, la chimère ?

Il était grand, se tenait droit, vêtu d'un costume noir mat parfaitement ajusté à sa silhouette. Sa chemise de couleur bleu nuit, dont le col était légèrement ouvert, tranchait avec la blancheur de sa peau. Ses cheveux en bataille contrastaient quelque peu avec son allure élégante. Ses sourcils étaient comme tracés au fusain, tels qu'elle me les avait décrits. Sur son visage, je pouvais lire sans peine la candeur mêlée à un air mi-triste mi-torturé. Il m'impressionnait tout en me donnant envie de le prendre dans mes bras pour lui dire de ne pas s'inquiéter, que les choses allaient s'arranger. Mais quelles choses ? Que pouvais-je bien faire pour lui, qui n'était que le fruit de l'imagination prolifique d'une insensée ?

Alors, il leva les yeux puis sourit. Ses fossettes apparurent et je remarquai son regard intense, ses iris d'un vert si profond qu'on aurait dit deux émeraudes.

Comme Will. Exactement comme Will.

La stupeur m'envahit. Je m'étais refusée à l'envisager, j'avais tout fait pour effacer cette graine d'idée de mes pensées. Sauf que le doute m'apparaissait désormais de façon si perceptible que mon cerveau ne pouvait plus le nier. Moi qui étais la définition même de la rationalité, j'avais choisi délibérément de fermer les yeux sur la plus extraordinaire des théories, sur l'enfant que j'avais ardemment désiré, ce bébé que j'avais recueilli.

— Lisa, ma toute petite, n'aie pas peur. Plus l'amour est parfait, plus la folie est grande et le bonheur sensible.

— Maman ? Maman, où es-tu ?

Déjà sa voix résonnait au loin et le silence reprit sa place. Comme chaque fois qu'elle intervenait jadis, mon cœur reprenait le dessus sur mon esprit, je m'apaisais et me ralliais à son avis. Maman n'était pas comme moi. Maman se laissait porter par le vent dans les champs, elle aimait contempler la splendeur du soleil dont les couleurs chatoyantes inondaient l'horizon, intimement convaincue que tant de beauté ne pouvait en aucun cas être le fruit du hasard. Je n'avais pas toujours été aussi perméable à tout ça. J'aurais voulu ne jamais le devenir.

Mais un jour, à l'aube de mes huit ans, j'avais décidé solennellement que l'inexplicable n'avait plus sa place dans ma vie. Sans doute parce que mon père était parti, un soir d'avril, et nous avait laissées seules, sans un au revoir, sans une lettre. Après son départ, un insupportable « pourquoi ? » s'était immiscé dans chaque recoin de notre maison, détruisant tout sur son passage, de mes rêves à mes espoirs. Nous ne le prononcions pas souvent, ce qui ne l'empêchait pas de s'afficher partout et tout le temps. Nous avons patienté, maman et moi, des jours, des semaines, des années. Mais rien. Pas un signe de vie. Pas la moindre explication. J'avais vu maman pleurer, un soir, alors qu'elle avait oublié de fermer la porte de sa chambre. Elle priait et pleurait, les yeux rougis, les mains tremblantes. Maman, la joie incarnée, cette femme que j'admirais plus que tout au monde. Terrassée par un « pourquoi ? ». Rien n'aurait pu m'affecter plus que de la voir souffrir. Elle, si forte, je la découvrais démunie. Rien ne me faisait plus de mal que de la regarder perdre espoir. Oh, elle le retrouverait, bien sûr. Dès le lendemain, elle aurait de nouveau cet air rieur et la voix chantante, parce qu'elle ne voulait pas que je sombre à mon tour, parce qu'elle voulait me préserver et me couvrir de bonheur autant qu'elle le pouvait.

Mais moi, cachée derrière la porte, du haut de mes huit ans, je l'avais observée plusieurs minutes, de trop longues minutes, et j'avais haï cette image de ma mère, ma mère dévastée et triste. Je ne voulais plus jamais subir le son strident d'un « pourquoi ? » dépourvu de réponse. La rationalité serait bientôt mon amie la plus chère, et mon ambition me poussa, plusieurs années plus tard, à vouloir me frotter au plus grand nombre possible de « pourquoi ? » dans le seul et unique but de les détruire un par un en leur apportant réponses et explications fiables. Je voulais les faire taire, tous, à tout prix.

Ce souvenir bousculait mon cœur autant que mon esprit. Il se rappelait à moi pour que j'écoute ce refrain une fois encore : *Plus l'amour est parfait, plus la folie est grande et le bonheur sensible.*

Devant moi, Alwyn me regardait avec attention, silencieux. Se pouvait-il que…

Doute

20 octobre 2010

— Où est-il ?

— À la crèche de l'hôpital. Ils ont bien voulu le garder le temps qu'on trouve une autre solution.

— Il va bien ?

— Très bien.

— Il pleure ?

— Ça lui arrive. Mais il passe de bras en bras et ça a l'air de lui convenir. Ne t'en fais pas pour lui.

Je me redressai, un peu étourdie. Lucie me regardait depuis le fauteuil d'un œil cerné et sévère, même si je discernais ce petit sourire en coin qu'elle ne pouvait réfréner. Ses cheveux étaient froissés, sa frange désordonnée. Son eye-liner avait coulé sur sa joue droite, et il lui restait encore un peu de rouge à lèvres, mais uniquement sur les contours de la bouche. Sa jupe en soie était recouverte de plis et ses talons aiguilles traînaient par terre, à côté d'une bouteille d'eau minérale et de son énorme sac à main ouvert.

— Comment te sens-tu, toi ? me lança-t-elle en se levant.

— Reposée.

Lucie éclata d'un rire joyeux.

— Tu m'étonnes ! Tu viens de dormir quinze heures d'affilée ! s'exclama-t-elle. À part ça, tu allais bien, c'est ça ?

Je ris à mon tour. J'avais la sensation de sortir d'un mauvais rêve qui aurait duré des mois. D'étranges images me revinrent, du blanc, de la clarté, une silhouette. Je chassai ces curieux souvenirs de mon esprit et décidai de savourer. Je ne me souvenais même plus quand, pour la dernière fois, je m'étais éveillée juste parce que je n'avais plus sommeil. Force était de reconnaître que ces quelques heures de repos forcé m'avaient été bénéfiques. Je me sentais plus alerte, plus « moi-même ». J'avais faim. Et je n'avais plus la migraine.

— Je vais prévenir les infirmières que tu es sortie des bras de Morphée.

— Quelle heure est-il ?

— Sept heures.

— Tu es restée toute la nuit ? m'inquiétai-je.

— Oui.

— Tu n'aurais pas dû.

— Oh que si. De nous deux, je suis la mieux placée pour savoir quelle tête tu avais hier encore. Une tête à faire peur, fais-moi confiance. Je n'aurais pas fermé l'œil de la nuit même si j'étais rentrée chez moi, de toute manière. Si tu voulais me foutre les jetons, tu as réussi.

— Je suis désolée.

— Non, tu ne l'es pas. Tu es têtue, ça oui. Et un poil trop sûre de toi. Mais enfin, ma belle, tu songeais pouvoir tenir combien de temps encore comme ça, à passer outre à la fatigue ? Tu ne pensais quand même pas sérieusement pouvoir gérer un bébé dans ton état ?

— Tu dramatises. Je ne vais pas si mal que ça. C'est de la fatigue, ça arrive à tout le monde.

— Arrête un peu ! Tu as fait une telle chute de tension qu'on a eu du mal à te requinquer, Lisa ! Tu as dépassé ton seuil de fatigue tolérable depuis des semaines. Tu as les yeux explosés. Sans parler du fait que tu vis seule avec cet enfant qui n'est pas le tien, que Paul n'est pas là pour te raisonner comme il se doit et que tu refuses l'aide de tout le monde. Ne me dis pas que tu vas bien. Je te connais mieux que tu ne le penses, et celle que j'ai vue hier n'était que l'ombre de mon amie. Celle que j'ai vue hier était un fantôme, l'âme égarée d'une femme qui se croit plus forte qu'elle ne l'est en réalité.

— Lucie, s'il te plaît…

— Je ne suis pas là en psy, Lisa. Si j'ai dormi ici, à ton chevet, dans ce foutu fauteuil qui m'a cassé le dos, ce n'est pas pour faire ton analyse au petit matin. C'est parce que je tiens à toi, parce que tu m'as fait une sacrée peur et que j'espérais au moins qu'au réveil tu retrouves un semblant de cohérence.

— Je sais que ça ne va pas bien.

— Eh bien. Enfin une phrase sensée !

— J'ai eu des hallucinations. Je crois.

— Rien que ça. Et tu vas encore me servir ton discours tout fait selon lequel tu t'en sors très bien toute seule ?

— Je ne sais pas. Je ne sais plus très bien.

Non. Je ne savais plus. Ce réveil dans un lit d'hôpital, après un fichu malaise et des semaines sans avoir passé une vraie nuit à me reposer, avait des allures de miracle. Et pourtant ces images ne quittaient plus mon esprit. Ce que j'avais vu, même si c'était le fruit d'une extrême fatigue, s'était révélé d'un réalisme époustouflant.

— Je vais prévenir les infirmières.

— Rapporte-moi de quoi manger, s'il te plaît, je crève de faim.

— Ah oui, c'est vrai que manger aussi, tu avais oublié depuis quatre mois environ. Je vais te rapporter un de ces affreux croissants industriels qu'ils préparent si bien ici, commenta Lucie avec ironie en quittant la pièce.

Sitôt seule, je culpabilisai. Ce sentiment s'empara de moi sans que je puisse le contrôler, violent et douloureux.

Mauvaise mère.

Je m'étais battue contre ma raison et contre Paul pour recueillir ce bébé. Mais je faisais le bilan et, quatre mois après nos débuts, il était catastrophique. Cet enfant ne m'aimait pas. Je peinais à le faire manger et dormir. Je n'arrivais jamais vraiment à le rassurer. Sans doute parce que moi-même je ne me sentais pas capable d'assumer ce rôle de substitution. Parce que je n'étais pas sa mère et ne le serais jamais.

Mauvaise épouse.

Ça allait sans dire, Paul était parti. Ce Paul que personne n'aurait imaginé s'en aller un jour, j'avais réussi à le pousser tellement à bout qu'il en avait eu assez de mon obstination, de mon orgueil et de mon égoïsme. Il avait voulu un enfant avec moi, j'avais voulu un enfant tout court. C'était d'une simplicité déconcertante et tout aussi navrante. Je ne pouvais même pas lui en vouloir. J'étais l'unique responsable de cette rupture.

Mauvaise psy.

Mauvaise psy ? D'où sortait donc cette idée ? De mes rêveries, assurément. D'ailleurs, rêveries ou hallucinations, peu importait. J'avais vu, entendu et senti un million de choses ces dernières vingt-quatre heures, et même si, avec du repos et du recul, il était évident que je n'avais vu personne à ma porte la veille, pas plus que je n'avais entendu la voix de ma mère, quelque chose en moi pensait que j'avais fait fausse route. Fausse route ! Comme si ma raison s'était laissé grignoter par le doute. Comme si une intuition profonde me répétait avec insistance que j'avais raté le coche, que Judy n'était pas la jeune femme délirante que j'avais décrite dans mon rapport.

Comment aurais-je pu faire fausse route ? Ma formation et mes années d'expérience auprès de mes patients m'avaient préparée à tout cela, elles avaient fait de moi la psychiatre de renom que j'étais, elles avaient poussé des dizaines de confrères à me confier des cas plus complexes les uns que les autres. Pourtant… pourtant, elles m'avaient aussi appris que, lorsqu'une idée tenace s'exprime dans l'esprit d'un patient, elle peut être rattachée à la réalité. Elle peut devenir la clé, une partie de la réponse si ce n'est la réponse elle-même. Eh bien ? Que pouvait signifier cette réflexion qui tournait dans ma tête ? S'agissait-il d'un éclair de lucidité après une nuit revigorante ou bien des divagations d'une femme au bout du rouleau ?

Je pris une grande inspiration pour tenter de mettre de l'ordre dans mes pensées. Je n'étais ni sur le point d'imploser, ni sur le point de faire un malaise. Non. J'étais consciente, reposée, même, pour la première fois depuis longtemps. Et mes réflexions se justifiaient totalement. J'avais mis un désordre considérable dans ma vie de couple et dans ma vie professionnelle. J'avais échoué là où depuis toujours j'avais été convaincue de réussir. C'était triste à dire, mais ces idées étaient concrètes et, en un certain sens, rassurantes, puisque je détestais depuis longtemps ce qui ne l'était pas. Mais ce qui s'imposait à moi, de façon tout aussi concrète, c'est que je doutais. Je doutais de mon analyse, je doutais de mon diagnostic. Plus de quatre mois après avoir rendu ce foutu rapport à Fabrice.

C'était agaçant, humiliant, même. Je détestais me remettre en question, je détestais avoir cette impression que les choses, pour une raison ou une autre, m'échappaient. L'idée même de ne plus maîtriser, de ne plus savoir, de ne plus comprendre. La sensation de m'être fourvoyée. C'était insoutenable. Pourtant, seule dans ce lit, libérée pour une durée indéterminée de ces cris incessants et de mon incapacité à être mère, je ne pouvais que voir la réalité en face.

Ce que j'avais chassé de mes pensées dès l'instant où mes yeux s'étaient posés sur Will resurgissait brusquement. J'avais fait taire toute part d'irrationnel dans cette affaire. Mais l'avais-je fait à bon escient ? Avais-je, justement, choisi de tout rationaliser, pour ne pas avoir à subir les assauts de ces éternels « pourquoi » ? Y avait-il une chance pour que, motivée par des désirs intimes, je me sois laissée aller à simplifier un cas sans vraiment m'en apercevoir pour parvenir à mes fins ? Ces interrogations me glaçaient le sang. Si elles se révélaient vraies, si j'avais, malgré moi, cherché à boucler le dossier Desforêt dans l'unique but d'assouvir mon désir de maternité, alors… alors j'étais un monstre. Alors je n'avais pas terminé mon travail et j'avais potentiellement négligé le cas d'une patiente en détresse. Cependant, mon inconscient, à travers ces images redondantes d'Alwyn, semblait tout à coup me crier que je m'étais sans doute un peu trop précipitée pour poser un diagnostic sur l'histoire de Judy. Et si, en fin de compte, cette jeune femme frêle et impulsive n'avait pas totalement inventé cet homme aux yeux émeraude ? Se pouvait-il qu'Alwyn ait existé autrement qu'en qualité d'ami imaginaire ?

Je voulais en avoir le cœur net. Je n'allais pas avoir à attendre longtemps.

Convoquée

20 octobre 2010

Lucie revint quelques minutes plus tard, les bras chargés de croissants et de café.

— Tu as de la chance, je suis gourmande et il y a une boulangerie en face de l'hôpital. Je vais t'épargner les cochonneries industrielles, mais uniquement parce que j'ai faim aussi, lança-t-elle en posant son manteau sur le fauteuil.

— C'est gentil, merci.

Elle posa le sachet et les gobelets sur la table roulante puis m'observa, interdite.

— Qu'est-ce qui t'arrive ? On dirait que tu as vu un fantôme.

— Je crois qu'on n'en est pas si loin.

— Visiblement, il te manque encore quelques dizaines d'heures de sommeil, ma belle. Tu avais raison, il est mignon, ce petit, mais il t'a mené la vie dure.

— Ce n'est pas la faute de Will.

— Ah oui ?

— C'est la mienne, soufflai-je, le regard perdu.

Lucie approcha et prit ma main, soudain plus sérieuse.

— Allons bon, qu'est-ce qui peut bien encore se passer, Lisa ?

— Je crois que j'ai peut-être loupé le coche avec Judy.

— Quoi ?

— J'ai un doute. Un doute tenace qui s'est imposé à moi. Je me demande si je n'aurais pas pris une partie de son récit pour du délire.

— Mais enfin, bien sûr que c'était du délire ! Cette gamine est totalement déconnectée de la réalité, tu es la mieux placée pour le savoir, tu as entendu ses histoires, tu sais bien que ça ne tient pas la route.

— Je sais que tout n'est pas réel. Mais, dans le fond, je n'ai jamais eu la preuve formelle qu'elle n'avait pas connu cet Alwyn.

— Comment ça, « pas connu » ? Tu veux dire que tout à coup tu te demandes s'il a existé ? On parle bien d'un pseudo-fantôme ange gardien qui la poursuivait depuis sa naissance et qui a ruiné sa vie, si je me souviens bien ?

— Oui et non. Ce que je me demande, c'est si, par hasard, elle n'aurait pas mélangé délire et réalité. Si elle n'aurait pas véritablement connu un homme dont elle serait tombée amoureuse. Après tout, ce n'est pas parce que personne ne l'a jamais vue accompagnée qu'elle a toujours été seule. Judy a eu beau être délirante à plusieurs reprises, il n'en est pas moins vrai qu'elle est aussi dotée d'une redoutable lucidité à d'autres moments.

— Et puis ? Ça changerait quoi, après tout, qu'elle ait vraiment connu un homme ?

— Ça changerait tout. Will pourrait avoir un père. Un vrai père, pas un violeur.

Lucie me jeta un regard estomaqué et, au même moment, le téléphone de la chambre sonna. Nous nous regardâmes quelques secondes, interdites, réalisant en simultané que le destin déjà mouvementé de ce bébé pouvait encore basculer. À la quatrième sonnerie, Lucie décrocha, sans me lâcher des yeux.

— Allô ?… Oui… Oui, c'est ça… dit-elle lentement. Je vois. Je vous la passe. C'est pour toi, m'indiqua-t-elle, troublée, en me tendant le combiné.

— Dr Hernest, annonçai-je.

— Bonjour, docteur, commandant Vaubert à l'appareil, brigade criminelle.

— Bonjour, commandant, que puis-je pour vous ? répondis-je, intriguée.

— Je vous prie d'excuser mon appel en de telles circonstances, on m'a indiqué que vous étiez souffrante, mais il s'agit d'une affaire urgente.

— Je vous écoute.

— C'est à propos du dossier Desforêt.

Une décharge d'adrénaline se produisit en moi. Cet appel ne présageait rien de bon.

— Vous êtes bien la psychiatre qui s'est occupée de Mlle Desforêt après son agression, n'est-ce pas ?

— En effet.

— De nouveaux éléments exigent un réexamen de ce dossier, docteur. Et le commissaire Debriand va avoir besoin de vous recevoir pour faire le point sur certains aspects de cette affaire.

— Je vois, fis-je, la voix tremblante. Quand dois-je me présenter ?

— Au plus vite.

— Je comprends. Je vous demande une minute, je vous prie.

Lucie me regardait avec insistance, en faisant de grands gestes.

— C'est les flics ? me demanda-t-elle en chuchotant, aussi effrayée qu'une adolescente.

— Oui. Ils veulent me voir au plus vite, répondis-je à voix basse.

— Tu ne peux pas sortir aujourd'hui. Ils veulent te garder en observation au moins jusqu'à demain matin.

— Mais c'est important, Lucie, ça concerne Judy !

— Peu importe, tu restes là encore une nuit, hors de question que tu remettes le nez dehors si tôt après un tel malaise. Tu as besoin de repos, et foncer droit chez les flics ne risque pas de t'aider aujourd'hui.

— Pff, tu es insupportable quand tu t'y mets, lui dis-je avant de reprendre le combiné. Allô ? Oui, je viens de voir avec le personnel médical, et il semblerait que je doive au moins rester en observation jusqu'à demain matin. Le commissaire peut-il me recevoir à neuf heures ?

— Ça ira, oui. Je transmets, alors. Je vous remercie.

— Je vous en prie, c'est normal.

— Alors à demain.

— À demain.

*

Will dormait. Les traits paisibles, les mains de part et d'autre de ses tempes. C'était la première fois que je le voyais si calme, imperturbable. Quel genre de mère pouvais-je bien être pour ne pas même savoir lui transmettre la sérénité nécessaire ? Il était quatorze heures trente, il n'y avait aucun bruit. C'était l'heure de la sieste à la crèche de l'hôpital, et ce bébé qui ne fermait jamais l'œil chez moi, voilà qu'il se reposait, à mille lieues de tout pleur, sans froncer un sourcil. Je me sentais ridicule. J'étais à ce point incapable d'assumer mon rôle que je me retrouvais derrière une vitre à observer, immobile, cet enfant que j'avais tant désiré. Peut-être bien qu'au fond ça n'avait pas été une bonne décision. J'étais parvenue à mes fins, mais à quel prix ? Je n'avais rien de la maman que j'avais rêvé de devenir. Je n'avais plus ni la patience ni l'énergie nécessaires. Je n'avais plus Paul. Cela valait-il mieux pour Will que d'atterrir dans une famille d'accueil provisoire ? Je n'en étais plus si certaine.

Je restai de longues minutes à l'observer, à tenter de m'apaiser à mon tour, mais rien n'y faisait. Je ressassai mes erreurs autant que les mots de l'officier de police. Mon esprit s'agitait encore et encore, m'obligeant à tout analyser. Ce coup de fil ne présageait rien de bon quant à mon travail avec Judy, c'était évident. J'avais probablement manqué quelque chose, ou bien je m'étais plantée en beauté. Et ce n'était qu'un détail parmi d'autres, dans le fond, puisque ma vie entière, cette vie que j'avais chérie, celle qui était jalonnée de réussites et de fierté, n'avait plus que la saveur de la solitude. Derrière cette vitre, je pouvais aussi bien distinguer mon échec, endormi dans un berceau qu'il n'avait jamais connu, que mon propre reflet. Cette paroi de verre n'était autre que le miroir qui me mettait face à mes erreurs. Elle reflétait même l'absence de Paul, ce vide, ce gouffre qui m'entourait.

Je jetai une fois encore un œil à mon téléphone. Pas d'e-mail, pas de message, pas d'appel. Aucun signe de lui. Les larmes se mirent à s'échapper de mes yeux sans que je puisse les retenir. Paul… Paul me manquait tant ! C'était un véritable supplice d'avoir à faire face à son absence. Et pourtant je n'étais pas en mesure de lui demander de revenir. J'avais provoqué les événements qui l'avaient poussé à s'en aller. À vrai dire, si Paul avait pris la décision de s'éloigner de moi, ce n'était pas une pure volonté de sa part. Non. S'il m'avait quittée, c'était parce que je l'avais poussé à bout, c'était parce que j'avais décidé de le faire passer au second plan, c'était parce que je ne lui avais pas laissé le choix. Je devais être lucide. À sa place, j'aurais probablement agi de la même façon, songeai-je. La seule personne à qui j'en voulais, la seule personne à qui je pouvais m'en prendre, c'était moi. Moi et moi seule. Moi et mes obsessions. Moi et mon ego. Moi et ma conviction profonde de toujours pouvoir tout atteindre, tout gérer, tout contrôler. Paul avait choisi la fuite. Il avait eu raison. Je ne me serais pas choisie.

LUCIE

Le phare

7 octobre 2010

Paul, mon amour,

Je ne sais pas si j'aurai le courage de t'envoyer cette lettre, mais peu m'importe, à cet instant, plus que tout j'ai besoin de t'écrire. Parce que ça a toujours été comme ça, n'est-ce pas ? Parce que je t'ai eu auprès de moi si longtemps que je ne sais plus faire sans toi. Tu as toujours été cette source de réconfort, mon guide, ma lumière. Tu as toujours été là pour essuyer mes larmes, me dire que mes chagrins finiraient toujours par passer, qu'avec le temps tous les souvenirs deviendraient bons, qu'on tiendrait le coup, ensemble. Tu as toujours été là pour m'entourer de l'étreinte douce de tes bras, pour me montrer, sans dire un mot, que je n'étais pas seule, que je n'avais pas à faire face au monde et à mes désillusions, que tu étais là pour m'épauler.

Tu étais là pour me montrer le chemin, m'aider à me redresser quand la douleur s'emparait de moi, quand maman me manquait,

quand je perdais mes repères, quand le désespoir m'envahissait et que je ne savais plus quoi faire.
Tout à coup, me voilà seule et incertaine, face à mes erreurs, face à mon orgueil, et face à cette solitude qui m'assaille et me dévore. Ça ne me ressemble pas, et pourtant je ne suis plus sûre de moi, je ne suis plus sûre de rien. Je n'ai plus confiance, je n'ai plus de repères, et j'ai peur, plus que jamais, de prendre à nouveau les mauvaises décisions.
Paul, mon Paul, j'ai passé tant de temps à tes côtés que ce soir, lorsque je me regarde dans le miroir, je ne vois plus que l'ombre de moi-même. Oui, je regarde et ce que je vois, c'est ce que je suis, sans toi. Et mon reflet, dépourvu de ta lumière, c'est celui d'une femme égarée, aux joues et aux yeux creusés, qui ne sait plus quel chemin prendre, et qui ne peut pas même te demander de venir à son secours.
Je ne veux pas que tu me pardonnes. Je ne te demande même pas de comprendre, parce que je sais que mon comportement a frôlé l'absurde. Tu en as déjà fait beaucoup, tu as déjà été plus que patient. Tu t'es mille fois mis à ma place, je n'ai jamais su me mettre à la tienne. Je le regretterai ma vie entière. Je sais que, si tu es parti, c'est parce qu'il n'y avait plus d'issue, c'est parce que tu te heurtais au mur de mon obstination et que je n'étais plus disposée à écouter tes conseils bienveillants, ni même la douce mélodie de l'affection que tu me portais malgré nos différends.
Non, je ne te demande pas de me pardonner, parce que tout est ma faute. Dans le fond, je donnerais tout ce que j'ai, là, tout de suite, pour que tu apparaisses derrière moi, pour percevoir ton odeur, sentir tes mains saisir les miennes et t'entendre me dire

que tu es là, que tout ira bien. Je donnerais tout pour avoir une fois encore le plaisir de lire l'un de tes mots doux écrits du bout de ton doigt sur la paroi de la cabine de douche. Pour mettre un vieux morceau de rock à fond dans la voiture et chanter à tue-tête à tes côtés. Pour sentir ta douce présence lorsque je m'éveille. Pour entendre la porte s'ouvrir et ta serviette tomber sur le sol de l'entrée quand tu rentres du bureau. Pour boire un verre de vin blottie contre toi sur le divan en regardant un vieux film. Je donnerais tout pour pouvoir savourer la douceur de tes lèvres et m'endormir auprès de toi, heureuse et sereine, après que tu m'auras fait l'amour. Je ne mérite plus tout ça.

J'ai toujours été convaincue que je ne serais pas capable de goûter au bonheur tant que je n'aurais pas un enfant dans ma vie. Pourtant, ce soir, je regarde en arrière et je remarque sans difficulté que le bonheur, je le touchais du doigt dès que tu passais le pas de la porte. Mon bonheur a vécu avec moi, dans le même appartement, pendant sept ans. Aujourd'hui, cet appartement n'a plus rien d'accueillant, ton odeur a disparu et je suis malheureuse. C'est comme ça, le bonheur ; quand on est trop avide de le trouver tel qu'on l'a toujours imaginé, parfois on le côtoie sans jamais le remarquer, et puis, un beau jour, on se rend compte qu'on est passé à côté, qu'on n'a pas eu l'intelligence de le discerner et de le saisir à temps. Alors on se retourne et on cherche à le poursuivre, mais il est trop tard, on ne le mérite plus. Il s'évanouit comme une brume au lever du soleil.

Cela ne m'avait jamais traversé l'esprit qu'un jour il me faudrait vivre sans toi à mes côtés. Je m'étais toujours dit que toi et moi, c'était pour toujours et à jamais, peu importe ce qui arriverait.

Comme c'est étrange de se dire que rien n'est éternel, qu'on n'est pas à l'abri de ce faux pas qui détruira tout sur son passage ! Ces instants qu'on a vécus ensemble, sans vraiment savoir à quel point ils étaient précieux, revêtent désormais une valeur inestimable à mes yeux. Parce que ce soir, livrée à moi-même, dépourvue de tout repère et plongée la tête la première dans les eaux troubles de mes erreurs, je ne sais pas, je ne sais plus. Ni quelle est la voie à suivre, ni comment réparer les dégâts. Puis-je seulement les réparer ? Voudras-tu à nouveau de moi un jour ou devrai-je laisser la poussière du temps recouvrir notre histoire entière ?

Je pensais être une femme intelligente, je croyais que je pouvais maîtriser les choses, que j'en avais la force, mais la vérité c'est que, sans toi, je ne sais plus qui je suis et je ne sais plus où aller. La vérité, c'est que tu faisais de moi une personne mille fois meilleure et qu'à avoir voulu prendre mes décisions sans tenir compte de toi, je me suis fourvoyée et j'ai détruit ce qui nous liait.

À tel point que tu es parti.

À tel point que je n'ai pas été là pour serrer fort ta main quand Jules s'en est allé.

Je m'en veux tellement, si tu savais. J'ai conscience que ce n'est pas une épreuve à affronter ensemble, je sais que tu ne peux plus être le phare qui m'a guidée des années durant. C'est à moi de remettre de l'ordre dans ma vie et dans mes idées, et je n'ai pas le droit de te demander de faire face avec moi. Je suis allée trop loin, j'y suis allée seule. C'est ma faute. Mais tu me manques, plus que quiconque et plus que jamais. Je devais te le dire, Paul. Je devais te dire que, peu importe ce qu'il adviendra de nous, je t'aime et je t'aimerai toujours.

Lisa

*

21 octobre 2010

J'essuyai les larmes qui m'avaient échappé du revers de ma main, pliai à la va-vite les deux feuilles de papier que j'avais découvertes sur la table en entrant, les glissai rapidement dans mon sac et en sortis mon poudrier. Il était sept heures quarante, Lisa finissait de prendre sa douche, dans vingt minutes on signerait les papiers de sortie et prendrait la route en direction du commissariat. Depuis son cosy, Will me regardait me remaquiller de ses grands yeux verts.

— Eh bien ? Tu ne diras rien, hein ?

Il leva un sourcil étonné.

— Évidemment que tu ne diras rien. Tu ne lui fais que des misères, à Lisa. Tu sais qu'elle t'aime, pourtant ?

Il esquissa un sourire.

— Bien sûr que tu le sais. Mais tu n'aimes pas tellement la voir malheureuse, alors ça te fout le cafard aussi, pas vrai ?

Le bébé approcha ses poings de sa bouche et laissa échapper un petit rire.

— Tss, t'es vraiment un petit chenapan, toi, ajoutai-je en effaçant la trace de mon mascara qui avait un peu coulé.

Lisa sortit de la salle d'eau, le regard plus frais que la veille, maquillée et apprêtée. Elle avait meilleure mine, à n'en pas douter. Je ne l'avais pas vue comme ça depuis des mois. Je ne l'avais pas vue comme ça depuis que Paul avait pris ses cliques et ses claques pour aller se vider la tête chez son ami Arthur, en Normandie. Ce court séjour à l'hôpital avait porté ses fruits, quand bien même elle aurait préféré s'en passer. La veille, avec ses poches sous les yeux et son regard éteint, elle m'avait presque rappelé M. Anselme. Je me félicitai d'être passée pile à ce moment-là, sans quoi… je ne savais pas très bien, mais ça aurait mal tourné, c'était certain. Elle était butée, ma Lisa, et souvent ça avait été un atout, qu'elle ne lâche rien. Mais, ces derniers temps, son obsession pour le cas Desforêt – et surtout pour cette petite chose baveuse – lui avait fait perdre ses principes et un peu de sa raison. *Le cœur a ses raisons que la raison ne connaît point.*

Moi, je n'avais jamais eu le désir de porter la vie, mon cœur avait eu d'autres préoccupations que celles de mon amie. Si, de son côté, le désir d'une grossesse avait toujours été une évidence, chez moi, il était purement et simplement inexistant. Ce n'était pas un mal, pas non plus un défaut, c'était juste comme ça.

Je me souvenais comme si c'était hier de cette anecdote du lycée, où l'une de mes camarades de l'époque nous avait dévoilé avec excitation la photo de sa nouvelle petite nièce. Je m'étais alors retrouvée piégée au beau milieu d'une conversation des plus étranges, entre mes copines débordant d'enthousiasme. L'une trouvait cette enfant « trop craquante », l'autre « trop mignonne », ça se passait le téléphone de tous les côtés, ça s'attendrissait en moins de deux, ça parlait des prénoms qu'elles donneraient plus tard à leurs marmots. Moi, Lucie Bellini, ça ne me faisait ni chaud ni froid. Quand le portable avait atterri dans mes mains bien malgré moi, affichant à l'écran le visage d'un nouveau-né au teint rougeâtre et aux mains fripées emmailloté dans une couverture rose criard, je n'avais rien ressenti. Si. Peut-être, à vrai dire, que ça m'avait même un peu rebutée. Alors, quand on m'avait posé la question fatidique, j'avais répondu que non, je ne voulais pas d'enfants. Ce à quoi on m'avait rétorqué : « Ça viendra. » À l'époque j'avais seize ans, et cette phrase, on allait me la servir à bien d'autres occasions.

Les années avaient passé, et cette absence de désir maternel n'avait fait que se renforcer. Parce que j'avais suivi de longues études, parce que j'aimais plus que tout m'échapper de mon quotidien d'étudiante acharnée en allant faire la fête chaque fois que l'occasion m'en était donnée. Parce que, plus tard, j'avais décroché mon doctorat, commencé à exercer un métier qui me passionnait, et que je ne me voyais pas me mettre en stand-by. Parce que j'avais rencontré Manu, pour qui devenir père n'avait jamais vraiment été au programme, et que j'en étais tombée follement amoureuse. Parce qu'on voulait voyager jusqu'à en crever. Parce que je chérissais le regard qu'il posait sur moi dès qu'il me surprenait nue et que j'étais tout à fait réticente à l'idée de voir mon corps changer. Parce que j'aimais ma liberté, j'aimais l'idée de pouvoir traîner tout un dimanche en pyjama sans avoir à gérer quoi que ce soit de plus que le choix du film qu'on regarderait ou la pizza qu'on commanderait. Parce qu'on était friands de musique, de concerts, d'expos et de musées. Parce que mille choses m'intéressaient plus que de devenir esclave des besoins et désirs d'une petite créature des plus dépendantes. Pour ça et pour mille autres raisons, avoir un bébé ne m'avait jamais tentée.

Cette liste des points pour lesquels j'avais décidé très jeune de laisser la maternité à d'autres n'avait fait que s'allonger, plus encore depuis que Lisa s'était lancée dans ce que j'appelais « sa quête ». Sans désir, pas de frustration, m'étais-je dit des dizaines de fois en la retrouvant en larmes. Cette liste, je la gardais pour moi, même quand le sujet revenait sur la table, les soirs de dîner de famille, entre autres, quand la question revenait, invariablement. Parce que, dans l'affaire, je n'avais pas envie d'avoir de débat. Je n'avais pas à servir d'argument. Je n'avais personne à convaincre ni personne à entendre qui tenterait de me faire changer d'avis. Dans ces moments-là, Manu et moi nous contentions d'un regard complice, de dire que ce n'était pas au programme, puis d'enchaîner sur la prochaine destination de nos vacances, point.

Au final, quand on avait emménagé ensemble, Manu et moi, on n'avait pas spécialement eu à accorder nos violons, on était sur la même longueur d'onde. La seule responsabilité qu'on avait décidé de prendre, c'était un chat. Dexter. Un chartreux au poil gris bleuté, de grands yeux qui tiraient sur le jaune mais n'en étaient pas moins fascinants, une faculté peu commune à s'étendre dans des endroits improbables et, surtout, une indépendance des plus totales. Le pensionnaire idéal.

Évidemment, il y avait des aspects de la grossesse, de la naissance, de l'éducation qui m'avaient parfois fait envie. Ne serait-ce que d'expérimenter la sensation d'un être vivant dans mon ventre, de choisir un prénom, de voir mes parents fiers d'avoir des petits-enfants, de découvrir mes traits et ceux de mon Manu mélangés avec harmonie sur un nouveau visage… Mais je savais, dans le fond, que tout cela n'était que broutilles face à la montagne de

« contre » qui se dressait en face. Ce n'était ni plus ni moins que de la curiosité.

Toutefois, malgré tout cela, je n'excluais pas que mon point de vue puisse changer un jour. Par déformation professionnelle, sans doute, je savais bien qu'on évolue, que la vie réserve souvent des surprises, que notre regard peut changer, notre personnalité et nos désirs aussi. En toute objectivité, il y avait des tas de trucs dans ma vie que j'avais juré de ne jamais faire, que j'avais toujours imaginé ne pas aimer et dont, pourtant, je ne pouvais plus me passer désormais. Moi, l'ado de quinze ans, celle qui criait haut et fort qu'elle finirait bassiste dans un groupe de rock, je ne me doutais pas que je finirais par me passionner pour la psychiatrie. Moi, l'ado de quinze ans, je n'aurais jamais cru qu'un beau jour je choisirais de poursuivre un cursus des plus complexes, et que je me passionnerais pour Freud. Il y aurait forcément dans l'avenir de nouveaux paramètres que je ne pourrais pas appréhender. Ne jamais dire « jamais ».

Mais à cet instant-là, debout, regardant mon amie fondre devant les petites mains de Will, je m'imaginais vieille et je me voyais bien, dans ma petite maison, à cultiver un jardin, faire quelques mots fléchés et aller marcher de longues heures, rendre visite aux copines, garder leurs petits-enfants et leur préparer des sablés.

— Hello, bonhomme ! s'écria Lisa en découvrant Will, manifestement ravie de le retrouver.

En voyant mon amie la mine reposée, je me mis à penser que, si Will avait à ce point été infernal avec elle depuis qu'elle l'avait recueilli, c'était sans doute parce qu'il percevait ses propres craintes à travers les yeux de cette mère de substitution. L'abandon, la solitude, la peur de ne jamais retrouver les gens qu'il aimait. C'était ce qui les assaillait tous les deux. Certains diraient qu'il s'agissait peut-être là d'une théorie un peu trop élaborée mais, dans le fond, il avait été prouvé à maintes reprises que les jeunes enfants, et même les fœtus, sont profondément sensibles à quantité de paramètres et d'émotions et en comprennent bien plus qu'on ne l'imaginait au siècle passé. Se serait-il comporté différemment si Paul avait été présent ? J'en étais convaincue.

Elle s'accroupit auprès de lui et lui caressa la joue avec tendresse.

— Alors ? Tu as été gentil avec tatie Lucie ? lui demanda-t-elle tandis qu'il souriait à en découvrir ses gencives toutes roses.

— Oh que oui, répondis-je, bébé ne s'est pas couché très tôt, je te préviens, puisque monsieur a décidé de regarder l'intégralité de *Menteur, menteur*, mais il a passé une longue soirée entre nos bras, a pris son dernier bib à vingt-deux heures quarante sur les genoux de Manu et s'est ensuite endormi comme un poupon pour se réveiller à six heures ce matin.

Lisa tourna un visage ébahi vers moi.

— Tu es sérieuse ?

— Oui oui, on a encore regardé ce film, je sais, c'est sûrement la quinzième fois.

— Il a fait sa nuit ?

— Heu. Eh bien. Oui. Apparemment.

Stupéfaite, elle prit l'enfant dans ses bras et le serra contre elle avec amour mais non sans une certaine maladresse. Je remarquai que Will posait la tête sur son épaule et fermait doucement les yeux, comme pour savourer cette étreinte.

— Je suis fière de toi, bonhomme, c'est super, lui chuchota-t-elle affectueusement.

Attendrie, je passai mon écharpe, rangeai mon poudrier en prenant soin de ne pas dévoiler les feuilles que j'avais volées et lançai à Lisa :

— Faut y aller, ma belle. Évitons de nous mettre en retard, les flics n'aiment pas ça.

LISA

Tout remettre en question

21 octobre 2010

Lucie me posa à quelques rues du commissariat en me souhaitant bonne chance. Will m'observa attentivement sortir de l'habitacle, tout emmitouflé dans sa combinaison. Je lui souris avec un pincement au cœur, n'en revenant toujours pas qu'il ait dormi toute une nuit sans cris ni larmes, puis regardai à mon tour la voiture de ma meilleure amie s'éloigner lentement mais sûrement parmi le trafic parisien. Elle ne consultait pas les jeudis matin et m'avait convaincue sans peine de lui laisser Will encore quelques heures, de sorte que je puisse honorer mon rendez-vous sans être distraite ni dérangée. En la voyant si à l'aise ce matin-là, elle, celle qui n'avait jamais, au grand jamais, souhaité devenir maman un jour, je sentis ma gorge se nouer. Comment avait-elle réussi à endormir sans accroc ce bébé tandis que moi je luttais depuis des mois pour obtenir ne serait-ce que quinze minutes de sieste ? M'étais-je à ce point trompée sur toute la ligne ? J'accélérai le pas en tentant de chasser de ma tête cette idée qui, comme toutes les autres ces temps-ci, était d'une négativité plus que malsaine.

Quelques feuilles mortes jonchaient le trottoir. L'air était vif, une fine bise me fit frissonner. Je remontai le col de mon manteau en me demandant pour la centième fois ce que ce flic comptait me dire, ou bien s'il m'avait convoquée pour m'interroger. « Affaire urgente », « nouveaux éléments », « réexamen de ce dossier ». Les mots du commandant Vaubert résonnaient encore et toujours dans mon esprit, guère plus rassurants que mes interminables réflexions de ces derniers jours à propos de mes capacités et du sens de ma vie. Que pouvait-il bien s'être passé de nouveau ?

Judy poursuivait une thérapie apparemment fructueuse, d'après les propos de Fabrice, qui ne manquait pas de me rassurer régulièrement sur son état. Le Dr Rivière, jeune psychiatre récemment installé à Paris, avait pris le relais, et sa méthode, assez libérale et des plus douces, si j'avais bien saisi, semblait convenir à la jeune femme. Lui avait-elle confié autre chose qui aurait pu pousser la police à se repencher sur son agression ? J'en aurais bientôt le cœur net.

Sur les quelques mètres qui me séparaient encore de l'immeuble où je me rendais, je croisai deux ados enlacés sur un banc, leurs sacs de cours à leurs pieds, s'embrassant à n'en plus finir. En passant devant eux, j'esquissai un petit sourire en coin, un brin moqueuse. Ces deux-là ne souffraient ni du froid ni de préoccupations très sérieuses. Et, tandis que je marchais, cet air d'une vieille chanson de Brassens me revint comme si ma mère me l'avait chantée hier, et je me mis à fredonner à travers le brouhaha des moteurs et des klaxons :

Les amoureux qui s'bécotent sur les bancs publics,
Bancs publics, bancs publics,
En s'foutant pas mal du regard oblique
Des passants honnêtes,
Les amoureux qui s'bécotent sur les bancs publics,
Bancs publics, bancs publics,
En s'disant des « Je t'aime » pathétiques,
Ont des p'tites gueules bien sympathiques !
Ils se tiennent par la main,
Parlent du lendemain,
Du papier bleu d'azur
Que revêtiront les murs de leur chambre à coucher…
Ils se voient déjà doucement,
Elle cousant, lui fumant,
Dans un bien-être sûr,
Et choisissent les prénoms de leur premier bébé…

Et je me mis à les envier, ces gamins. L'image de Paul s'imposa à moi en moins de deux, le manque avec, et je tentai de retenir les larmes qui montaient, montaient à mes yeux, incontrôlables.

*

— Docteur Hernest, vous avez donc effectué le suivi psychiatrique de Mlle Desforêt sur une période allant du 26 mars au 21 juin de cette année, n'est-ce pas ?

— C'est ça.

Il faisait trop chaud dans ce bureau où je me trouvais en tête à tête avec le commissaire – le commandant était sans doute occupé ailleurs. Le petit radiateur électrique fixé sous la fenêtre arrivait manifestement en fin de vie et diffusait une désagréable odeur de poussière cramée. Ça sentait le renfermé, le tabac froid et la transpiration. Rien de bien accueillant. Normal, pour un bureau de flics, songeai-je.

— Et, si j'en crois le rapport que vous avez livré au Dr Prémont au terme de cette thérapie, vous affirmez que cette patiente a été victime d'un viol qui expliquerait sa grossesse et son besoin de se réfugier dans un monde imaginaire, c'est bien ça ?

Le commissaire Debriand, assis dans son fauteuil usé, face à moi, m'observait de ses yeux bleus cernés en faisant glisser un élégant stylo plume entre ses doigts. Je lui donnai une bonne cinquantaine. C'était un bel homme, que l'âge avait un peu buriné mais dont le raffinement était manifeste.

— Oui, en un sens, mais c'est un peu plus complexe que cela. Pour résumer, je pense que son agression l'a traumatisée à tel point qu'elle a révélé sa paranoïa. D'où le fait qu'elle se soit toujours méfiée du personnel soignant et ait choisi le mutisme pendant les cinq premiers mois de son hospitalisation. Elle ne faisait confiance à personne, pas même à moi.

— Pas même à vous ? Vraiment ?

— Oui.

— Elle vous a pourtant livré son histoire et a choisi de suivre vos conseils pour rester en vie malgré ses pulsions suicidaires, non ?

— En effet.

— N'est-ce pas là la preuve qu'elle n'est pas paranoïaque ? Qu'elle était finalement disposée à s'ouvrir aux autres ? Qu'elle pouvait bel et bien accorder sa confiance à quelqu'un ?

— Eh bien… non.

— Vraiment ? Allons, éclairez-moi, docteur. Le terme « paranoïa » figure parmi les premières lignes de votre rapport.

— Oui, et pour de bonnes raisons. Ce trouble s'est manifesté de manière évidente lors de son hospitalisation à Saint-Vincent, mais je suis convaincue qu'il était sous-jacent depuis des années. Elle a à maintes reprises émis l'idée selon laquelle ses différents médecins n'avaient pour but que de l'enfermer. Elle a également évoqué son passé familial, le fait qu'à ses yeux tout le monde ne cherche qu'à lui faire du mal. Ce délire paranoïaque l'a poussée à imaginer ce récit invraisemblable à propos d'une ancienne famille anglaise qui aurait eu pour objectif de la tuer afin de cacher un meurtre et de préserver son honneur. Sans entrer dans les détails, on n'était pas loin de la théorie du complot. Sa perception était totalement obstruée par ses divagations.

— Je vois. Et pourtant, pardonnez mon insistance, mais, docteur, comment expliquez-vous qu'elle se soit finalement confiée à vous ?

Je baissai les yeux, gênée par cette question. Et pourtant, tôt ou tard, il faudrait bien tout lui raconter, alors…

— Judy ne m'a pas véritablement accordé sa confiance. Elle a troqué sa vérité contre la certitude que je la débarrasserais de l'enfant.

— Je ne vous suis pas, annonça le commissaire Debriand, les sourcils froncés.

— Les patients souffrant de troubles mentaux sont parfois redoutables en matière de discernement. Jusqu'à ce qu'on me confie le cas de Judy, je n'avais jamais eu affaire à un patient qui ait percé mes pensées intimes. Mais elle, en quelques minutes, elle y est parvenue. Parce que son cas me touchait personnellement, parce qu'elle était enceinte sans l'avoir désiré et que moi je désespérais de devenir mère.

— Vraiment ? Elle a deviné ça, comme ça ?

— Disons que j'ai pensé à tort que lui livrer une part de mon histoire pourrait la pousser à me livrer la sienne. Ma situation personnelle était particulièrement délicate au moment où j'ai accepté le dossier, j'ai manqué de clairvoyance. Je ne vous cacherai pas que je regrette cette démarche de ma part, puisqu'elle a été le fondement d'une relation faussée avec Judy.

— À quelle « situation personnelle » faites-vous allusion, au juste ?

— Eh bien… Mon compagnon et moi souhaitions devenir parents depuis des années et, quand le Dr Prémont m'a proposé le dossier de Judy Desforêt, nous traversions d'importantes difficultés conjugales…

— Épargnez-moi vos termes savants, je vous prie ! me coupa le commissaire en balayant d'un geste ce que je venais de lui dire. Dites-m'en un peu plus de façon concrète, m'enjoignit-il, manifestement agacé.

— Je ne comprends pas, commissaire, que souhaitez-vous entendre ? demandai-je, surprise.

— Je ne sais pas, docteur, dites-moi ce que vous ressentiez, dans quel état d'esprit vous êtes arrivée ce jour-là, comment ça s'était passé avant, quelque chose de concret, vous voyez ?

Je restai interdite quelques secondes, vexée par ses propos et son manque de tact. Étais-je venue ici pour déballer mes problèmes de couple ? Comptait-il m'interroger comme on interroge un suspect ? Me suspectait-il, d'ailleurs ? Mon cœur se mit à battre très vite sous le coup de l'incompréhension et de l'adrénaline.

— Allons, dit-il d'une voix plus douce en s'approchant de moi par-dessus son bureau. Je conçois que ça vous demande un effort, mais moi, je piétine. Ce dossier m'intrigue autant qu'il me met les nerfs en pelote. Il y a à la fois trop et trop peu d'éléments, trop et trop peu de personnes concernées, je ne sais plus sur quel pied danser et je n'aime pas perdre mon temps. Je veux y voir plus clair, je veux démêler le vrai du faux et comprendre une bonne fois pour toutes ce qui est arrivé à cette gamine, vous saisissez ?

— Oui. Oui, oui, répétai-je.

— Docteur, rassurez-vous, je ne tiens pas à connaître les détails de votre vie personnelle, je veux juste *comprendre*. Je veux comprendre ce qui a bien pu pousser une psy des plus renommées, d'après ce qu'on m'a rapporté, à baisser sa garde face à une jeune fille délirante dont le récit mêle manifestement trop bien le réel et l'imaginaire. Pour avancer, je veux connaître un maximum d'éléments probants, sur lesquels m'appuyer. Vous avez vos trucs de psy, et moi j'ai mes trucs de flic. Je ne prétends pas savoir comment vous bossez et je ne peux pas non plus vous assurer que tous mes collègues bossent de la même manière que moi. Je sais juste que, pour y voir plus clair, j'ai besoin de savoir où je mets les pieds. En l'état actuel des choses, j'ai du mal à savoir si je m'aventure sur du béton ou sur des sables mouvants. La métaphore est moche, je vous l'accorde, mais elle doit vous parler un peu, non ? Je veux m'assurer que ce que je pense être concret l'est vraiment, vous voyez ?

— Je vois.

— Bien ! On progresse. Alors je vous écoute. Racontez-moi.

Je pris une grande inspiration et commençai :

— Le matin où on m'a confié le dossier de Judy Desforêt, je m'étais levée très tôt, comme j'en avais alors l'habitude, j'avais pris mon petit déjeuner et j'étais sortie courir un moment. En rentrant, Paul, l'homme qui partage ma vie depuis sept ans, m'a demandé si j'avais pris mes congés. Des congés qu'il me suppliait presque de poser, et ce depuis des semaines, parce qu'il pensait qu'on avait besoin de prendre du recul et de nous changer les idées. Il avait raison.

— Mais vous ne les avez jamais pris.

— Non. Je crois que je n'étais pas prête à les prendre. Parce que je savais que, si j'acceptais, il profiterait de ces vacances pour tenter de me convaincre de trouver une solution alternative ou d'abandonner mon rêve. Je ne voulais pas affronter ça.

— Une alternative ? Votre rêve ?

— Je ne peux pas tomber enceinte. J'ai toujours pensé être faite pour devenir maman. Mon corps en a décidé autrement, on dirait.

— Je vois.

— Si Paul avait une vision plus posée de la situation, il ne saisissait pas la frustration que ça pouvait engendrer chez moi.

Parce que ce n'était pas lui mais *mon corps* qui refusait de nous donner un enfant. Mon job était mon unique recours pour décrocher de ce sentiment d'échec perpétuel. Je n'avais pas la force de le quitter, ne serait-ce qu'une semaine. Côtoyer Paul et ses idées d'adoption, passer mes journées à penser à ce bébé que je n'aurais jamais, encore et encore, ça aurait été insupportable. Le jour où j'ai fait la connaissance de Judy, Paul et moi nous étions donc disputés et j'étais partie en claquant la porte. Quand je suis arrivée à Saint-Vincent, j'essayais de faire bonne figure, de me concentrer sur ce nouveau dossier, mais au fond de moi je ne pouvais effacer le visage déçu de Paul... Notre couple était au bord de l'implosion. Judy est très perspicace, commissaire. Je peux vous assurer que, malgré son caractère impulsif et son apparence frêle, elle a appris à décrypter les faits et gestes de tout le monde, elle scrute, elle écoute, elle cherche les faiblesses. Ce jour-là, je n'avais mis les pieds dans cet institut que dans l'idée d'échapper au naufrage de ma vie privée, comme au cours des semaines qui ont suivi, d'ailleurs. Elle a lu à travers moi, elle a vu avec clarté que rien au monde ne m'obsédait plus que le besoin de devenir mère. Vous me suivez ?

Debriand s'enfonça dans son fauteuil en soupirant, manifestement troublé par mes propos. Il s'éclaircit la voix :

— Vous voulez dire que la gamine avait décidé de vous refourguer le gosse ?

— C'est évident. C'était son problème autant que ma faille. J'étais la solution servie sur un plateau d'argent.

— Pourquoi cela n'apparaît-il pas dans votre rapport, dans ce cas ?

— Parce que je n'ai compris ça qu'après la naissance, quand on m'a remis cette courte lettre dans laquelle elle me confiait la garde de l'enfant.

Le commissaire se redressa immédiatement.

— Vous voulez dire que vous en avez eu la garde ?

— Oui. Les parents ne supportaient pas l'idée de devoir s'occuper d'un nouveau-né que leur fille n'avait pas désiré. Ils ont rapidement donné leur accord, et les services sociaux me l'ont confié pour quelques mois.

— Vraiment ? Vous voulez dire que c'est vous qui vous occupez de cet enfant, là maintenant ?

— Eh bien, là tout de suite, c'est mon amie Lucie qui le garde, mais oui, c'est moi qui suis sa responsable légale jusqu'à nouvel ordre.

Le commissaire Debriand fut visiblement interloqué par cette information. Il dévissa le bouchon de son stylo et griffonna quelques mots sur un vieux calepin tout en frottant sa barbe de trois jours.

— Je vous remercie pour votre franchise, docteur.

— Je vous en prie, répondis-je par pure politesse, profondément gênée à l'idée d'avoir balancé une telle part de ma vie privée à un flic que je n'avais jamais vu de ma vie.

Il referma le carnet, se leva et alla s'adosser au mur près de la fenêtre, au fond du bureau. Après deux bonnes minutes à observer ce qui se passait au-dehors, silencieux, il se tourna de nouveau vers moi.

— Docteur Hernest, j'ai lu votre rapport. Je veux dire, je ne l'ai pas seulement parcouru, je l'ai examiné attentivement. J'ai deux questions à vous poser.

— Très bien. Dites.

— Vous faites état dans votre rapport d'un ami imaginaire que la petite aurait créé de toutes pièces à sa petite enfance.

— En effet.

— Vous a-t-elle dit son nom ?

— Oui. Il s'appelle Alwyn.

— Je vois, dit-il, intrigué.

Il resta silencieux quelques instants puis s'éclaircit la voix :

— J'ai une autre question, docteur. Une question cruciale. Et je tiens à ce que vous réfléchissiez bien avant d'y répondre.

— Je vous écoute.

— Docteur Hernest, avez-vous la certitude que Mlle Desforêt a été violée ?

Surprise par cette question dont la réponse me semblait des plus évidentes, je réfléchis quelques secondes, puis lui dis :

— Absolument. J'en suis certaine.

De nouveau, je le vis frotter sa barbe et froncer les sourcils.

— Instinct de psy ou déduction basée sur des faits ?

— Un peu des deux. J'ai déjà traité plus d'un cas de viol. Il y a des mots qui ne trompent pas. Des souvenirs et des émotions qu'on ne peut inventer de toutes pièces.

— Hum.

— Pourquoi cette question, commissaire ?

Il mit les mains dans ses poches, l'air désabusé, puis releva son regard bleu-gris vers moi et lâcha :

— Parce que Mlle Desforêt a été examinée dès son hospitalisation, à la suite de son agression dans Londres. Je ne suis tombé sur cette feuille volante que récemment, on s'était jusque-là surtout concentrés sur les bleus et les plaies qu'elle avait sur tout le corps – c'est qu'elle avait été salement amochée, la petite. On cherchait à retracer l'agression, à comprendre comment le type s'y était pris. On s'est fiés à vos conclusions, on les a associées aux photos dont on disposait et, en toute logique, on a conclu à notre tour que l'origine des blessures remontait à la nuit du 15 octobre 2009, à celle où elle a été battue et violée.

— Ça me semble cohérent, oui. Je ne vois pas très bien où vous voulez en venir…

— Docteur Hernest, dit le commissaire d'une voix grave en posant les mains sur son bureau, il est formellement indiqué dans le rapport des urgences qu'elle n'a en aucune façon subi de sévices sexuels. Ni cette nuit-là ni les précédentes.

J'ouvris des yeux ronds, abasourdie. Était-ce là la véritable raison de ma présence ici ? On remettait en cause mon travail ? Mes conclusions ?

— Je… je…

— Ce n'est pas tout, docteur. C'est totalement paradoxal, mais figurez-vous que c'est précisément au moment où cette information sort du lot que… nous avons un suspect.

La relève

21 octobre 2010

J'avais un nœud à l'estomac et, en même temps, un besoin impérieux d'en avoir le cœur net. C'était comme si le commissaire m'avait refilé le virus, c'était comme si, à mon tour, j'étais prise d'une incompréhension déplaisante et des plus totales. Sauf que, contrairement à Debriand, moi, je pouvais être pointée du doigt. Moi, la psy « renommée », comme il l'avait dit, on pouvait me reprocher d'avoir manqué d'objectivité et de professionnalisme quant à ma façon d'avoir traité le cas Desforêt. C'était la première fois que mon travail était remis en question. C'était la première fois que, moi-même, j'en arrivais au point où le doute prenait le pas sur mon assurance.

— Docteur Hernest ? fit une voix derrière moi.

Je me retournai et découvris un jeune homme blond au visage doux, un épais dossier dans la main, qui entra dans la pièce et referma la porte derrière lui. Regard azur. Grand. Musclé. Teeshirt loose. Jean brut. S'il n'avait pas cette barbe tout aussi blonde que sa chevelure ainsi qu'une blouse blanche, il m'aurait été aisé de le prendre pour un ado tout droit sorti du lycée.

— On se connaît ?

— Pas encore, mais j'ai beaucoup entendu parler de vous, me répondit-il avec un large sourire. Je suis Benjamin Rivière, ravi de faire votre connaissance, Lisa. Je peux vous appeler Lisa ?

C'était lui ? Ce gamin était le nouveau psy de Judy ? Fabrice était tombé bien bas, songeai-je. Judy lui aurait déjà retourné le cerveau en moins de deux, ça ne faisait aucun doute. Trop jeune, trop décontracté, trop gentil. La crainte que j'avais ressentie le long de mon trajet jusqu'à Saint-Vincent se changea instantanément en une délicieuse curiosité. Celle de découvrir jusqu'à quel degré elle l'avait embrouillé.

— Je préfère qu'on en reste à « docteur Hernest ».

— Oh. Bien sûr, comme vous voudrez.

Penaud, il s'assit dans le fauteuil en face de moi et se mit à feuilleter le dossier.

— Qui vous a formé ? m'enquis-je.

— Harvey.

— Harvey ? répétai-je, incrédule.

— Le Dr Coleman. Vous le connaissez bien, n'est-ce pas ?

— En effet. Il a été mon professeur. Je ne connais personne de plus qualifié que lui dans le domaine de la psychiatrie. Vous avez eu beaucoup de chance.

— J'ai aussi travaillé très dur, compléta-t-il en me gratifiant d'un regard amusé.

Fabrice ne s'était peut-être pas planté tant que ça, en fin de compte. Je ne connaissais pas ce Rivière, et nos méthodes différaient sans doute de beaucoup, mais s'il avait été instruit par Coleman, c'est qu'il avait du plomb dans la cervelle. J'avais toutefois une difficulté certaine à admettre que ce jeunot avait pris ma place auprès de Judy. J'avais même du mal à le considérer comme un confrère. Il avait vraiment l'air d'un étudiant.

— Puis-je vous demander votre âge, docteur ? laissai-je échapper.

Il rit.

— Je ne pense pas que vous soyez venue jusqu'à moi pour qu'on bavarde à propos de mon âge, je me trompe ?

C'est qu'il avait de la repartie, remarquai-je.

— Dites-vous juste que j'ai l'air plus jeune que je ne le suis, si ça peut vous rassurer. Le Dr Prémont m'a dit que vous aviez besoin de moi pour une affaire importante, c'est ça ?

— En effet. Je vais essayer de ne pas vous retarder avec de longues explications. Pour faire court : j'ai été reçue ce matin même par le commissaire Debriand, de la brigade criminelle. C'est lui qui s'est penché sur le dossier de Judy, et de nouveaux éléments lui sont apparus récemment. D'abord, ils ont retrouvé son dossier d'examens, celui qui regroupe les notes du médecin qui l'a auscultée à son arrivée aux urgences. Ce document atteste qu'elle n'a pas été violée.

— Vous êtes sûre ? s'étonna Rivière, dont l'expression s'assombrit immédiatement.

— Certaine. Elle était couverte d'hématomes, elle avait une blessure importante à l'arrière du crâne, mais aucune trace de viol.

Le Dr Rivière referma le dossier sur ses genoux, me dévisagea d'un air troublé quelques secondes, puis me dit :

— Vous voulez dire que les flics se demandent si vous avez bien fait votre job, mais aussi qui est le père de l'enfant, c'est ça ?

— C'est ça.

— C'est fâcheux.

— Je ne vous le fais pas dire.

— Mais vous, qu'en pensez-vous ?

— J'en pense que je suis trop éreintée actuellement pour réellement savoir où j'en suis. J'en pense que Judy s'est largement servie de moi et que, au moment où je vous parle, je n'ai plus aucune certitude quant à ce qu'elle a pu me raconter. Elle est très convaincante. Manipulatrice.

— Je vois. Vous êtes venue pour savoir si j'ai le même avis que vous, alors ?

Je baissai les yeux, mal à l'aise. Il avait raison. J'en étais arrivée au stade où je ne pouvais plus compter sur mes propres déductions ni sur ce que Judy avait bien pu me raconter. J'avais besoin d'un avis extérieur, celui de quelqu'un qui la connaisse et qui n'ait pas été embrigadé dans ses fables. Benjamin Rivière avait l'apparence d'un jeune homme naïf, mais lui, il n'avait pas perdu son objectivité. Lui, il n'avait pas laissé son cœur s'emparer de sa raison… pour un enfant.

— Je suis venue pour savoir si vos conclusions collent avec les miennes, oui. Je veux essayer de tirer cette histoire au clair à mon tour, parce que je ne comprends pas, parce que ça m'obsède, à tel point que je vois des fantômes, maintenant…

— Des fantômes ? répéta-t-il en fronçant les sourcils.

— Laissez tomber, j'ai dit ça comme ça.

— Ça n'a pourtant rien d'anodin.

— Sans vous offenser, j'ai déjà une psy.

— Et qu'en dit-elle ? insista-t-il, manifestement intrigué.

Je soupirai.

— Elle dit que je suis trop fatiguée.

— Et elle a raison, d'après vous ?

— Qu'est-ce que ça peut faire, qu'elle ait raison ou tort ?

— Ce que vous pensez de ces visions a son importance. Elles sont probablement l'expression d'une souffrance.

— J'ai déjà une psy, je vous ai dit. Comment va Judy ? enchaînai-je sans lui laisser le temps de surenchérir.

Il sourit.

— Bien. Judy va bien, dit-il d'une voix des plus posées. Elle a effectué un travail considérable ces trois derniers mois.

— Dites-m'en plus.

— L'accouchement a été une véritable libération. Pendant quelques jours, elle a été effrayée à l'idée qu'on lui apporte le nouveau-né, mais quand elle a compris qu'on respecterait son choix, quand elle en a véritablement pris conscience, son comportement a changé.

— C'est une bonne chose. C'était inespéré.

— Je pense qu'au fond, pour avoir évoqué ce point avec elle à de nombreuses reprises, elle a toujours souhaité s'en sortir. Le plus difficile a été de la convaincre d'entamer un traitement médicamenteux important. Mais on y est arrivés. Elle a pris ses comprimés chaque jour sans exception depuis le premier. En peu de temps, son comportement méfiant à l'extrême et sa peur panique se sont nettement atténués. Elle a exprimé à plusieurs reprises son souhait de sortir. De démarrer une nouvelle vie, une vie « normale ».

— C'est vrai ? Je veux dire, je l'ai toujours connue si mutine, si irresponsable et si meurtrie que j'ai du mal à imaginer ce que vous me racontez.

— Elle a souffert d'un grand nombre de traumatismes, c'est une réalité. Elle aura sans doute à les porter toute sa vie, et il n'y a aucune certitude quant à savoir si elle pourra un jour totalement faire la part des choses entre réel et imaginaire. Mais l'acceptation est un pas énorme dans le processus de guérison. À partir du moment où elle a reconnu qu'elle avait besoin d'aide, elle a fait des progrès spectaculaires.

— Je suppose qu'avec le traitement les hallucinations ont disparu.

— Oui, mais…

— Mais ?

— Mais le souvenir persiste. Il persistera sans doute longtemps encore. Elle ne l'évoque plus depuis plusieurs semaines, mais il lui manque toujours.

— Alwyn ?

— Alwyn. Magnifique concept que ce personnage. On n'est pas loin du prince charmant et salvateur des contes pour enfants, mais pour elle il a véritablement compté.

— Prodigieux système de défense, ajoutai-je. Poétique, de surcroît.

— Oh que oui. Je n'avais jamais travaillé sur un pareil cas et, même si Judy est à plaindre, je ne vous cacherai pas que j'ai rarement été autant fasciné par le récit d'un patient.

— Je sais. J'ai moi aussi bu ses paroles pendant trois mois d'une thérapie captivante. Je vous comprends.

Un silence s'installa quelques minutes. Nous étions tous deux admiratifs de l'esprit prolifique et créatif de Judy, cet esprit même qui, petit à petit, s'effaçait au profit d'une personnalité naissante, plus paisible et plus mesurée, certes, mais un brin moins passionnante. Tel était notre métier, dans le fond ; écouter l'insensé pour venir à bout de ses troubles et changer ses délires en rationalité. L'opération serait toujours plus palpitante que le résultat, c'était là l'une des caractéristiques de la psychiatrie, c'est ce qui la rendait attrayante. Je l'aimais bien, finalement, ce Rivière.

— Docteur Rivière, si je suis là, repris-je, c'est pour savoir si vous pensez également que Judy a été violée. C'est essentiel, aussi bien pour moi que pour l'enquête.

Il m'observa un instant puis m'assura :

— Je partage vos conclusions, docteur Hernest. J'ai eu le temps d'apprendre à connaître Judy, j'ai vu le mal qui la ronge, et je peux vous assurer qu'elle a été victime d'un viol. Pour moi ça ne fait aucun doute.

Un poids sembla tomber de mes épaules. Je soupirai de soulagement et passai la main sur mon front.

— Tout va bien ? s'enquit-il.

— Oui, oui, ne vous en faites pas, c'est… c'est que… j'étais si anxieuse ! J'ai vraiment cru que j'avais pu me tromper, vous savez. Ça aurait été une catastrophe, ça aurait pu tout changer. Je ne sais plus bien où j'en suis, en ce moment, mais mon travail a toujours été ce qui me maintenait la tête hors de l'eau. Si j'avais fait une telle erreur, je ne me le serais jamais pardonné.

— Je comprends. Mais soyez sans crainte, j'en ai même parlé à quelques reprises avec Fabrice, avec qui je fais le point régulièrement sur les progrès de Judy. Il vous donnera le même avis si vous l'interrogez, ça ne fait aucun doute.

— Merci.

— Je suppose que, du coup, vous vous demandez quand ça a bien pu arriver.

— Évidemment.

— Sincèrement, je pencherais pour la petite enfance. À plusieurs reprises j'ai perçu des blocages reliés à cette période de sa vie. Il y a comme un voile sur cette tranche d'âge. Ce n'est pas qu'elle refuse de l'évoquer, c'est plutôt comme si elle avait occulté un certain nombre d'événements survenus lorsqu'elle était petite.

— Vous avez sûrement raison.

— Nous ne pouvons malheureusement en aucune façon rechercher cette réponse maintenant. Judy a besoin de voir le fruit de ses efforts. Elle a mis beaucoup de bonne volonté dans nos dernières séances, je veux lui donner une occasion de constater de façon concrète ce qu'elle est désormais capable d'accomplir.

— C'est-à-dire ?

— J'ai prévu de lui proposer une sortie. Demain. En ville. Au parc Monceau.

Judy n'avait pas mis les pieds hors de Saint-Vincent depuis une année. Le Dr Rivière, si jeunot qu'il y paraisse, savait apparemment très bien où il s'aventurait. J'avais envie de croire à ces progrès, j'avais envie de croire que Judy aspirait à une nouvelle vie. J'avais envie de me dire que d'ici quelques heures à peine elle pourrait fouler de nouveau le sol de Paris, croiser des gens, retourner pas à pas dans le monde, dans la réalité.

— Vous avez raison, inutile de la déranger avec des questions si délicates. Elle n'est sans doute pas prête à réaborder tout ça et, si le moment est venu pour elle d'aller de l'avant, nous n'avons pas à la brusquer.

— Au risque que l'enquête piétine, commenta Rivière.

— Sa santé reste la priorité.

— Il va donc falloir trouver le père de l'enfant. S'il n'est pas son violeur, il est peut-être son agresseur quand même. Vous dites qu'ils ont un suspect, ça pourrait déjà être une piste concrète ?

— Peut-être bien, oui. Mais je préfère ne pas trop y croire, un an après les faits, il y a fort à parier que ce soit une fausse piste.

— Vous n'en savez pas plus, à ce sujet ?

— Non. Mais j'en saurai plus demain, le commissaire m'a demandé de revenir pour une entrevue avec ledit suspect, justement.

— Ah bon ? Comme pour… un interrogatoire ? me demanda-t-il, laissant réapparaître son regard candide.

— Il ne m'a pas donné de détails, mais visiblement il tient à ce que je puisse le voir et lui donner mon avis.

— Et vous comptez y aller ?

— Je ne pense pas avoir vraiment le choix. Il a l'air de croire que je peux aider à l'avancement de l'enquête. Je n'en suis pas certaine, mais je veux voir quelle tête il a. Je veux voir s'il peut correspondre à une description que m'aurait faite Judy, je veux voir s'il m'évoque quelque chose. Ils ont raison, après tout, je l'ai côtoyée pendant trois mois, et même si le propos de nos séances a tenu en grande partie de la fiction, il n'en est pas moins vrai qu'elle m'a donné des indices, ceux que son inconscient a bien voulu laisser transparaître.

— Oui, c'est sans doute pour ça que les flics vous veulent, en fait, en déduisit-il.

Je jetai un œil à ma montre : il était près de midi, Lucie reprenait les consultations à quatorze heures, il fallait que je file récupérer Will avant de la mettre en retard. Je me levai et attrapai mon sac à main.

— Je dois vous laisser, j'ai mon… Je dois passer prendre quelqu'un dans vingt minutes.

— Oh, bien sûr, je vous en prie ! J'ai été ravi de vous rencontrer, me dit-il en se levant puis en me tendant la main.

Je lui souris et lui rendis sa poignée de main.

— Moi aussi, docteur Rivière. Ça a été un plaisir, je suis heureuse de voir que Judy est entre de bonnes mains. Félicitations pour votre travail.

Il sembla rougir. J'ouvris la porte, le saluai et commençai à avancer dans le corridor de l'institut quand je l'entendis me rejoindre.

— Docteur Hernest !

— Oui ?

— Vous me permettez une dernière question ?

— Allez-y, répondis-je, confiante.

— Ces fantômes dont vous me parlez, ils ressemblent à quoi ?

Je souris, amusée.

— Il n'y en a qu'un, c'est comme si je l'avais vu de mes propres yeux. Il s'appelle Alwyn, ajoutai-je.

*

J'arrivai chez Lucie peu avant treize heures. Avant même de passer la porte de chez elle, je l'entendis chantonner un air joyeux et Will répondre par de petits gazouillis. Mon cœur se serra. J'aurais aimé être la première avec qui il ait commencé à jouer. Mais je ne pouvais pas m'empêcher de me réjouir de l'entendre si joyeux.

— Eh bien ! On a l'air heureux, ici, constatai-je en le découvrant allongé sur le tapis d'éveil dans le salon.

— Eh ouais, c'est qu'il n'est pas si barbant, finalement, ce gosse, me lança Lucie en mettant le micro-ondes en marche.

J'ôtai mon manteau et m'approchai de lui avec un grand sourire.

— Alors ? Comment c'était cette première matinée chez tatie ?

Will se tortilla en souriant. Je m'allongeai près de lui et fis bouger les personnages en peluche.

— C'est qu'il a pris tout son biberon sans rechigner, le p'tit gars ! Tranquille, je te dis. Bon, par contre avec lui le rouge à lèvres on peut oublier, hein… Tu t'inquiéteras pas si tu lui en trouves encore par-ci, par-là, je ne peux pas dire que mon démaquillant ait fait des miracles.

— Ben dis donc, tu commences à y prendre goût, on dirait ! m'exclamai-je en riant.

— Ha ha ! Ne te fais pas d'idées, Lisa, il a quand même régurgité sur mon tailleur, on n'est pas encore cent pour cent copains.

Elle sortit de la cuisine, une assiette de pâtes à la main.

— Tiens, je te laisse ça sur la table, c'est Manu qui les a préparées ce midi avant de partir bosser. Mange donc ça, ça ne peut te faire que du bien. Je ne sais pas ce qu'il a mis dedans, mais cette sauce au pesto et au saumon, c'est une merveille ! Je file, je vais être vraiment à la bourre sinon, et mon premier patient cet après-midi, c'est M. Anselme, ajouta-t-elle en levant les yeux au ciel.

Alexis Anselme était l'un de ses patients depuis près de cinq ans. Un dépressif chronique sujet à d'importantes crises d'angoisse. Le genre de patient qu'elle voyait chaque semaine sans exception, et qu'elle devait prévenir plus d'un mois à l'avance si elle comptait prendre quelques jours de vacances, sans quoi ça aurait été la panique totale. Elle avait tendance à s'en moquer un peu, parfois, de ce M. Anselme, mais je savais qu'elle l'aimait beaucoup, en réalité. Lucie avait du caractère, à n'en pas douter, mais c'était aussi et surtout une femme qui avait le cœur sur la main, généreuse et d'une gentillesse folle. Elle le bichonnait, M. Anselme, comme elle me bichonnait, moi.

— Je t'en prie, file, file. C'est déjà super sympa de me l'avoir gardé ce matin.

— C'est rien, avec plaisir.

Elle se rendit dans la salle de bains et en ressortit cinq minutes plus tard à peine, portant une robe cintrée et son rouge à lèvres carmin parfaitement appliqué.

— Heu… Lisa ? me dit-elle en enfilant son manteau et ses escarpins.

— Oui ?

— Les flics. Ils ont appelé.

Je levai des yeux surpris vers elle.

— Pourquoi ?

— Le commandant Vaubert. Il m'a posé plusieurs questions. Il voulait vérifier qu'on était bien amies, savoir depuis quand je te connaissais, si tu avais effectivement connu des soucis conjugaux pendant la thérapie de Judy et si… j'étais bien en train de garder Will. Entre autres choses.

— Ça ne m'étonne pas. Après tout, ils font leur job, on ne va pas leur reprocher ça.

— Il m'a dit aussi que tu devais retourner au commissariat demain.

— Oui. Figure-toi qu'ils auraient un suspect. Je t'expliquerai plus tard. Franchement j'aimerais y croire, mais je suis très sceptique. On verra bien à quoi ressemble ce type. Je ne sais pas trop quoi en penser, mais Debriand a l'air de tenir à ma présence.

Lucie s'approcha de nous, se mit à genoux et sourit à Will.

— Vous devriez passer la nuit ici, Lisa.

— Non, non, on ne va pas vous déranger plus, on va rentrer.

— Ce n'est pas vraiment une invitation, c'est plutôt une recommandation, précisa-t-elle.

Je lui jetai un regard interrogateur.

— Tu penses que je ne suis pas capable de m'occuper de Will, c'est ça ?

— Non, non, ne va pas trop vite en besogne. Je veux dire que c'est peut-être un peu… disons… le contexte qui vous rend nerveux tous les deux quand vous êtes chez toi. Vous êtes seuls, tu n'as personne pour te filer un coup de main.

Je baissai les yeux. Je voyais très bien ce qu'elle essayait de me dire, et j'en étais tout aussi convaincue qu'elle, en réalité. Mon appartement n'était pas un espace accueillant. Pas sans Paul. Il n'y avait plus de vie, plus de rires, plus d'amour, plus de lumière. Je ne m'y sentais plus à l'aise, je n'y percevais plus que le manque et la solitude. Will aussi, c'était évident. Il avait besoin de vie, de joie, de sourires.

— Je ne t'oblige à rien, ma belle.

— Je sais. Et tu as raison.

— La chambre d'amis peut vous accueillir tant qu'il faudra. Et, pour info, Manu sera là demain. Au cas où tu préférerais retourner chez les flics sans le petit. On ne peut pas dire qu'il soit aussi doué qu'une assistante maternelle, mais le courant passe bien entre eux, je crois.

— Merci, Lucie.

Elle embrassa Will avec douceur, lui laissant une belle trace de rouge à lèvres, puis se releva et s'en alla.

ALWYN

Le fantôme

22 octobre 2010

Déjà quatre jours que j'errais dans Paris dans l'attente de voir mon supplice prendre fin. Je les avais presque exclusivement passés dans ma chambre d'hôtel, à éplucher tous les articles que j'avais pu retrouver sur le Net, dans le but de saisir un peu mieux les événements que j'avais manqués.

Le moins que l'on puisse dire, c'est que les journalistes n'avaient pas été prolixes. « Une jeune Française laissée pour morte dans Londres », « Viryez : une jeune fille en week-end à Londres agressée ». Mis à part qu'elle avait été retrouvée dans la capitale britannique en sang par une touriste et rapatriée en France, il n'y avait pratiquement aucune information. Personne n'avait rien vu, rien entendu. Il n'était même pas précisé qu'on lui avait volé quelque chose. Au fil de mes recherches, je finis par mettre la main sur une vidéo dans laquelle ses parents passaient rapidement à l'écran, effondrés, sa mère en pleurs balbutiant qu'ils ne comprenaient pas, que ça ne lui ressemblait pas de partir à l'étranger sans prévenir personne. Rien de plus. Un simple fait divers, en somme. Vite arrivé, vite oublié.

Le commissaire n'avait pas accepté de me dire où elle se trouvait, ni même de me rassurer quant à son état. Il me suspectait ; moins j'en savais, mieux il se portait. Il voulait garder toutes ses cartes en main, pour pouvoir m'interroger encore, pour avoir un moyen de pression ; c'était évident, et on ne peut plus normal. Il n'avait pas de preuve tangible à mon égard, mais, s'il pensait que j'étais mêlé à l'agression de Judy, il avait tout intérêt à ne pas me renseigner. Et pourtant, elle devait être là, quelque part, dans les environs. Mais où ? Dans quel état ? Était-elle encore hospitalisée ? Le commissaire m'en avait dit trop et trop peu à la fois.

La piste des parents n'avait rien donné non plus. « Desforêt ». J'avais appris son nom – qu'elle avait toujours refusé de me donner – au cours de mon entretien au commissariat. Je l'avais trouvé magnifique, et j'avais songé que la coïncidence était poétique au possible si on la comparait à la façon dont nos chemins s'étaient croisés, par une nuit d'automne. J'avais cherché à joindre sa famille, mais, des Desforêt, il y en avait une ribambelle dans les environs de Paris, et le peu que j'avais réussi à joindre m'avaient tout simplement répondu ne jamais avoir eu vent de cette histoire.

Cependant, il y avait eu ce Dr Hernest, dont le nom était sorti à plusieurs reprises lors de mon entretien avec le commissaire Debriand, et que je n'avais pas manqué de noter. « Dr Hernest – Psychiatre – Paris ». En quelques clics, j'avais retrouvé la trace de cette femme, cela n'avait rien eu de sorcier. Lisa. Lisa Hernest. J'avais appelé à son cabinet, on m'avait répondu qu'elle était en congé pour plusieurs semaines encore. J'avais cherché à nouveau, dans l'annuaire des particuliers. Elle était la seule à porter ce nom. J'avais noté l'adresse et j'y étais allé : un immeuble de standing, rue Saint-Benoît, à Saint-Germain-des-Prés, dans le sixième arrondissement. Un quartier magnifique, de petits bistrots typiquement parisiens, à quelques mètres à peine du *Café de Flore* et de la boutique Louis Vuitton : il me fut aisé d'imaginer cette doctoresse tirée à quatre épingles, menant la grande vie parisienne dans un appartement luxueux, un lévrier afghan l'attendant sagement du matin au soir dans un panier matelassé.

C'est vrai, mon imagination était toujours allée bon train, et il m'arrivait parfois de laisser mon esprit cataloguer les gens en fonction de leur métier ou de leur demeure, en particulier quand je cultivais un certain ressentiment à leur égard. Ce Dr Hernest, qui n'était ni un membre de la famille ni une amie proche de Judy, avait passé bon nombre de journées à ses côtés lorsque, moi, je n'y étais pas. Dans l'absolu, je n'avais pas à lui en vouloir, elle n'avait probablement fait que son travail et l'avait bien fait, à ce que j'avais compris, puisque le commissaire avait même dit qu'elle lui avait « sauvé la vie ». J'aurais dû lui être reconnaissant. Mais c'est en lui enviant le temps qu'elle avait passé auprès de la femme que j'aimais que je m'étais rendu à sa porte. Je voulais savoir, je voulais tenter ma chance, essayer de récolter quelque information que la police n'avait pas laissée filtrer. Je ne voulais pas manquer une occasion de la retrouver pour ne plus jamais la quitter, de lui dire à quel point j'étais désolé, de lui demander pardon. Je voulais rattraper le temps perdu, essayer de comprendre par quoi elle était passée en mon absence. J'avais en aversion la seule idée d'attendre passivement que le commissaire m'éclaircisse.

Ce mardi-là, je m'étais attendu à trouver une femme froide, un brin hautaine, la cinquantaine et le brushing impeccable – le genre d'image que je m'étais toujours faite des psychiatres. Je fus abasourdi lorsque la porte s'ouvrit sur une femme menue à qui je n'aurais pas donné plus de quarante ans, aux cheveux blonds en bataille, pieds nus, vêtue d'un tee-shirt délavé trop ample et d'un simple jean. Elle avait l'air exténuée, de grands cernes violacés sous ses yeux noisette. Dans une autre pièce, un bébé pleurait.

La psychiatre était jeune maman. La psychiatre était en congé maternité. Tout le contraire de ce que j'aurais pu imaginer.

Elle m'avait demandé de patienter un instant et était revenue quelques secondes plus tard, le bébé en pleurs contre elle. Je m'étais senti embarrassé au plus haut point. Malgré mon avidité d'obtenir des informations au sujet de Judy, je n'avais pu m'empêcher de me sentir impoli de déranger cette femme qui semblait des plus éreintées. Cela ne me ressemblait pas de sonner à la porte d'une inconnue. Cela ne me ressemblait pas de braver les convenances par intérêt personnel.

Pour la énième fois, elle m'avait demandé ce que je voulais. Troublé, cherchant mes mots, je lui avais finalement demandé si j'étais bien chez le Dr Lisa Hernest. Agacée, elle avait acquiescé en me montrant le nom sur la porte. Et là, l'enfant s'était tu, je l'avais regardé et tout avait basculé.

Lorsque mes yeux s'étaient posés sur lui, toutes les questions que je me posais, toutes les réponses que j'étais venu chercher s'étaient comme volatilisées. Je ne savais comment l'expliquer mais, en découvrant ce nourrisson de quelques mois, j'avais vu les traits de ma Judy. Le flot de paroles que je m'étais apprêté à dire toute la matinée s'était effacé en un clin d'œil de ma mémoire. Ma vision s'était brouillée, ma tête s'était mise à tourner, mes oreilles avaient commencé à siffler. Quand le bébé s'était remis à crier et que la jeune femme m'avait demandé de patienter à nouveau, j'étais parti. Quelque chose de puissant en moi m'avait commandé de fuir.

M'avait-elle tant manqué que je ne pouvais m'empêcher de la voir partout ? Pourquoi le regard de cet enfant m'avait-il comme traversé ? Trois jours après, je peinais encore à comprendre ce qui avait bien pu se passer ce jour-là. Mais Judy me manquait. Elle m'avait affreusement manqué ces douze derniers mois, et le supplice était plus insupportable encore depuis que j'avais appris son agression. Son souvenir m'obsédait jour et nuit, je ne pensais qu'à elle, je ne souhaitais que la revoir, me plonger à nouveau dans ses grands yeux noirs, sentir encore son odeur délicate en l'embrassant dans le cou, passer ma main dans ses cheveux ébène. La chérir, ne plus jamais la quitter, veiller sur elle pour toujours. Je l'avais vue à travers le visage de cet enfant comme j'aurais pu la voir parmi les nuages du ciel. Mon cœur me poussait sans le moindre doute à l'imaginer partout et nulle part à la fois. Peut-être que je sombrais petit à petit dans la folie, trop tourmenté par le manque et l'incompréhension. Et je n'étais pas au bout de mes peines.

*

Ce matin-là, toujours aussi préoccupé, je marchai un moment à pied et j'arrivai au commissariat avec cinq minutes d'avance sur l'horaire auquel le commissaire m'avait convoqué. Il n'était pas encore neuf heures et cela sentait déjà la transpiration et le mauvais café. Pauvres flics. Il n'y avait pas une once de confort, là-dedans. Pour la centième fois, je me demandai quel genre de questions il allait encore pouvoir me poser avant de daigner m'en dire plus sur Judy. Par respect pour son travail et pour les autorités, je ne m'étais jusque-là pas permis d'exiger les informations que j'étais au départ venu chercher. Mais si à l'issue de ce nouvel échange il me renvoyait encore sans rien me dire, je risquais de perdre patience et d'exiger des explications. J'avais assez patienté. J'avais assez coopéré. Je lui en avais assez dit. Je voulais la voir.

*

Ce fut le commandant Vaubert qui vint me chercher à l'accueil.

— Bonjour, commandant.

— Bonjour, monsieur Andrews, me salua-t-il de sa voix grave. Le commissaire termine un entretien. Il va vous recevoir dans un moment. Vous voulez un café ?

— Un thé, vous auriez ?

— Ah oui, Anglais, c'est vrai. Un thé alors.

En le découvrant pour la seconde fois, mon impression fut identique à la première : bien qu'il en impose par sa grande taille et ses larges épaules, lorsqu'on observait son visage, c'était comme si ses yeux minuscules disparaissaient derrière ses lunettes. Il avait un air des plus effacés, tranchant avec la masse imposante de son corps. Curieux personnage. Ni vraiment intimidant ni vraiment amical. Je me laissai aller à songer que, si Debriand l'avait choisi comme adjoint, c'était peut-être en partie pour son allure si paradoxale. Sans doute cela se révélait-il un atout face à un suspect. Peut-être que, face à lui, les gens incertains ne savaient pas très bien à quoi s'en tenir et ne tentaient pas de bluff.

Il revint quelques instants plus tard et me tendit un gobelet en plastique dans lequel fumait un thé à l'âpre odeur de citron artificiel, sans doute l'un de ceux que proposait la vieille machine à café que j'avais vue quelques jours plus tôt au fond du couloir. Pour moi qui avais été élevé par une famille britannique passionnée de grands thés, cela revenait presque à boire de l'urine. J'approchais le breuvage de mes lèvres, écœuré d'avance, quand je vis arriver le commissaire. Sauvé par le gong.

— Monsieur Andrews, ravi de vous revoir.

— Bonjour, commissaire. Vous avez du nouveau ? Je vais bientôt pouvoir voir Judy ?

— C'est difficile à dire, jeune homme, c'est difficile à dire, répéta-t-il en esquissant un sourire forcé. Cela dit, vous allez pouvoir nous aider, je pense.

— Je ne sais pas en quoi, mais si je peux faire quoi que ce soit, je le ferai, monsieur.

— Bien. Venez donc par ici, j'ai quelqu'un à vous présenter.

Je posai le gobelet au liquide jaunâtre sur la table et suivis le commissaire, escorté par le commandant Vaubert. Debriand poussa la porte de leur bureau et j'aperçus une femme de dos, blonde, vêtue d'un élégant tailleur.

— Docteur Hernest, je vous présente M. Andrews.

C'était donc Lisa Hernest. Elle se retourna, un sourire tout prêt et la main déjà tendue pour me saluer, mais lorsqu'elle me découvrit, son visage pâlit immédiatement et elle vacilla.

— Seigneur ! s'exclama Debriand, qui la rattrapa avant que sa tête ne heurte le sol.

La femme que j'avais croisée le mardi après mon arrivée, celle chez qui je m'étais rendu en quête d'informations, mais de chez qui je m'étais éclipsé avant d'avoir pu dire quoi que ce soit, m'avait reconnu, j'en étais persuadé, mais pourquoi cet étourdissement ?

— Vaubert, allez chercher du café, voulez-vous ? ordonna le commissaire en hissant Lisa sur son fauteuil.

— C'est c'qu'on appelle faire tomber les filles comme des mouches, tiens, bougonna Vaubert en quittant la pièce.

Le commissaire tapotait la main du docteur, visiblement dépassé par la situation. Immobile à côté de la porte, noyé par le sentiment que c'était moi qui avais provoqué ce malaise, je n'osais bouger d'un centimètre.

— Docteur ? Docteur ? répétait Debriand.

Je vis ses paupières papilloter. Elle saisit lentement les accoudoirs pour se redresser un peu. Tandis qu'elle reprenait ses esprits, je me surpris à la découvrir bien différente de l'image qu'elle m'avait donnée trois jours plus tôt. Tailleur chic bleu marine, escarpins noirs, cheveux parfaitement lisses ; elle avait un air plus strict et moins aimable.

— Sacrebleu ! s'exclama Debriand, visiblement soulagé de la voir passer la main sur son front et ouvrir les yeux.

Vaubert entra avec un mug plein de café. Sans doute aussi infect que le pseudo-thé qu'il m'avait servi quelques minutes plus tôt.

— Tenez, docteur, dit-il à Lisa de sa grosse voix en lui tendant la tasse.

— Allons, allons, buvez un peu de café et restez tranquille, vous voulez ? ajouta le commissaire, inquiet. Ça va ? Vous voulez qu'on appelle un médecin ?

Le Dr Hernest plaqua son dos contre le dossier du fauteuil, but une gorgée du liquide sombre et fumant, esquissa une grimace puis leva les yeux lentement, comme avec prudence, dans ma direction.

— Je pense que je vais survivre à votre café, répondit-elle, même si la présence du Dr Lucie Bellini serait appropriée, je crois, murmura-t-elle à demi-mot. J'ai bien peur d'avoir fait une chute de tension brutale, et que mon esprit me joue un mauvais tour.

Elle me dévisageait sans aucune retenue, apparemment éberluée. Debriand s'éclaircit la voix.

— Vous êtes sûre que ça va aller, docteur ? insista-t-il. Vous voulez vraiment qu'on appelle Mlle Bellini ?

— Oui. Non. Elle n'est pas disponible à cette heure, de toute manière. Par contre, il va peut-être falloir que je reste assise un moment.

— Bien. Restez donc là, lui dit-il en frottant sa barbe. Monsieur Andrews, asseyez-vous, je vous prie.

Je m'exécutai, mal à l'aise, et pris la chaise destinée aux visiteurs, en face d'elle.

— Docteur Hernest, reconnaissez-vous cet homme ? tenta Debriand.

— Cet homme ? demanda-t-elle en me pointant craintivement du doigt.

— Évidemment, qui d'autre ? ricana le commissaire.

Elle lui jeta un regard surpris, comme pour vérifier qu'ils parlaient bien tous les deux de la même personne. De moi. Elle resta silencieuse, comme terrifiée, agrippée au mug de café. Derrière le vieux bureau, elle m'observait encore et encore.

— Eh bien, docteur, le reconnaissez-vous ?

— Oui.

— Vraiment ?

— Vraiment. Mais je n'en crois pas mes yeux.

— Comment ça ?

Elle déglutit sans me lâcher du regard, passa une main dans ses cheveux et lâcha :

— Cet homme est Alwyn.

— Vous avez déjà croisé M. Andrews ? renchérit Debriand.

Elle prit quelques gorgées de café. Sa peur se changea en une expression de confusion.

— Je… je ne sais pas.

— Vous connaissez son prénom, mais vous ne savez pas ? Il va falloir m'éclairer un peu, docteur. Vaubert, vous voulez bien prendre des notes ?

— Pas de problème, patron.

Vaubert s'installa à son bureau, à deux mètres tout au plus de celui du commissaire, fit quelques clics et jeta un œil à Debriand pour lui faire signe qu'il était prêt. Gêné par le regard insistant que portait sur moi le Dr Hernest, je ne bougeais ni ne pipais mot. Le commissaire, très intrigué par cette situation pour le moins inédite, s'accola au mur, mit les mains dans ses poches et reprit :

— Bon, docteur Hernest, vous savez pourquoi je vous ai demandé de venir, n'est-ce pas ?

Enfin, elle détourna la tête pour le regarder.

— Oui, commissaire. Vous m'avez convoquée pour que je puisse identifier votre suspect.

— Eh bien ? L'identifiez-vous ?

— Comment pourrais-je identifier un fantôme, monsieur ?

Je ne comprenais pas. Pourquoi ne lui disait-elle pas simplement que nous nous étions croisés mardi ? Pourquoi avait-elle l'air à ce point choquée de me voir ?

— Un fantôme, hein ? répéta Debriand en jetant un œil au commandant, qui ne manquait pas de retranscrire le moindre échange. Reconnaissez-vous cet homme, docteur ?

— Je n'arrive pas à le croire, dit-elle de nouveau. C'est impossible…

— Pourtant, s'impatienta le commissaire, M. Andrews est bel et bien là, et nous ne sommes pas en pleine séance d'hypnose. Je vais donc avoir besoin de concret, maintenant, de réponses. Vous me suivez, docteur ?

L'ignorant, elle se contenta de prendre appui sur les accoudoirs et tenta de se lever. Le commissaire, la voyant chancelante, s'approcha et lui tendit le bras pour qu'elle s'y retienne. Par politesse, je me levai à mon tour. Tremblante, elle le lâcha, contourna le large bureau et s'approcha lentement de moi, avant de me scruter de nouveau de ses yeux écarquillés. Elle se hissa et ne fut bientôt qu'à quelques centimètres de mon visage, bien qu'elle soit beaucoup plus petite que moi. Interdit, je jetai un bref coup d'œil au commissaire, qui me fit signe de la laisser faire.

— Je n'arrive pas à y croire, l'entendis-je murmurer. Je n'arrive pas à y croire…

Je plongeai alors mon regard dans le sien. Et, lorsque nos pupilles se croisèrent, elle fut prise d'un sursaut et je vis ses yeux se remplir de larmes.

— C'est vous… Vous… vous êtes là… se mit-elle à sangloter.

Debriand, immobile, ne manquait rien de la scène, aussi déconcerté que moi, mais apparemment pris d'une irrésistible curiosité, à en juger par le sourire en coin qui se dessinait sur ses lèvres. Lisa essuya les larmes qui commençaient à dévaler ses joues et chercha de ses mains le bord du bureau, qu'elle saisit pour finalement s'asseoir, étourdie, sur la chaise que je venais de quitter. Elle pleurait toujours. Sans chercher l'approbation du commissaire, troublé par cet échange pour le moins imprévisible, je mis un genou à terre et posai ma main sur le sien.

— Docteur Hernest, je suis là, je suis Alwyn.

Elle releva la tête vers moi et me sourit timidement.

— Je suis tellement contente de vous voir, si vous saviez… Je n'ai jamais été aussi heureuse de m'être trompée. Ça change tout, ça change absolument tout.

LISA

Face au rêve

22 octobre 2010

Il était un peu plus de treize heures lorsque je passai les portes du commissariat accompagnée par la plus improbable des silhouettes. Alwyn marcha à mes côtés pendant une quinzaine de minutes qui me parurent être un siècle, tant je me languissais de découvrir la vérité à son sujet. Il resta muet, peut-être par politesse, peut-être parce qu'il était toujours sous le choc. Il lui faudrait pourtant encore avoir le cœur bien accroché, parce que le commissaire s'était gardé de tout lui révéler. On nous avait interrogés séparément, dans le but de confronter nos versions des faits. Après presque quatre heures d'entretiens poussés, il était sorti sans la menace d'une garde à vue, sans doute grâce à moi, mais il avait pour instruction ferme de ne pas quitter la capitale tant que mes propos n'auraient pas pu être appuyés par ceux de mes confrères. Moi, j'étais vidée et déboussolée.

Debriand avait été patient, il ne s'était pas moqué, il m'avait écoutée avec une attention soutenue, fronçant les sourcils, ponctuant mes propos d'innombrables « vraiment ? », s'éclaircissant la voix quand un silence durait trop longtemps à son goût. Le commandant Vaubert avait pris des notes, sans doute les plus extravagantes de sa carrière puisque je le vis à plusieurs reprises se tourner dans ma direction, retirer ses lunettes et écarquiller les yeux, ébahi, tandis que, petit à petit, il comprenait à quel point nous avions toujours considéré Alwyn comme la personnification du délire psychotique de Judy. J'avais peiné à reprendre mes esprits. J'avais eu, je le reconnais, le plus grand mal à faire la part des choses, à essayer de démêler le fil de la thérapie la plus singulière qu'il m'ait été donné de mener. Il avait fallu tout revoir depuis le début, recommencer, réfléchir, se reposer les bonnes questions, encore et encore. Au terme de cette matinée intense, la conclusion qui m'apparut était très simple : Judy était de loin la patiente la plus intrigante que j'aie croisée au cours de ma carrière.

— C'est ici, annonçai-je en désignant un salon de thé au bout de la rue.

L'endroit, que je connaissais bien pour y être allée à plusieurs reprises avec Lucie, était idéal pour être au calme et discuter. Les tapisseries dans les tons gris clair octroyaient à la salle une luminosité rare pour cette saison, de grandes bibliothèques murales blanches remplies d'ouvrages grimpaient jusqu'au plafond. Avec les fauteuils et banquettes en tissu couleur crème, l'ambiance était chic et moderne, feutrée. Je demandai à la serveuse de nous installer dans un coin tranquille et elle nous trouva une table isolée derrière le comptoir, près d'une fenêtre. Je commandai tout de suite deux parts de cette tarte meringuée à la rhubarbe que personne d'autre dans Paris ne confectionnait si bien, ainsi que deux thés aux agrumes. Nous n'avions pas eu l'occasion de déjeuner, et nous avions tous deux besoin de nous requinquer un peu après la matinée harassante que nous avions passée.

Il retira son manteau noir et son écharpe de laine bleue et s'assit en face de moi. Droit, élégant. Le regard effacé.

— C'est extraordinaire, osai-je, vous êtes tel qu'elle vous a décrit.

Il leva ses grands yeux verts vers moi en souriant avec réserve, ne sachant pas comment prendre ma remarque. Ce regard… c'était celui de Will.

— Veuillez m'excuser, je ne cherche pas à vous intimider. C'est juste que j'ai l'impression de me retrouver devant une créature fantastique, ajoutai-je d'un ton amusé, tentant maladroitement de détendre l'atmosphère. J'ai passé plusieurs mois, presque tous les jours, à écouter Judy me parler de vous. Vous avez toujours été si réel pour elle.

Il baissa les yeux. Une expression mélancolique apparut sur son visage parfait. « Céleste et torturé », me rappelai-je. Tels avaient été ses mots. Elle me l'avait dépeint à la perfection. Il était grand, élancé, digne. Les yeux en amande, « d'un vert sombre et profond », les sourcils dessinés « comme au fusain ». Les mots de Judy me revenaient, plus puissants encore maintenant que je pouvais le voir à mon tour. Il avait tout d'un homme fort et séduisant, et pourtant il dégageait quelque chose d'inexplicablement juvénile, un air angélique.

J'avais choisi cet endroit que je connaissais bien pour asseoir mes certitudes ; c'était une façon de « me pincer », d'avoir des repères concrets et palpables. Mon cœur me criait de tout oublier pour ne plus croire qu'à l'amour et à la magie. Mon esprit, ébranlé par une information qu'il avait jugée irrationnelle des mois entiers, ne pouvait se résoudre à l'accepter. Malgré ces interminables échanges avec le commissaire, malgré la reprise totale de mon dossier dans les locaux de la police et malgré mon attachement profond à la rationalité, j'avais un mal fou à intégrer l'idée qu'il était bien réel. Cela dit, j'étais littéralement fascinée.

Il était devant moi, à la même table, là, à quelques centimètres à peine. Le regard fixé sur les arabesques d'une montre de gousset en argent qu'il avait sortie de sa poche. J'aurais pu toucher sa main couleur de lune, j'aurais pu frôler la manche de sa chemise. Mais j'osais à peine prononcer son prénom. Je ne parvenais pas à croire que cet homme à l'allure énigmatique, celui-là même que j'avais imaginé des mois durant tandis que j'étais auprès de Judy, pouvait exister.

La serveuse revint avec le thé et la tarte, il souffla un « Merci » mais je vis que ses yeux avaient rougi.

— Monsieur Andrews, ça va aller ?

Il essuya une larme du revers de sa main, embarrassé.

— J'étais réel mais je ne le suis plus, n'est-ce pas ?

Je déglutis, comprenant sans mal ce qui l'attristait.

— C'est… compliqué.

— Vous l'avez convaincue que je n'étais que le fruit de son imagination, je présume.

— Eh bien, la dernière fois que je l'ai vue, elle n'avait jamais laissé transparaître le moindre doute à votre égard. Même si, pour je ne sais quelle raison, elle a imaginé votre disparition de manière tout à fait onirique, vous avez toujours été réel à ses yeux.

Une lueur d'espoir apparut dans son regard. Je ne pouvais cependant pas le laisser espérer.

— Jusqu'à il y a trois mois environ, nous n'obtenions d'elle que le strict nécessaire pour la maintenir en vie. Elle avait de graves tendances suicidaires, et mon rôle était avant tout de l'empêcher de mettre fin à ses jours, pas de rationaliser chacune de ses idées à tout prix, elle y était bien trop opposée. Mais, depuis le mois de juillet, c'est l'un de mes confrères qui s'occupe de Judy et…

— Et ?

— Et il y a eu du changement. Judy a eu une sorte de déclic, elle… elle a accepté de prendre un traitement pour l'aider à aller mieux. On m'a assuré qu'elle était déterminée à guérir, à tourner la page et à démarrer une nouvelle vie.

Il se laissa tomber contre le dossier de sa chaise.

— Alors elle m'a oublié.

— Non. Elle ne vous oubliera jamais.

— Mais pour elle, désormais, je ne suis plus que le souvenir d'un délire, c'est bien ce que vous essayez de me dire ? lâcha-t-il.

Inutile de chercher à enrober la vérité, pensai-je.

— Oui.

— Alors, sous prétexte qu'elle va mieux maintenant parce qu'elle m'a oublié, je ne pourrai jamais plus la voir ? en conclut-il, le timbre de sa voix se changeant presque en celui d'un enfant.

— Je… je ne sais pas, Alwyn.

Ça y est, je l'avais dit. J'avais prononcé son nom, spontanément. Et cela m'apparut comme une évidence. C'était comme si la réalité avait enfin percuté l'impossible, comme si les pièces du puzzle s'étaient finalement emboîtées. En tant que psy, j'aurais dû lui dire que non, qu'il ne fallait surtout pas la bousculer, qu'elle avait déjà parcouru un chemin considérable, qu'à ce que je savais elle connaissait enfin une paix relative, qu'elle s'était mise à penser de façon posée, qu'elle ne souffrait plus ni de crises d'angoisse ni de paranoïa, qu'elle n'avait plus d'idées suicidaires, qu'elle était sur la voie de la guérison, qu'elle envisageait désormais une vie normale, qu'elle était prête à repartir de zéro et qu'il ne faudrait jamais, au grand jamais, entraver une telle réussite. Il y avait tant de paramètres à prendre en compte avant d'envisager de lui révéler une telle information !

Et pourtant je le regardais, et il était là ! Alwyn, celui-là même qui avait occupé ses pensées chaque jour, cet être qu'on avait cru fabuleux à tort, celui qu'elle avait aimé de toute son âme, dont elle n'avait cessé de me vanter les qualités, la culture, la douceur. Il était en face de moi, cet homme hors du commun. Comment aurais-je pu accepter l'idée selon laquelle elle serait plus heureuse sans qu'on l'informe de son existence ? Comment pourrais-je poursuivre ma vie tout en sachant que j'avais contribué au triomphe d'un mensonge simplement pour préserver un bien-être bancal que nous avions créé de toutes pièces ? Bien sûr que ça ferait mal. Bien sûr que ce serait compliqué. Seulement, j'avais fait une erreur. Une erreur monumentale. Celle d'affirmer qu'Alwyn n'avait été qu'une béquille psychologique destinée à porter le cœur d'une jeune femme dont on avait abusé.

Bien sûr qu'elle me l'avait romancé. Bien sûr que son récit avait été brouillé par un traumatisme. Bien sûr qu'elle avait mêlé le souvenir de son unique amour à son périple londonien et à ses divagations. Elle était psychotique, ça ne faisait aucun doute ; il y avait certainement mille détails qu'elle avait inventés, enjolivés, modifiés, il y avait à coup sûr tout un pan de son histoire qui avait été inventé, faussé, tordu. Mais pas tout. Pas lui. Qui donc étais-je pour les empêcher de se retrouver ?

Comme s'il percevait mes raisonnements silencieux, Alwyn reprit :

— Cela fera bientôt cinq jours que je suis revenu. Cinq jours que j'ai appris, sans tout comprendre, ce qui lui était arrivé. Cinq jours que je passe mon temps à attendre, à subir des interrogatoires comme si j'étais un criminel. On me demande tout, mais on ne me dit rien. Quand j'ai atterri lundi matin, je n'avais qu'une hâte : lui dire que j'avais essayé de vivre sans elle, comme elle m'y avait obligé, mais que j'en étais incapable. Que je l'empêcherais de se jeter dans le vide chaque jour que Dieu fait si c'était le seul moyen de rester auprès d'elle. J'étais déterminé à la revoir, quoi qu'il m'en coûte. Au lieu de ça, j'ai passé le plus clair de mon temps consigné dans ma chambre d'hôtel, avec la ferme interdiction de chercher à la revoir tant que les choses ne seraient pas plus claires pour la police. J'ai coopéré, j'ai passé des heures, d'interminables heures, à répondre à toutes leurs questions, sans jamais rien leur cacher, dans l'espoir qu'on me donne de ses nouvelles, qu'on me permette de la revoir, ne serait-ce que quelques minutes. Et tout à coup on me renvoie sans rien m'expliquer, on continue de me priver de tout contact. C'est à devenir fou !

— Je comprends, je suis désolée, répondis-je en coupant un morceau de tarte avec le côté de ma fourchette. Le fait est qu'il reste effectivement d'importantes zones d'ombre en ce qui concerne Judy. Les flics ne font que leur job, vous savez. Je ne pense sincèrement pas qu'ils vous suspectent encore, mais vous n'en restez pas moins un acteur primordial dans cette enquête. Ils sont comme vous et moi, ils veulent seulement comprendre. La seule chose que je peux vous assurer, c'est qu'aujourd'hui Judy va mieux.

Alwyn resta silencieux quelques instants. Il but une gorgée de thé, passa une main dans ses cheveux en bataille, pensif. Puis, me regardant bien en face, il m'annonça :

— Je ne veux que son bonheur. Je n'ai pas été là, et c'est probablement ce qui a conduit à cette succession de drames. Si je dois payer pour mon absence, si pour qu'elle soit bien je ne dois pas la revoir, alors… je l'accepterai. Mais à la seule et unique condition que l'on me donne la certitude absolue qu'elle est plus heureuse sans moi.

Je l'observais, impressionnée et émue par la beauté de ses propos. Il était prêt à tous les sacrifices pour elle. Il était prêt à se faire oublier et à vivre avec ça toute sa vie, juste pour la préserver. Ce qu'il venait de dire lui avait coûté, à n'en pas douter. Je pouvais le lire sur son visage grave.

— Elle… elle me manque tellement, souffla-t-il.

Il l'aimait. Profondément. De cet amour quasi mystique qu'on ne connaît que dans les livres. C'était aussi magnifique qu'affligeant. Mon cœur se serra, et le manque, celui-là même que j'avais ignoré des heures durant, s'empara de nouveau de moi. Comment pouvais-je faire l'impasse sur la détresse d'Alwyn quand Paul, mon Paul, me manquait cruellement ? Notre histoire à nous n'avait pas grand-chose de légendaire, elle n'avait été ponctuée ni de généalogie prestigieuse ni de voyage initiatique, mais elle n'en était pas moins réelle. Nous avions affronté ensemble le doute, la désillusion, la peine, le deuil. Il était mon réconfort, il était ma joie, il était l'essence même de mon bonheur, tout comme Judy l'était pour Alwyn. Rien ni personne ne pourrait jamais remplacer Paul dans ma vie. Et, dans le fond, ça suffisait à rendre notre amour magique.

Révélations

22 octobre 2010

Alwyn terminait sa part de tarte, qu'il avait finalement dégustée avec plaisir. Il était abattu et affamé. J'en venais à penser qu'il n'avait pas absorbé autre chose que du thé ce matin-là et, même si j'en avais douté des mois entiers, il était humain. Nous avions donc passé quelques minutes silencieuses à nous restaurer. Ce n'était pas grand-chose, certes, mais il avait déjà meilleure mine quand il eut terminé. Il était temps pour moi d'aborder les sujets sensibles :

— Vous m'avez dit que Judy vous avait obligé à vivre sans elle. Pouvez-vous m'éclairer un peu ?

— C'est très simple : la dernière fois que je l'ai vue, le soir du 7 octobre 2009, elle m'a obligé à partir. Elle m'a dit que, si je revenais, elle se tuerait.

Cela ne m'étonnait pas de Judy. J'avais appris à la connaître et je savais à quel point elle pouvait se monter impulsive, directe et convaincante. Sans compter qu'elle avait toujours cultivé des tendances suicidaires plus ou moins exacerbées.

— Vous l'avez crue, bien sûr.

— Évidemment. La première fois que j'ai croisé son chemin, elle était à deux doigts de se jeter dans une rivière en crue. Je savais de quoi elle était capable.

Je n'avais jamais eu vent de cette rencontre, elle ne l'avait pas évoquée. Normal, songeai-je, puisque, lorsque j'avais fait sa connaissance, elle avait déjà sombré dans la psychose et prenait Alwyn pour l'ami imaginaire qui la suivait depuis sa petite enfance.

— Monsieur Andrews, je dois vous dire que, au vu de ce que vous et moi lui avons appris ce matin, le commissaire Debriand m'a chargée de reprendre le dossier depuis le début, de comparer ce que j'ai, à savoir mes conclusions mais aussi le détail de ce que m'a raconté Judy, avec votre propre version des événements. S'il est chargé de l'enquête, il n'est pas moins vrai que la plupart des éléments que nous avons à considérer sont de l'ordre du psychologique. Le commissaire aurait pu confier ce dossier à l'un des psychiatres de la police, mais personne ne connaît mieux Judy que moi et il en a bien conscience. C'est donc à moi, qui ai suivi Judy pendant trois mois, et au Dr Rivière, qui s'occupe d'elle depuis juillet, de démêler le vrai du faux pour permettre à la police d'avancer.

— Je comprends.

— La bonne nouvelle, c'est qu'il a été prouvé ces jours-ci que Judy n'a pas été violée en octobre dernier. Ils ont remis la main sur son dossier d'accueil aux urgences. Elle avait été examinée et, malgré les nombreuses blessures qu'elle portait, il n'y avait aucun signe de sévices sexuels.

— Vous êtes sûre ? demanda-t-il en se redressant, apparemment choqué par cette nouvelle.

— Certaine.

— Mais d'où sort cette histoire de viol, alors ?

— C'est Judy qui a évoqué cela. Il y a beaucoup de choses dont elle m'a parlé, Alwyn. Beaucoup de choses qu'on pourrait qualifier d'inventions pures. Néanmoins, l'ensemble de ses confidences, aussi invraisemblables qu'elles aient été, reposait sur des faits véritables. Vous en êtes la preuve. Et le récit qu'elle m'a livré est à prendre comme le miroir déformant de ce qu'elle a véritablement vécu, j'en suis convaincue. À commencer par son viol, que, de surcroît, elle m'a raconté avec une précision redoutable. Je vous passerai les détails, croyez-moi, vous n'aimeriez pas apprendre ça. Mais il y a des mots qui ne trompent pas. Il y a des sensations qui ne se révèlent avec tant de force que lorsqu'on les a éprouvées. Il y a des souvenirs qu'on ne peut inventer. Vous comprenez ?

Il m'écoutait, attentif et troublé.

— Alors, on a vraiment abusé d'elle, n'est-ce pas ?

— Oui. Ça ne fait aucun doute.

— Mais quand ? Qui ?

— C'est précisément ce que le commissaire et moi cherchons à découvrir. L'auteur de ses blessures n'est peut-être pas le même que celui qui a abusé d'elle. La vérité, c'est qu'il est même tout à fait possible que personne ne l'ait agressée à Londres, le soir où on l'a retrouvée. Toutes les blessures qu'elle présentait, les hématomes, les coupures aux poignets, les lèvres boursouflées et le coup à l'arrière du crâne, elle a pu se les infliger elle-même.

Il ouvrit de grands yeux surpris.

— Vous croyez ?

— Je n'ai aucune certitude à ce propos, mais c'est possible. Vous l'avez dit vous-même, Judy était capable de se faire du mal, à en mourir. Elle n'a jamais été effrayée par la mort, à de nombreuses reprises elle l'a même considérée comme une amie qui lui tendait les bras.

De son seul regard, il confirmait mes propos.

— À moins qu'un témoin ne se manifeste, repris-je, ce qui m'étonnerait beaucoup, nous ne saurons jamais si c'était là l'œuvre d'un voyou, d'une personne qu'elle connaissait, ou bien une énième tentative de suicide. La seule chose dont on est sûrs en ce qui concerne les événements de ce soir-là, c'est qu'elle était en pleine crise délirante. Les pompiers anglais ont raconté à la police qu'elle vous appelait, qu'elle était même descendue du brancard et avait marché sur quelques mètres, chancelante, en répétant votre nom, encore et encore.

Il sembla réfléchir quelques secondes.

— Docteur Hernest, il y a quelque chose dont le commissaire m'a demandé de vous parler.

— Je vous écoute.

— Durant les quatre semaines que j'ai passées à ses côtés, il y a toujours eu quelqu'un dont elle me parlait. Quelqu'un avec qui elle semblait vivre mais qui la gardait comme prisonnière, quelqu'un qui la privait de vie sociale, qui l'obligeait à rester recluse dans son appartement, dans ce village perdu où personne ou presque n'avait connaissance de son existence.

— Qui ça ? Vous a-t-elle dit son nom ?

— Jamais. Elle n'a jamais voulu me confier quoi que ce soit à son propos. Nous nous retrouvions systématiquement en pleine nuit, loin de chez elle, à sa demande, elle n'a d'ailleurs jamais accepté de me dire où elle vivait exactement. Comme si elle avait peur. Il l'empêchait de faire des études, il l'empêchait de sortir. Il l'empêchait même de consulter un médecin, précisa-t-il.

Ça ne tenait pas la route. Judy avait toujours vécu seule. Et Emma n'avait rien d'une tortionnaire.

— Un médecin ? Vous êtes sûr ?

— Absolument. Elle s'était fait une entorse à la cheville, quand je l'ai rencontrée. Elle n'a voulu montrer ça à personne, de peur qu'on ne sache qu'elle était sortie de chez elle.

L'entorse. Ça me revenait.

— Alwyn, je crois que les choses deviennent plus claires dans mon esprit. Je vais toutefois avoir besoin de vous pour comprendre ce qui s'est passé. Notre objectif principal est de saisir ce qu'il y a de rationnel dans ce que Judy nous a confié, afin qu'on puisse entrevoir des indices concrets, indices qui, je l'espère, nous mèneront à l'homme qui a abusé d'elle.

— Je ferai tout ce que je pourrai pour coincer cette ordure.

— Moi aussi. Et la meilleure chose que vous puissiez faire, c'est me donner tous les éléments dont vous disposez pour que je puisse remettre les morceaux de ce puzzle dans le bon sens. Alors, pouvez-vous me raconter votre rencontre avec Judy ? Comment avez-vous croisé son chemin ? Que vous a-t-elle dit ? Qu'avez-vous fait au cours de ces quatre semaines ?

Je sortis mon calepin et un stylo de mon sac, prête à ne manquer aucun détail. Alors, Alwyn se lança dans le récit de leur histoire. De la toute première nuit au cours de laquelle il l'avait aperçue debout sur un vieux pont en ruine, les cheveux trempés par la pluie, à celles qu'ils avaient partagées dans la chambre de ce petit hôtel, en passant par leurs promenades dans ce jardin devenu sauvage qu'ils avaient fait leur. Je me perdis à travers ses mots, toujours choisis avec soin. C'était passionnant, il avait un don certain de conteur ; j'aurais parié qu'il avait lu des centaines de romans.

Au fil de ses souvenirs, je prenais des notes le plus précises possible et ne manquais pas de relever un grand nombre de cohérences avec ce que Judy m'avait confié jadis. *Night Garden*, avais-je noté. Tel était le nom qu'elle avait donné à l'hôtel dans lequel elle avait soi-disant séjourné à Londres. Il y avait tant d'éléments qu'elle avait intégrés à son délire que c'en était captivant. Le manoir. Alwyn menaçant de nouer une ancre à son pied. La disparition de ses parents. Les Buckly. L'amour interdit de son frère James. La mort de Mary et de son bébé. L'indifférence de lord Leonard. Le suicide de James.

C'était époustouflant. Non seulement je fus ébahie d'apprendre qui était Alwyn, quelles étaient ses origines et ses aptitudes, mais je fus plus étourdie encore de comprendre que Judy n'avait pas inventé tant de choses que cela. Bien sûr, la version qu'elle m'avait confiée était ponctuée d'éléments allégoriques, mais le récit réel d'Alwyn était tout aussi captivant. Le moins que l'on puisse dire, c'est que l'histoire de ces deux-là n'avait pas grand-chose de banal. À l'écouter, je me mis à croire un peu aux contes de fées. Une rencontre salvatrice, un amour naissant d'une intensité et d'une pureté rares. Qui n'en aurait pas rêvé ?

Je le coupai, à quelques reprises, pour être sûre d'avoir bien saisi certains détails. L'heure tourna sans qu'on y prête attention, on nous servit à nouveau du thé, que je bus en même temps que ses paroles. Bientôt, le jour s'évanouit, et je compris en voyant la nuit s'installer que nous nous étions plongés dans le passé avec frénésie, moi avide d'en savoir toujours plus, lui épris de ses souvenirs auprès d'elle. Il me raconta tout ou presque – je devinai une certaine réserve lorsqu'il évoqua leurs rapprochements charnels, jusqu'à ce soir du 7 octobre, celui où le message de James était arrivé, celui où tout avait basculé. Même la lettre, ce « cadeau à retardement », s'inspirait de l'histoire d'Alwyn et James. Sur mon carnet, on pouvait lire : « Arr.-grd-mère – vraiment existé ? Vérifier ac les parents. » Jamais je n'aurais pu reprendre chaque élément un par un, jamais je n'aurais réussi à associer chaque fable à sa part de réalité, mais certaines particularités du récit d'Alwyn résonnaient tant avec celui de Judy que ma curiosité était piquée au vif. C'était la première fois de ma carrière que j'étais confrontée à un tel tableau, à une telle profondeur. C'était aussi la première fois que quelqu'un, dans l'entourage d'un patient, me bouleversait autant.

Je jetai un coup d'œil à ma montre : il était presque seize heures lorsqu'il termina en me racontant comment il était rentré de Caracas après un an à se demander s'il n'avait pas commis l'erreur de sa vie en ayant obéi à Judy, en ayant cédé à ses menaces. J'étais décontenancée. Tant de souffrance, de part et d'autre ! Il était aussi éreinté qu'effondré de m'en avoir confié autant, autant de souvenirs qui ne pouvaient que remuer le couteau dans la plaie, lui rappeler le manque et ses erreurs, l'amour et le déchirement. Et pourtant il me restait à lui infliger le coup de grâce. Je n'avais pas le droit de lui cacher ça une minute de plus.

— Alwyn, je vais devoir rentrer…

— Votre famille vous attend, je sais. Ne vous en faites pas, j'ai terminé.

— Voici ma carte, n'hésitez pas à me passer un coup de fil si quelque chose vous revient. En tout cas… Je ne sais comment vous remercier pour tout ça, je vois bien que ça vous demande un effort considérable.

— Ne vous inquiétez pas pour moi. C'est d'elle, d'elle seule, que vous devez vous préoccuper.

Ma gorge était nouée, j'en avais mal au ventre.

— En réalité non, pas seulement.

Il me dévisagea, interdit, de ce regard émeraude que je connaissais trop bien, et cela me sembla plus pénible encore. Mais chaque seconde à attendre rendrait les révélations plus difficiles.

— Il me reste quelque chose à vous apprendre. Quelque chose qui… qui pourrait bien changer le cours de votre existence.

Il ne me lâchait pas du regard.

— Alwyn, quand vous l'avez quittée… Judy était enceinte.

Révélations

22 octobre 2010

Manu en laissa tomber sa fourchette.

— Et alors ? Il a dit quoi ? s'enquit-il, pantois.

— Il s'est effondré. Il a compris. Il a pleuré.

Lucie but une gorgée de vin, l'air désolée.

— C'est incroyable, cette histoire, dit-elle. Pauvre type, tout de même ! Il revient chercher sa belle et, en moins d'une semaine, il apprend qu'elle a été violée, qu'elle est complètement cinglée et qu'il est le père d'un bébé de quatre mois. Tu m'étonnes que ça lui ait fait un choc.

Je jetai un œil à Will qui suçait son pouce tranquillement près de nous, en observant sans se lasser l'arche d'activités de son transat.

— Et alors ? répéta Manu, visiblement chamboulé par ce que je venais de leur raconter. Il va pouvoir la voir, au moins ?

— J'ai bien peur que ni le commissaire ni Fabrice ne donnent leur accord tant que tout ça ne sera pas plus clair. Je n'ai même pas eu le droit de lui dire qu'elle était encore à l'institut. Il ne sait rien. Il la croit chez ses parents, si ça se trouve. Debriand m'a demandé de rester évasive, de ne pas lui donner d'indication, pour qu'il ne se mette pas à la chercher.

— Logique, confirma Lucie. Il n'est pas officiellement suspect, mais il n'est pas non plus officiellement hors de tout ça.

À mon tour, je remplis mon verre de vin et le bus presque d'une traite, sous les yeux surpris de mon amie.

— Ben dis donc, commenta-t-elle.

Je restai silencieuse un moment, les yeux perdus dans le vague, ne réussissant pas à me sortir de la tête cette discussion avec Alwyn.

— Lisa, tu es sûre que ça va ? fit Lucie.

Je levai le regard vers elle.

— Lucie, je crois que j'ai fait une connerie.

— Quoi, Lisa ?

— Je lui ai dit.

— Quoi donc ? Tu lui as dit quoi, Lisa ?

— Quand je l'ai quitté, il m'a demandé si je connaissais un joli coin pour qu'il aille se promener, se changer les idées.

— Et alors ?

— Je lui ai conseillé d'aller au parc Monceau.

JUDY

Folle à lier

22 octobre 2010

Je passai ce top noir à l'encolure dentelée que j'aimais tant, je l'associai à un jean slim noir. Il avait traîné dans la penderie des mois durant, et je pouvais enfin le remettre sans nager dedans. Je me regardai dans le miroir, celui que j'avais toujours évité jusque-là. En trois mois, j'avais progressivement retrouvé les quelques formes féminines que j'avais fini par oublier. Je n'étais pas très épaisse, certes, mais je n'étais plus squelettique, c'était déjà un sacré progrès. J'avais repris quelques kilos, peut-être trois ou quatre, juste assez pour remplir un peu mes joues, voir réapparaître un semblant de poitrine, et pour ne pas être obligée de boucler ma ceinture au dernier trou. Mes cheveux avaient repoussé, leurs jolies boucles avec. Moi qui avais longtemps oublié l'intérêt de prendre soin de moi, je les brossais désormais cinq bonnes minutes chaque jour. Et puis, ce matin-là, j'avais, pour la première fois depuis des lustres, saisi le mascara qui traînait au fond de ma trousse de toilette. Inutile, secondaire, futile, avais-je d'abord pensé en le remettant à sa place. Mais pourquoi faire délibérément une croix sur ma féminité ? Cette journée n'était-elle pas synonyme de renouveau ? Ne voulais-je pas être la femme que mes divers troubles m'avaient empêchée de devenir jusque-là ? Finalement j'avais mis dix bonnes minutes à en appliquer sur mes cils, puisque j'avais oublié ce geste depuis bien trop longtemps. Lorsque je m'étais regardée dans le miroir, je m'étais sentie différente, presque belle.

Je jetai un œil par la fenêtre : il pleuvait. Dehors, les feuilles commençaient à tomber et quelques-unes voletaient, soulevées par une fine brise d'automne. Six mois plus tôt, il ne m'en aurait pas fallu beaucoup plus pour perdre les pédales, parce que ce ciel gris, ces arbres qui se dénudent, ce vent, je les connaissais par cœur, ils avaient été synonymes de sa présence. Aujourd'hui, ça ne me soulevait plus le cœur. Je souris. Je n'éprouvais plus ni tristesse, ni peur, ni manque. J'avais conscience que ces souvenirs ne me quitteraient jamais totalement, mais je savais également que, bien que faisant partie de moi, ils n'avaient plus le pouvoir de me détruire.

Je me sentais prête. Après trois mois de thérapie, trois mois de traitement, trois mois à reprendre confiance, le moment était venu, ma délivrance approchait, cela se comptait en heures. Cet après-midi, je franchirais une nouvelle étape : celle de tourner définitivement le dos au passé et d'ouvrir les bras à l'avenir. Ces médicaments qui m'avaient tant révulsée, je les voyais d'un œil différent maintenant que mon reflet avait changé tout autant que ma vision des choses. Je ne souhaitais plus mourir, ni même me replonger dans une solitude absolue pour fuir le regard du monde. Il ne me restait plus que cette étape et je pourrais de nouveau prétendre à une vie normale. J'étais plus décidée que jamais. Je voulais renaître, enfin. Après tout, pensai-je, moi aussi j'avais le droit de chercher le bonheur.

*

Seize heures. J'entendis la porte s'ouvrir et mon cœur monta un peu en cadence. J'avais hâte.

— Bonjour, lança-t-il en entrant, un large sourire aux lèvres.

— Bonjour, répondis-je en souriant à mon tour, plus enjouée que jamais.

Il ne portait pas de blouse mais le tee-shirt gris chiné que je me rappelais l'avoir vu porter le jour de notre rencontre, surmonté d'une chemise à carreaux et d'une veste en cuir noire. Je me surpris à le trouver charmant, à la fois masculin et décontracté. J'aimais ce style simple, il avait quelque chose de naturel, de concret, de rassurant.

— Vous êtes plutôt bien, sans votre costume de psy.

— Merci, Judy. Certains médecins ne l'apprécient pas vraiment, je crois. De mon côté, la blouse blanche ne me dérange pas. Pour tout vous dire, elle fait partie du job. Mais aujourd'hui est un jour un peu spécial et, à circonstances spéciales, tenue spéciale.

Je ne pouvais plus m'arrêter de sourire. Je trépignais totalement à la perspective de mettre enfin les pieds dehors.

— L'idée étant justement d'oublier un peu les murs de cet hôpital, j'ai pensé que vous vous sentiriez mieux en compagnie d'un « médecin en civil », ajouta-t-il, amusé. La bonne nouvelle, c'est qu'en plus il a arrêté de pleuvoir !

Je jetai un œil dehors : le soleil faisait même une percée, comme pour m'encourager, en cette fin d'après-midi. Que souhaiter de plus ?

— Comment vous sentez-vous ? me demanda-t-il.

— Impatiente. Je crois que je ne tiens plus en place.

— Alors, allons-y. Vous êtes prête, Judy, j'en suis convaincu.

Ben avait réussi à me redonner le goût de vivre. Il avait pris soin de moi, avec patience et persévérance, toujours avec douceur et sans jamais me juger. Il avait été prévenant, attentionné. Depuis le début, je l'avais considéré comme le grand frère que je n'avais jamais eu. Celui dont toutes les petites filles rêvent. Bienveillant. Intelligent. Cool. Je lui étais reconnaissante, à lui plus qu'à quiconque. J'avais réussi, petit à petit, à lui accorder ma confiance. Et ça, pour moi qui m'étais toujours méfiée de tout le monde, c'était un pas de géant. Peut-être grâce aux médocs. Peut-être parce que j'aimais bien ses méthodes peu orthodoxes, parce que avec lui je n'avais pas tellement l'impression d'être en thérapie ni d'avoir à subir de chantage. Non, je n'étais plus seule, je pouvais compter sur lui. Oui, il était mon psy, mais je n'en avais rien à faire, de qui il était, en cet instant-là. Personne ne m'aurait été de meilleure compagnie pour cette première sortie.

*

L'adrénaline s'était faufilée en chacune de mes veines dès lors qu'il avait coupé le contact. On y était presque. Je boutonnai mon manteau, geste que j'avais oublié depuis bientôt un an. Nous étions garés à environ cinq cents mètres de l'entrée du parc Monceau, il recommençait à pleuvoter. Ce qui ne suffirait en aucun cas à atténuer mon enthousiasme, même si je tremblais un peu à l'idée de toucher du doigt ce retour à la liberté.

— Je suis là, tout va bien se passer, me rassura Ben.

— Ne me laissez pas seule.

— Il n'en est pas question.

Ben approcha, mit les mains dans ses poches et commença à marcher à mes côtés. La capitale était animée sans être pour autant plongée dans l'effervescence. Le trafic allait bon train, vélos, motos, taxis, ça klaxonnait, ça pilait, ça baissait parfois les vitres pour saluer une connaissance ou pour se plaindre auprès d'un automobiliste qu'il roulait trop lentement. Plus nous avancions, plus je me sentais forte, animée par une sensation nouvelle. Je croisais des passants, je respirais l'air de la ville, je me fondais dans la masse, j'étais là, oui, j'étais là pour la première fois depuis une éternité, et pourtant personne ne remarquait ma présence. Je pouvais m'arrêter devant une boulangerie pour dévorer les pâtisseries du regard, je pouvais laisser mes yeux se poser sur des antiquités installées à même le trottoir, je pouvais même toucher du doigt le papier des journaux dans les présentoirs devant le kiosque ou les œillets exposés devant la vitrine d'un fleuriste. Ça sentait un peu la rose, le pain chaud, l'essence, l'urine, la pluie, aussi. Un entremêlement d'effluves délicats ou répugnants qui donnaient à cette première virée à l'extérieur un caractère inédit. Tandis que certains qui, comme moi, avaient vécu à la campagne pendant des années auraient eu la nausée en respirant l'odeur caractéristique de Paris, mi-délicieuse mi-écœurante, moi je jubilais. C'était l'odeur de l'extérieur, celle du renouveau.

Après avoir marché quelques minutes, nous passâmes les grilles en fer forgé noir du square, parées de magnifiques dorures, puis je découvris avec émerveillement la Rotonde, la pyramide, les colonnes. Je n'avais jamais mis les pieds là-bas, mais je ne regrettais pas cette découverte ; c'était magnifique. J'entendais piailler les oiseaux et rire les enfants. La pluie cessa aussi vite qu'elle était venue, laissant dernière elle le sol et les feuilles mortes du parc Monceau délicatement humides. Nous avions beau nous trouver dans le huitième arrondissement, cela me rappela une seconde mes réveils à Viryez, ces moments où je m'asseyais sur la chaise en osier dans ce jardin que j'avais tant aimé, juste pour me délecter du parfum de la nature, lorsque la rosée se déposait au lever du jour. Dans ce bout de verdure en pleine ville, il y avait même un saule pleureur. Je songeai à Max, le chat d'Emma, qui se pavanait si souvent sur les branches… Je l'aimais bien, cette boule de poils, j'avais envié son indépendance, j'avais ri cent fois en le voyant se rouler sur les lauzes chauffées par le soleil, j'avais apprécié ses câlins furtifs et ses miaulements le matin ; il me manquait un peu. Mais je n'étais pas nostalgique.

Tandis que nous nous promenions au bord du bassin ovale, je constatai avec satisfaction que je songeais à ces souvenirs comme à un passé révolu. Mon cœur n'était plus lourd, mon esprit n'était plus tourmenté. Devant moi, ce n'étaient plus les vestiges d'un amour perdu que j'observais, c'étaient les toiles de Monet, ses couleurs fondues les unes dans les autres, le bleu, le vert, l'orange.

Je ne savais plus vraiment où j'avais vu ces tableaux, mais c'était tout aussi beau en vrai.

— Merci, soufflai-je à Ben en m'arrêtant pour observer deux canards qui se laissaient glisser à la surface de l'étang.

— Je n'ai fait que mon travail, l'entendis-je répondre derrière moi.

— Vous avez fait bien plus, le corrigeai-je sans quitter les oiseaux du regard. Grâce à vous, je ne fais pas que tourner la page. Je change de livre.

Il sourit.

— Alors, j'en suis très heureux.

— Je n'aurais jamais pensé pouvoir envisager un jour une autre vie que mon quotidien à Viryez, vous savez. Je n'aurais jamais imaginé qu'un jour je pourrais revoir la pluie ailleurs que là-bas, tapie entre les murs d'un splendide jardin qui n'était qu'une cage dorée.

— Vous êtes plus solide que vous ne le supposez, Judy.

— Je crois que j'ai grandi. Ces trois mois ont tout changé. À une vitesse folle.

— C'est vrai. Vous n'êtes plus une enfant, vous n'avez plus à subir les choses, vous allez pouvoir prendre votre vie en main.

— J'ai peur et j'ai hâte à la fois.

— Évidemment, c'est normal. Vous franchissez une étape. Vous avez réussi, tout a changé. Vous pouvez devenir celle que vous voulez, désormais.

Mon cœur s'emballa.

Celle que je voulais.

Je pouvais vivre, tomber, aimer, sans contrainte, sans obligation, sans barrière. Je pouvais devenir *celle que je voulais*. Plongée dans mes pensées, voilà que je m'imaginais revenir ici par une journée d'été ensoleillée, dans une jolie robe bleue, me promenant l'esprit léger, un livre à la main. Peut-être qu'un beau jour je n'aurais plus l'air perdue dans un manteau trop large pour moi, peut-être que je pourrais sortir d'un petit appartement où j'aurais emménagé, des escarpins aux pieds, pour aller travailler, comme tout le monde. Je pouvais songer à un métier. Secrétaire ? Vendeuse ? Hôtesse d'accueil ? Assistante dentaire ? Même serveuse, ça m'aurait plu.

Les mauvaises langues auraient pu dire que je ne visais pas bien haut. C'est vrai, je ne rêvais pas d'une carrière prestigieuse. J'avais trop besoin de normalité. Et je ne me faisais pas de fausses idées, je savais bien qu'il me faudrait partir de quelque part, ça n'avait rien d'ambitieux mais ça ne me posait aucun problème. Ce qui me faisait rêver maintenant, c'était de pouvoir croiser de nouveaux visages, voir du monde, parler de banalités, de la pluie et du beau temps, de pouvoir parler à des inconnus sans crainte, sans peur d'un jugement, juste comme ça, pour dire bonjour, pour échanger quelques mots. Oui, c'était ça, dans le fond, qui me prouvait à quel point j'avais réussi à changer : je rêvais d'une vie sociale. J'étais enfin guérie, je me concentrai donc sur le futur d'une façon plus optimiste et concrète que jamais. Tant de perspectives, c'était si inspirant ! Je voulais oublier l'heure, rester là pour toujours à contempler mon avenir, ce bonheur simple et réel qui me semblait enfin accessible, à travers chaque goutte de ce bassin, à travers chaque reflet de l'eau. Je soupirai de soulagement.

— Judy, comment vous sentez-vous ?

— Bien. Mieux que jamais, je crois, répondis-je en me remettant en marche, le cœur léger.

— Vous pouvez être fière de vous, me dit Ben en me gratifiant d'un sourire tandis qu'il suivait mes pas. Votre façon de réagir à cette première sortie est plus qu'encourageante. Je pense pouvoir vous dire avec certitude que vous pourrez bientôt sortir de l'hôpital.

Exaltée, je saisis le bras de Ben sans vraiment y réfléchir. Il ralentit une seconde, me jeta un bref regard surpris, passa une main dans ses cheveux blonds, la remit dans la poche de sa veste et recommença à marcher du même pas que moi.

*

Tandis que nous marchions encore, je le vis apparaître parmi les badauds. Mon sang se glaça.

Le visage grave.

À quelques mètres.

Immobile, il me fixait.

Alwyn.

En une fraction de seconde, ma vision se troubla comme si on avait subitement jeté un voile sur tout ce qui l'entourait. Je ne vis plus que Lui, Lui et son air triste et sombre, Lui et son regard couleur forêt. Les arbres et les gens alentour ne formaient plus qu'un halo flou, ils s'estompèrent jusqu'à devenir si ternes que seule la blancheur de sa peau se détachait du reste.

Le temps était comme suspendu, mon cœur sembla s'arrêter de battre. Un effroyable silence prit place, je n'entendais plus rien, ni le souffle de la brise, ni la voix des promeneurs, ni le piaillement des moineaux. Je m'étais agrippée au bras de Ben, sans voix, pétrifiée.

ALWYN

Saigner, encore

22 octobre 2010

Seul, assis au bord du lit dans ma chambre d'hôtel, j'avais beau serrer ma tête entre mes mains de toutes mes forces, ces images ne quittaient plus mes yeux. J'avais cru dur comme fer que rien ne pouvait se révéler plus amer que le deuil. Je m'étais trompé. Le deuil, je l'avais côtoyé, je l'avais affronté des mois durant et, bien qu'il m'ait assailli sans relâche, j'en étais venu à bout, non sans peine, certes, mais j'étais finalement parvenu à accepter, à trouver la paix.

Le sentiment qui s'était emparé de moi dans ce parc n'avait rien de comparable. C'était plus violent, c'était plus acide. Ça s'était infiltré en moi comme un poison qui gagnait en force au fur et à mesure de sa progression. Plus les heures passaient, plus il m'envahissait tout entier, me paralysant tout en me faisant bouillir de l'intérieur. Ça faisait battre mon cœur à une cadence effrénée, ça grimpait sous mes tempes pour venir bourdonner jusque dans mes oreilles, ça transperçait ma chair et glissait jusqu'à mes poings serrés. J'avais envie de hurler, de tout détruire, de laisser la rage exploser. Je ne pouvais pas. Une fois encore, je n'avais pas le droit d'intervenir. C'était là mon tourment. Depuis des mois, des années même, je n'étais plus acteur de ma propre existence, je n'en étais que le témoin, le témoin désarmé, figé, celui qui, telle une statue, ne pouvait qu'observer et subir les méfaits du temps, soudé au socle d'une injuste fatalité.

La psychiatre m'avait-elle envoyé là-bas en sachant que Judy serait accompagnée ? L'avait-elle fait dans le but de me mettre face à cette réalité nouvelle pour m'obliger à lâcher prise ? Peu m'importaient ses mobiles, à vrai dire. Elle n'avait fait que me donner ce que je lui avais réclamé, je ne pouvais pas la blâmer. Parce que j'avais obtenu ce que je désirais : je l'avais revue. J'avais pu à nouveau découvrir sa silhouette fluette et son regard déterminé, j'avais pu poser les yeux sur ses longs cheveux d'ébène, sur son visage harmonieux.

C'est vrai, je l'avais revue.

J'avais vu son sourire.

Au bras d'un autre.

Je l'avais vue lever les yeux vers moi.

Me reconnaître, et pâlir de terreur.

Je ne saurais dire ce qui, à cet instant-là, m'avait le plus meurtri.

Judy. Celle à qui j'appartenais, dont je connaissais l'odeur et les courbes par cœur, qui n'avait pas quitté mes pensées un seul jour durant les douze mois qui m'avaient séparé d'elle. Ma

Judy. Avec un autre. Tout sourire, insouciante, heureuse. Je l'avais vue de loin, je l'avais vue marcher d'un pas léger auprès de cet homme blond et séduisant, devisant, riant, observant les oiseaux sur l'étang, l'un près de l'autre. Elle s'était arrêtée un instant, pensive, et j'avais espéré de toutes mes forces – naïf que j'étais – que ses pensées se dirigeaient vers moi. Il y avait eu un silence, une once d'espoir, et puis ils avaient de nouveau échangé quelques mots, elle s'était retournée et avait pris son bras avec entrain, un large sourire aux lèvres.

Il ne me ressemblait en aucune façon. Blond. Une barbe de trois jours. Sans doute un peu plus âgé que moi. Et plus décontracté, aussi. À la voir si enjouée à ses côtés, il allait sans dire qu'elle avait trouvé en lui le réconfort dont je l'avais privée. Il avait été plus insistant, il lui avait résisté, il avait passé l'épreuve, il avait gagné son cœur, pour de bon. « Guérie ». « Nouvelle vie ». Voilà ce qu'on m'avait dit d'elle. Je comprenais mieux, à présent. Tout devenait clair, et la jalousie, sombre, violente et déchaînée, resserrait mes liens et me rongeait corps et âme.

Je ne pouvais m'empêcher d'imaginer. Sa main dans la sienne. Sa présence, à ses côtés, lorsqu'il s'éveillait le matin. La délicate odeur de son cou. La beauté de ses boucles noires. La douceur de sa peau. L'ivresse d'une nuit d'amour avec elle. Il avait le droit de savourer une étreinte, il avait le droit de la regarder dormir, il avait le droit de poser ses mains sur son corps. Il avait droit à ce regard, profond et ardent qui jadis avait embrasé mon cœur. Judy n'en avait jamais eu conscience, mais c'était une fée. De celles qui vous sondent d'un regard, qui vous revigorent à travers l'éclat dans leurs yeux, qui vous bousculent et font de vous un homme plus fort. Elle n'avait jamais rien eu de commun, elle vibrait, elle se laissait porter par le vent, elle ne répondait qu'à un instinct vif qui la rendait irrésistiblement insaisissable. Et voilà qu'elle l'avait choisi, lui. C'est à son bras qu'elle se promenait. C'est à lui qu'elle avait souri. La douleur avait été vive, telle une lame, enfoncée loin dans mon âme.

Avais-je seulement encore une place dans son esprit ? J'avais trouvé la réponse dans ses yeux. Lorsqu'elle les avait posés sur moi, c'est de l'effroi qui les avait remplis. Blême, épouvantée, elle n'avait pas cru en ma présence. Ce n'était pas l'homme qu'elle avait aimé autrefois qu'elle avait vu, non, c'était un fantôme. Ce que j'avais tant redouté, ce que le Dr Hernest m'avait évoqué à demi-mot, ma hantise absolue, s'était produit : elle avait troqué notre histoire contre leur propagande. Dans son esprit, je n'étais plus qu'une illusion. Moins que cela, encore ; le *souvenir* d'une illusion. Je n'avais plus ni essence ni consistance, je n'étais plus réel. J'étais probablement devenu une menace, aussi. La menace d'une rechute. J'en avais le cœur net désormais, sa réaction avait trahi tout cela à la fois, c'était on ne peut plus évident.

Voilà à quoi se résumaient ces retrouvailles : elle avait trouvé le bonheur auprès d'un autre, et je ne lui inspirais plus qu'une crainte morbide. Alors je compris sans peine : je devais tirer un trait sur notre histoire. Le chagrin m'enveloppa, il me serrait fort, très fort. Les idées se bousculaient dans mon esprit, troublantes, contradictoires. Qu'est-ce qui était le pire ? Qu'elle m'ait si vite et si bien remplacé, ou que ses psychiatres m'aient peu à peu transformé, à grand renfort de séances et de médicaments, en une chimère ? Le plus insupportable à mes yeux, c'était sans nul doute d'avoir pu voir à nouveau ce sourire qui, un an plus tôt, m'avait été destiné mais qui, ce jour-là, avait rendu un autre homme heureux.

Accablé, je parvins enfin à ouvrir les paupières. À côté de moi, la bouteille de vin entamée me tendait les bras. Je remplis mon verre et le saisis, bien décidé à oublier – je ne tolérais plus cette pléiade de tragédies. Mais quelque chose en moi s'éveilla soudain. À peine l'eus-je porté à mes lèvres que je l'envoyai violemment contre le mur. Il éclata en morceaux et le liquide pourpre coula jusqu'à la moquette, me rappelant les pétales de ces roses que Judy avait elle aussi envoyées valser un an auparavant. Étais-je tenu de toujours faire bonne figure ? Devais-je impérativement rester celui que tout le monde voyait en moi, le garçon de bonne famille poli et conciliant ? Et si j'avais envie de me battre ? De braver les convenances, de courir après ce que je croyais juste ? Et si je n'étais pas prêt à laisser Judy vivre sans moi ? Étais-je seulement capable de supporter une vie sans elle ?

Les paroles de James me revinrent, limpides. J'avais appris cette lettre par cœur, de peur de l'égarer, elle était la mémoire de mon frère.

Un beau jour, Alwyn, tu la rencontreras. Celle qui bouleversera tant ton univers que plus rien ne comptera à tes yeux, que rien ne méritera plus ton attention qu'elle, elle et elle seule. Ce jour-là, mon frère, tu sauras pourquoi il m'aura été impossible de supporter une vie entière sans elle à mes côtés. Tu sauras qu'elle est ton oxygène, et tu auras la certitude absolue que, sans elle, il t'est impossible de survivre. Ce sera plus fort que toi, comme ça a été plus fort que moi.

Comment résister à cela ? Pourquoi choisir de braver l'amour plutôt que les interdits ? Peut-être que personne n'approuverait. Peut-être que ça demanderait des efforts, de l'acharnement, même. Mais devais-je me résoudre à laisser la femme que j'aimais poursuivre sa vie loin de moi sans même qu'elle ait eu le droit de tout connaître, le droit de choisir ? Était-ce si sensé que d'abandonner la bataille sous prétexte que, pour l'instant, elle avait trouvé la paix ? Et si, tout au fond de son cœur, il subsistait quelque chose, un sentiment d'attachement à mon égard ? Et si je n'avais pas totalement disparu ? Et si cet enfant, celui qu'elle avait porté sans savoir qu'il était le fruit de notre amour, pouvait redonner vie à notre histoire ? Devais-je vraiment accepter de laisser tout cela derrière moi, d'abandonner mon « oxygène », comme l'avait écrit James, de tourner le dos avec lâcheté à celle qui possédait mon cœur pour la laisser poursuivre une existence fondée sur des mensonges ? Qu'y aurait-il eu de bon et de juste dans tout cela ?

S'il restait une once d'espoir, je me devais de la saisir, quoi qu'il m'en coûte. Pour Judy. Pour James. Pour cet enfant que je ne connaissais pas encore mais qui, assurément, avait hérité des traits de celle que j'aimais.

LISA

À tort ou à raison

23 octobre 2010

— Vous êtes totalement irresponsable ! s'exclama le Dr Rivière, excédé. Vous vous rendez compte de l'étendue des dégâts ?

— Doucement, Benjamin, tempéra Fabrice.

— C'est n'importe quoi ! Je me suis battu pour la sortir de tout ça, elle était prête, elle aurait pu sortir bientôt ! J'avais fait le job, bon sang ! J'avais fait le job !

— À grand renfort de neuroleptiques, d'antidépresseurs et de mensonges, oui, complétai-je, acerbe.

Ses joues avaient rougi sous sa barbe blonde, il me jeta un regard noir. Celui-là même que jamais je n'aurais imaginé voir un jour sur son visage si tranquille. Il était hors de lui, à n'en pas douter.

— Lisa, ça ne vous va pas du tout, la mauvaise foi. Vous avez tout de même merdé, là, vous ne croyez pas ? me demanda Fabrice en croisant les bras.

Fabrice m'observait, attendant que je reconnaisse mes torts. Je l'appréciais beaucoup, et ce depuis des années. J'avais en horreur l'idée de le décevoir, lui qui m'avait accordé sa confiance, lui qui m'avait confié le cas de Judy parce qu'il savait pertinemment qu'il me passionnerait et que j'étais capable d'en venir à bout. J'aurais dû abdiquer, faire profil bas, d'autant plus que j'avais véritablement manqué à mon devoir professionnel et désobéi aux ordres du commissaire par la même occasion. J'étais en bien mauvaise posture, j'aurais dû m'excuser, arrondir les angles, mettre ma bavure sur le coup de la fatigue ou du stress, mentir. Je ne pouvais pas.

— Lisa, reprit Fabrice sous le regard sceptique de Benjamin Rivière, je vous connais bien, et vous ne me contredirez sûrement pas si je vous dis que vous avez dépassé les bornes sur ce coup-là.

Je restai muette.

— Vous n'avez pas à reprocher ses méthodes au Dr Rivière. Tout ce qu'il a fait, il l'a fait avec mon accord. Vous-même, vous étiez convaincue, au moment de lui transmettre le dossier, qu'un traitement serait idéal si elle l'acceptait. Elle l'a accepté, et ça a fonctionné. Vous avez accompli un travail considérable lorsque vous étiez sa psychiatre, vous avez atteint votre objectif, vous avez sauvé cet enfant, vous l'avez même recueilli.

— Quoi ? tiqua Rivière d'une voix aiguë. Mais qu'est-ce que c'est que cette histoire ? Vous n'étiez pas en congé maternité ?

— Pas exactement, non, répondis-je sans même le regarder.

— Mais c'est du délire ! C'est vous qui vous occupez de ce gosse et on ne me dit rien ?

Fabrice souffla, agacé d'avoir laissé échapper cette information mais surtout, ça crevait les yeux, d'avoir à gérer cette situation de crise dont il se serait bien passé, un samedi de surcroît.

— Judy l'avait expressément demandé et les parents ont donné leur accord, expliqua-t-il à Benjamin. Les services sociaux n'y ont pas vu d'inconvénient. Lisa avait un profil sérieux. Ils ont déjà du mal à trouver des familles d'accueil en règle générale.

— De toute façon, vous n'aviez pas à le savoir, fis-je, acide.

— En effet, confirma Fabrice avant que Rivière n'ait eu le temps de protester, le sort de l'enfant ne devait pas entrer en ligne de compte dans la nouvelle thérapie de Judy, elle est beaucoup trop manipulatrice et paranoïaque. Si elle avait réussi à vous soustraire la moindre information au sujet de ce bébé, elle aurait pu s'en servir contre vous ou, pire encore, se convaincre que nous comptions nous en servir contre elle. Moins vous en saviez à ce propos, mieux vous pouviez travailler, croyez-moi. Et d'ailleurs, Lisa, cela a porté ses fruits, force est de le constater. Tout comme vous, le Dr Rivière a été attentif et précis, tout comme vous, il a usé de patience et de perspicacité, et il a réussi à atteindre son objectif. Il a utilisé ses propres méthodes, il l'a fait sans détour, il a scrupuleusement suivi mes directives et le protocole. Je n'ai rien à lui reprocher, et vous non plus.

Je voyais bien où il voulait en venir. Il attendait une réponse, mais je ne parvenais pas à mettre mes idées en ordre.

— Lisa, je sais à quel point vous vous êtes impliquée dans ce cas. Mais, avec tout mon respect, si je n'ai pas vu d'un trop mauvais œil cette pseudo-adoption, je ne peux pas cautionner votre attitude de cette semaine. Vous avez bravé le secret médical, vous en avez conscience ?

On y était.

— Je n'ai rien dit. Je n'ai fait que lui parler du parc Monceau. Ce n'est pas un crime, tout de même, que de lui conseiller l'un des plus beaux endroits de Paris pour une promenade ?

— Lisa, vous comptez réellement vous aventurer sur ce terrain-là ? Vous saviez que le Dr Rivière y serait avec Judy. Vous n'aviez pas le droit de communiquer cette information.

C'en était trop.

— Pas le droit ? Pas le droit ? Parce que vous pensez avoir le droit de la soustraire à une vie avec l'homme qu'elle aime depuis un an ? Vous pensez que vous avez le droit, vous, de lui cacher la vérité ?

Fabrice s'approcha de moi, le regard bienveillant. Il posa sa main droite sur mon épaule.

— Lisa, c'est plus compliqué que ça, vous le savez bien, enfin…

— Non, Fabrice, c'est loin d'être compliqué. On s'est plantés. *Je* me suis plantée, à tel point qu'on a cru soigner une patiente alors que tout ce qu'on a fait, en réalité, c'est la convaincre petit à petit que son unique amour n'a toujours été que le fruit de son imagination. On a fait une bourde, une bourde qui aura des conséquences sur Judy, mais aussi sur cet homme et sur leur enfant. Et on n'est pas foutus de l'assumer ?

— Vous voulez qu'on lui avoue tout ? fit Rivière, indigné. Alors venez, venez donc voir l'état dans lequel elle se trouve ! Venez et assumez vos actes, docteur ! On a dû la remettre dans une chambre sans draps ni fenêtre. On a dû la mettre sous sédatifs ! Vous imaginez un peu tous les progrès que votre intervention a balayés d'un seul coup ? À peine a-t-elle croisé ce type qu'elle s'est refermée sur elle-même, alors qu'une seconde plus tôt elle était toute disposée à retrouver une vie sociale. Maintenant, elle est convaincue que son traitement ne fonctionne pas, elle croit à une rechute, à une nouvelle hallucination. Vous comprenez à quel point la situation est grave ?

Alors les dégâts avaient été conséquents. Une bouffée d'adrénaline s'empara de moi. Les images de Judy, les yeux cernés et vitreux, le regard vide et le teint livide, me revinrent en mémoire. Émue, poussée par mon cœur plutôt que par ma raison, je n'avais pas pleinement pris conscience des conséquences désastreuses qu'une rencontre fortuite pouvait engendrer. En voyant Alwyn la veille, en le découvrant si épris et si perdu sans elle, en constatant l'ampleur de l'amour qu'il y avait eu entre eux, j'avais voulu les réunir. Par ma faute, elle avait replongé dans la peur. *Mauvaise psy*, me rappelai-je.

— Bien sûr que je comprends. Mais justement, si on lui dit la vérité, elle verra bien par elle-même que son traitement est toujours efficace, répondis-je.

— Mais qui vous dit qu'elle a envie de le voir ? Vous venez de nous expliquer que la dernière fois qu'ils se sont vus, avant toute cette histoire, je veux dire, elle l'a viré et a menacé de se tuer s'il osait revenir. Comment peut-on être certains qu'une nouvelle confrontation se passera bien ?

— Précisément parce que, entre-temps, il y a eu « toute cette histoire », comme vous dites. Oui, il y a un an, ils se sont disputés. Oui, à ce moment-là, elle lui a dit qu'elle ne voulait plus le revoir. Mais, numéro un, elle était malade et sans doute en pleine crise paranoïaque, elle croyait à tort qu'il cherchait à lui faire du mal alors qu'il était on ne peut plus sincère.

— Tss. Vous n'avez aucune preuve de sa sincérité non plus, maugréa Rivière.

— Et numéro deux, poursuivis-je en l'ignorant, ce qu'elle m'a raconté, ce récit mêlant souvenirs réels et illusions, est la preuve formelle qu'elle tient à lui plus qu'à toute autre chose. Il a toujours été au centre de ses préoccupations, il lui manque, vous le savez aussi bien que moi. Il faut qu'elle le revoie. Il faut qu'elle sache.

Fabrice se frotta le menton, soucieux.

— C'est à vous de décider, Fabrice, soufflai-je.

Il me jeta un regard désapprobateur.

— À vrai dire, non, Lisa. Ce n'est pas à moi de décider. Ce n'est ni à moi, ni à vous, ni au Dr Rivière de prendre une telle décision.

Benjamin et moi nous regardâmes, dubitatifs.

— À qui est-ce, alors ? demanda-t-il.

— Au tuteur, répondit Fabrice.

— Les parents, en déduisis-je.

— Et puisque ce M. Andrews fait l'objet d'une enquête, précisa-t-il, il vous faudra sans doute aussi l'accord du commissaire.

*

Je passai toute la fin de matinée ainsi que l'après-midi à l'institut. Si nous devions consulter les parents et faire le point avec la police, comme c'était prévu, nous avions besoin d'y voir plus clair. Fabrice, Benjamin et moi, malgré une ambiance un peu lourde, nous étions donc décidés à reprendre le dossier de Judy d'un bout à l'autre, de façon à rassembler nos impressions et nos conclusions.

Benjamin avait sorti ses lunettes – ce qui lui donnait un air sérieux qui tranchait avec son style plutôt casual – et s'était plongé dans le dossier sans broncher, même si je sentais bien qu'il évitait de croiser mon regard. Il m'en voulait d'avoir sapé son travail, ce que je comprenais sans peine, mais tenait à tout prix à faire ce qui était en son pouvoir pour que les choses s'arrangent pour Judy – c'était un très bon médecin, consciencieux et persévérant. Plus je le voyais à l'œuvre, plein de zèle, résolu à l'aider, plus je comprenais pourquoi Fabrice lui avait passé le relais quand j'étais partie. Il était passionné, impliqué, entier. Et il avait eu l'intelligence d'approcher Judy avec tant de tact et de douceur qu'elle avait accepté l'idée selon laquelle elle n'était ni condamnée ni destinée à souffrir indéfiniment. Rivière, malgré son allure de jeune homme cool, était celui qui avait réussi à lui faire intégrer le fait qu'elle était malade. Autrement dit, l'une des acceptations les plus difficiles et délicates. Silencieusement, je l'admirais.

Fabrice, manifestement angoissé par l'implication de la police dans cette histoire, avait prévenu sa femme qu'il avait un dossier urgent sur lequel il devait travailler. À son attitude distante, je saisis aisément qu'il m'en voulait, lui aussi. Non pas d'avoir mal interprété les dires de Judy, mais plutôt de m'être impliquée si personnellement, au point d'oublier les règles, de lever les interdits. Cette patiente faisait partie des rares qui lui avaient vraiment donné du fil à retordre et, lorsqu'il eut appris toute l'histoire, y compris celle d'Alwyn, je le sentis plus assommé encore par l'ampleur de ce cas. Pour lui, c'était un poids, une énigme à résoudre au plus vite avant que l'institut – et, par extension, sa carrière – n'en pâtisse. Je n'étais pas tellement sûre que son poste puisse être compromis, mais je ne pouvais pas nier le fait que sa présence à mes côtés s'avérait rassurante.

Pour ma part, j'étais partagée entre la culpabilité d'avoir contribué à la rechute violente de Judy et le besoin impétueux de lui révéler au plus vite l'existence d'Alwyn et de Will. Je savais que, si mon implication dans sa rechute parvenait aux oreilles de la police, je pourrais en prendre pour mon grade et qu'Alwyn, qui, sur mes conseils, avait bravé l'interdiction du commissaire de revoir Judy, risquait gros lui aussi. J'avais confiance en Fabrice, il était mon ami, je savais que malgré ses craintes il ne parlerait pas. Mais Rivière n'était qu'un confrère, un jeune médecin qui tenait sans le moindre doute à son job et à son intégrité, et je ne le connaissais pas. Il pouvait appeler la police à tout moment, et ça n'avait pas grand-chose de rassurant.

L'ambiance était tendue, mais chacun de nous eut l'obligeance de laisser ses griefs de côté, de façon à avancer concrètement et efficacement. Nous savions qu'à quelques kilomètres le commissaire travaillait lui aussi à tenter de rendre les choses plus limpides, ce qui nous motivait d'autant plus à contribuer. Nous avions pris place dans la salle de réunion, nos notes, enregistrements et le dossier étalés sur la grande table. Je comparai mes observations à celles, plus récentes, de Benjamin. Le discours de Judy, depuis qu'elle avait accouché mais surtout depuis qu'elle avait accepté un traitement, était différent, c'est vrai, mais quelques points, et pas des moindres, se rejoignaient quand même.

Le plus atterrant pour moi fut de remarquer, après un examen minutieux de cette montagne de documents plus ou moins récents, un « détail » primordial : jamais – pas une seule fois parmi les rapports des précédents praticiens – n'apparaissait le nom d'Alwyn. À de nombreuses reprises, il avait bel et bien été indiqué « ami imaginaire », « hallucinations » et autres termes génériques, mais jamais ce prénom n'avait été cité ni répertorié quelque part. Depuis le début, j'avais eu devant moi un indice criant que je n'avais pas été capable de discerner. Judy, dans sa confusion et sans doute à la suite de leur altercation du 7 octobre 2009, avait attribué à son ami imaginaire de longue date les traits, le vécu et la personnalité d'Alwyn. L'apparition de ce prénom, seulement douze mois plus tôt, aurait pu me mettre sur la bonne voie et nous permettre de comprendre que cet Alwyn dont elle ne cessait de me parler n'était pas si fictif que cela. C'était un point qui avait été sous notre nez des mois durant, mais que nous n'avions pas même cherché une seconde à remettre en question. Nous devions toutefois nous concentrer sur ce qu'il nous restait à découvrir.

— Elle vous a aussi parlé de ce pendentif en forme de clé et du miroir brisé dans sa salle de bains, à ce que je vois, remarquai-je.

— Oui. Je pense que ces éléments sont peut-être concrets. Mais on n'a aucun moyen de vérifier ça, pas vrai ? me répondit Rivière en retirant ses lunettes.

— Le pendentif ne figurait pas parmi ses effets personnels, dit Fabrice. On n'a que cette lettre.

Sur mon carnet, je notai, sur la deuxième ligne : « Pendentif clé = réel ? Demander aux parents. »

— Il faudrait la montrer à la police, cette lettre, d'ailleurs, suggéra Benjamin. Au final, on ne sait pas d'où elle sort ni qui l'a écrite. Si ça se trouve, quelqu'un la surveillait et a cherché à l'embrouiller avec cette histoire de gardien. Elle vous a dit qu'on était entré chez elle par effraction, si je me souviens bien.

— Oui, elle m'a parlé d'un intrus qui serait entré chez elle pour lui voler ce collier, confirmai-je.

— Et si l'intrus en question était bien réel ? s'interrogea Ben.

— La police a examiné l'appartement de Judy peu après l'épisode de Londres. Il faudrait voir s'ils ont trouvé la trace de quelqu'un d'autre, une serrure forcée ou je ne sais quoi dans ce genre-là.

À peine avais-je terminé ma phrase que mon smartphone sonna. J'eus beau l'espérer, comme à chaque sonnerie, comme à chaque notification, ce n'était pas Paul.

— Allô ?

— Docteur Hernest, commissaire Debriand à l'appareil.

— Bonjour, commissaire.

Fabrice et Benjamin levèrent immédiatement le nez de leurs notes pour ne pas manquer la conversation. J'appuyai sur l'icône du haut-parleur pour qu'ils puissent la suivre.

— Je vous dérange un week-end, vous m'excuserez.

— Ne vous excusez pas, je suis actuellement à l'institut Saint-Vincent avec deux de mes confrères, nous travaillons sur le dossier Desforêt, comme vous me l'avez demandé.

— Vraiment ?

— Nous cherchons à y voir plus clair et à ne pas perdre de temps.

— Vous faites bien. J'ai d'ailleurs de nouveaux éléments à vous transmettre.

— Je vous écoute.

— Le commandant Vaubert s'est penché sur la déposition de M. Andrews.

— Oh. Avez-vous trouvé quelque chose ?

— Figurez-vous que ce bougre nous a dit toute la vérité, rien que la vérité. Le commandant a bossé d'arrache-pied côté France et côté Royaume-Uni pour vérifier chacun de ses dires. Eh bien… Aussi invraisemblables que soient son histoire familiale, son parcours scolaire et professionnel, ainsi que ses activités plus ou moins légales en ce qui concerne les œuvres d'art… tout est vrai. Vaubert a pu joindre son oncle, certains de ses collègues et même l'un de ses contacts à Caracas. On a également eu en ligne un certain Lawrence Barnes, le majordome de la famille Buckly, qui nous a avoué avoir placé M. Andrews sous surveillance à plusieurs reprises sur ordre de James Buckly, dans le but de veiller sur lui lors de ses voyages et de lui faire parvenir des courriers. Quant à son escapade improvisée en France, nous avons pu disposer du registre de l'hôtel *Le Maître* à Viryez, qui indique bien sa présence aux dates que M. Andrews nous a communiquées. La patronne de l'établissement nous a confirmé avoir reçu une lettre à l'attention de son client, qu'elle lui a remise en personne. Elle nous a également mis en relation avec une certaine Anaïs Bornat, une trentenaire qui travaillait là-bas comme réceptionniste de nuit à cette période. Le moins qu'on puisse dire, c'est qu'elle se souvenait de lui. Elle nous a affirmé l'avoir vu revenir avec Judy à plusieurs reprises en pleine nuit, exactement comme il l'a dit.

J'esquissai un sourire, ravie d'apprendre que, pour une fois, j'avais vu juste. Je n'avais pas eu le moindre soupçon à l'égard d'Alwyn. Il respirait la pureté et la sincérité. Si la police avait douté de lui, ça n'avait jamais été mon cas.

— C'est une bonne nouvelle. Je veux dire, ça réduit considérablement le champ des possibles.

— C'est surtout une bonne nouvelle pour lui. Il n'est officiellement plus considéré comme suspect. Rien ne nous amène à croire qu'il ait croisé Mlle Desforêt avant octobre dernier. Cela dit, si d'après vous et vos confrères on a bien abusé d'elle, alors il y a toujours un pervers qui court dans la nature. Le fait est que, à mon niveau, je ne peux pas deviner si l'agression dont la petite vous a parlé est survenue au cours de ces dernières années ou beaucoup plus tôt. Si ça remonte à son enfance, les éléments de ces derniers mois ne peuvent pas tellement m'aiguiller.

— En fait si, commissaire. De notre côté, nous avons aussi relevé plusieurs détails que vous pourriez nous aider à interpréter correctement.

— Vraiment ? Dites.

— Parmi les effets personnels de Judy, il y avait une lettre, celle qu'elle prétend avoir reçue de son arrière-grand-mère le jour de ses vingt ans, celle qui place Alwyn en créature protectrice.

— Le début de son délire, oui, je m'souviens.

— Pensez-vous être en mesure d'obtenir une analyse du papier et de l'écriture ? Cela nous permettrait de savoir si une tierce personne est impliquée, si quelqu'un aurait pu volontairement brouiller l'esprit de Judy.

— Un autre petit ami dont on ignorerait l'existence, par exemple ?

— Par exemple. Quelqu'un qui aurait eu connaissance de son instabilité psychologique et qui aurait cherché à lui porter atteinte de façon sournoise.

— Je vois. Je peux faire ça. Et par la même occasion on jettera un œil aux empreintes, on n'est jamais trop prudent. Il me faudra quelques exemplaires de documents que Mlle Desforêt a rédigés elle-même pour comparaison.

— Merci beaucoup, commissaire. J'ai ce qu'il faut, on vous transmet ça dans la journée.

— Bien.

— Il y avait autre chose.

— Dites-moi.

— Je n'ai personnellement pas eu l'occasion d'entrer dans l'appartement de Judy, il était encore sous scellés lorsque j'ai rendu visite à Mme du Maurier.

— Oui, nous en avons bloqué l'accès un long moment, dans l'espoir d'y trouver quelque chose, mais ça n'a rien donné. Le commandant Vaubert a même renvoyé l'équipe scientifique sur place cette semaine, après que M. Andrews nous eut parlé d'une sorte de tortionnaire qui aurait pu séquestrer la petite. Mais il n'y avait aucune trace d'une tierce personne, pas même de M. Andrews. Il n'a jamais mis les pieds là-bas, pour ça aussi il disait vrai. Nous n'avons relevé que les empreintes de Mlle Desforêt et quelques-unes de la vieille dame, c'est tout. Elle vivait vraiment cloîtrée, la pauvre gosse, ajouta-t-il d'une voix triste, mais personne ne l'y obligeait.

Cela confirmait ma théorie.

— Commissaire, votre équipe a-t-elle évoqué une tentative d'effraction ou un miroir cassé ?

— Effraction, non, sans le moindre doute. On a vérifié tous les accès, rien. Les serrures et fenêtres sont intactes et d'origine, personne n'a cherché à entrer là-dedans de force. En revanche, le miroir, oui, ça me dit quelque chose.

— Celui de la salle de bains ? m'enquis-je.

— Précisément. Il a bien été brisé, nous avons même effectué une analyse ADN dessus, vu la quantité de sang qui allait avec.

— Du sang ? répétai-je, surprise.

Ce détail ne s'accordait pas avec les propos de Judy. Dans son récit, elle avait évoqué une intrusion, le fait qu'on avait cherché à lui voler son bijou en fouillant chez elle, mais il n'avait jamais été question de blessure ni de sang.

— Le sien, développa Debriand. Les résultats sont formels : c'est Judy Desforêt qui a mis le poing dans ce miroir. Pourquoi, je n'en sais rien, mais on a comparé ça avec ses blessures et elle a cogné dedans avec le poing droit. Elle n'y est pas allée de main morte, sans mauvais jeu de mots. Accès de rage ou vision, à vous de me le dire.

Alors c'était elle. Sans le moindre doute. Plus on avançait, plus l'idée qu'elle ait été agressée à Londres me semblait improbable. Nous n'avions que très peu de moyens, voire aucun, de vérifier cela, puisque Judy elle-même était incapable de différencier le vrai du faux, mais toutes les preuves dont nous disposions, la police et nous, écartaient la présence d'un individu qui s'en serait pris à elle. Nous n'avions ni indice tangible ni mobile. En revanche, nous avions Judy. Judy et son irréductible tendance à l'autodestruction.

— Docteur Hernest ? Vous êtes toujours là ?

— Oui, oui, veuillez m'excuser, je prenais note.

— Ce sera tout ?

— En fait, il me reste une dernière chose à vous demander. Puisque M. Andrews n'est plus suspect, pensez-vous qu'il puisse revoir Judy ?

Benjamin, face à moi, me jeta un regard noir.

— Personnellement, je n'y vois plus d'inconvénient, c'est à votre équipe de savoir si elle est en mesure d'apprendre son existence, c'est hors de mon domaine de compétences. Si vous et vos confrères la jugez prête pour ça et que les parents donnent leur accord, faites donc.

S'échapper pour respirer

23 octobre 2010

Il faisait nuit noire. Je ne savais pas précisément depuis combien de temps j'étais partie, ça m'était égal, je connaissais la route de Veulettes-sur-Mer par cœur et personne ne m'attendait. À l'arrière, Will dormait à poings fermés. Lucie lui avait donné son dernier biberon dans leur canapé tandis que je préparais mon sac et ses affaires. Ça m'avait pris subitement, après le dîner, pour mille et une raisons.

D'abord, parce que nous avions, Fabrice, Benjamin et moi, passé la journée entière à éplucher chacune des pages du dossier Desforêt, cherchant à affiner notre maigre compréhension entre deux tasses de café. Dans l'ensemble, on piétinait, noyés parmi mille informations dont on ne pouvait vérifier l'authenticité. À de nombreuses reprises, Rivière et moi nous étions fait la même remarque : sans l'aide de Judy, les chances de discerner avec plus de précision ce qui avait réellement pu lui arriver approchaient de zéro. Il aurait fallu lui reposer des questions, principalement orientées sur ce qu'elle avait souvent omis ou évoqué avec hésitation : son enfance. C'était ce qui constituait la principale zone d'ombre de son histoire. La majorité de ce qu'elle avait abordé jusque-là s'était principalement rapporté à sa relation passionnelle avec Alwyn, à son voyage improvisé en Angleterre. Plusieurs éléments nous étaient apparus comme enjolivés mais plutôt cohérents avec le récit d'Alwyn. Notre théorie la plus probable était que Judy avait pris le départ d'Alwyn pour un affront mais que, après l'avoir chassé, elle avait regretté et était partie sur ses traces. Ça tenait la route. Ce qui restait opaque en revanche, c'était ce qui gravitait autour et qui, d'après ce qu'on avait appris cette semaine-là, se rapportait à une époque plus ancienne : le viol et l'ami imaginaire. Rivière avait suggéré l'hypnose thérapeutique, qui pouvait, dans ce type de cas, s'avérer redoutable en permettant d'accéder à son inconscient et à certains souvenirs refoulés. L'idée était pertinente et aurait pu nous faire avancer considérablement. Mais l'état de Judy empêchait toute intervention de ce genre. Plongée dans un profond état de choc depuis sa promenade dans le parc Monceau, elle était troublée et agitée, à tel point que les infirmières se voyaient obligées de lui réadministrer des sédatifs dès que leurs effets se dissipaient. Sa situation était critique et nous nous inquiétions tous de savoir combien de temps il lui faudrait pour retrouver un semblant de calme. Plus les heures avaient passé, plus je m'en étais voulu d'avoir cédé à mes émotions en dirigeant Alwyn. En arrivant chez Lucie ce soir-là, éreintée, le cerveau en ébullition et dévorée de culpabilité, j'avais ressenti le besoin pressant de m'éloigner de tout ça.

Et puis, après le dîner, j'étais allée prendre une douche et, en sortant de la salle de bains, je les avais vus. Elle et Manu, enlacés sous un plaid devant une série. Et, de nouveau, il m'avait manqué. Paul. Sa voix. Ses étreintes. Son absence m'étouffait. Je voulais respirer. Je voulais revoir les paysages qui avaient vu notre histoire s'esquisser. Je voulais pouvoir marcher sur la digue et espérer le croiser, même de loin.

Lorsque je coupai le contact sur le parking du petit hôtel, à plus de vingt-trois heures trente, et sortis de la Volvo, les embruns se faufilèrent immédiatement jusqu'à mes narines. Comme l'air était pur, salé et vivifiant ici, comparé à celui de la capitale ! Comme il était gorgé de souvenirs ! J'inspirai un grand coup, comme pour chasser les idées noires qui m'avaient assaillie tout le long du trajet. Il fallait que je prenne du recul, c'était tout l'objet de ma présence ici. Je passai la sangle de mon sac sur mon épaule, détachai la nacelle de Will et le couvris d'une couverture en polaire avant de rejoindre la réception. Je connaissais l'endroit par cœur. C'est là que Paul et moi avions passé les huit jours de notre lune de miel, six ans plus tôt, les plus douces et les plus insouciantes journées de ma vie. *L'Hôtel du Pêcheur*. Une vieille bicoque en brique, un peu en retrait, loin des attrape-touristes, retapée à neuf et abritant une dizaine de chambres. Des poutres apparentes, des volets bleus et la plus belle vue du monde au petit matin.

Will ne se réveilla pas. Ni quand je pris la clé à la réception, ni quand je grimpai l'escalier pour monter au premier, ni même quand le parquet craqua sitôt que j'eus posé un pied dans la chambre. Je m'assis un moment au bord du lit, seulement éclairée par la faible lumière de la lune au-dehors. Il dormait à poings fermés, le visage lisse, les traits détendus, ses petites mains de part et d'autre de son visage, son buste se soulevant à intervalles réguliers. Il était si petit. Il était si paisible. Enfin, on y était. Enfin, fini les cris. Nous avions passé des semaines à batailler pour nous entendre, pour nous comprendre, pour nous reposer, et voilà que, précisément au moment où, autour de lui, tout se mettait à bouger, il trouvait la paix. Son père n'était ni l'être abject ni le pervers violent et cruel que Judy avait imaginé tout au long de sa grossesse. Il n'était pas non plus l'ami imaginaire en qui personne n'avait jamais cru. Non. Son père était un jeune homme cultivé, anglais, rêveur et fascinant. Son père aimait sa mère d'un amour pur et sincère.

Will percevait-il tout ça ? Je n'en savais rien, il m'était impossible de sonder son esprit. Tout ce que je savais, c'est ce que j'avais vu. J'avais fini par fuir ce qui aurait dû être notre chez-nous parce que, sans Paul, ce chez-nous n'en avait jamais été un. J'étais certaine que Will avait, pendant tout ce temps, perçu ma peine, ressenti mon angoisse. Ce bébé avait passé neuf mois dans le corps d'une mère qui le rejetait, privé de caresses, privé de mots doux, privé de tendresse. Il était né dans la confusion, entouré de cris et de larmes. Il allait sans dire qu'il avait un très fort besoin d'attention et de sécurité. Sauf que voilà, moi, sans Paul, je n'avais pas été en mesure de lui offrir ça. Quand Will était entré dans ma vie, Paul en était sorti. Et moi, sans Paul, je n'étais plus personne, je n'avais plus de repères. Moi qui avais rêvé d'une petite famille soudée, je me retrouvais dépourvue de soutien, rongée par la culpabilité d'avoir poussé mon mari à me quitter et affolée à l'idée de ne pas savoir gérer seule. Parce que je n'avais jamais imaginé devenir maman solo. Parce que Paul avait toujours été dans l'équation de mon bonheur, toujours. Alors, je n'avais pas été à la hauteur.

Chez Lucie et Manu, Will avait retrouvé l'amour et la sécurité. Chez Lucie et Manu, il y avait des rires, il y avait le bruit des ustensiles de cuisine, l'odeur du pain chaud de la boulangerie d'en dessous. Chez Lucie et Manu, il y avait de la lumière, des câlins, des conversations. Chez Lucie et Manu, il y avait de la vie. Celle-là même qui s'était évanouie chez moi lorsque Paul était parti.

Qu'est-ce qui l'attendait désormais, ce petit cœur ? Que lui réservait l'avenir maintenant qu'on avait retrouvé son père ? Alwyn souhaiterait-il s'occuper de lui ? Allait-on me le reprendre à présent que l'un de ses parents, sain d'esprit, était réapparu ?

C'était assez paradoxal pour moi, mais en réalité, là, immobile, les yeux rivés sur ce petit être que j'avais tant désiré, quelque chose m'apparut avec clarté : je *savais* qu'il serait mieux auprès de son père. Je l'aimais. Tendrement. J'avais été incapable de le lui montrer comme je l'aurais dû, j'avais été maladroite, mais je tenais à lui. Malgré cet attachement, malgré les mois que j'avais passés à faire tout ce qui était en mon pouvoir pour empêcher Judy de porter atteinte à leur vie à tous les deux, j'étais disposée à le laisser partir. Parce que j'avais vu en Alwyn l'homme bienveillant et protecteur que Judy avait, certes, un peu oublié et beaucoup romancé, mais qui n'en était pas moins réel. Je l'avais vu de mes propres yeux, j'avais découvert à quel point il était dévasté par le manque et le chagrin. Mais, lorsque je lui avais appris l'existence de Will, ce n'étaient ni de la peur ni de la révulsion que j'avais lues dans ses yeux. Ça avait d'abord été la surprise, le choc de devenir père sans que personne l'y ait préparé, sans qu'il ait eu le temps de se faire à l'idée. Puis, juste après, ça avait été la déception, celle de s'être fait voler des instants plus précieux que tout, des instants que jamais il ne pourrait rattraper. Il regretterait probablement toute sa vie d'avoir été absent, d'avoir laissé Judy livrée à elle-même, son enfant grandissant en son sein sans qu'elle ait pu être entourée d'amour. Il regretterait probablement toute sa vie d'avoir manqué les premiers coups de pied dans le ventre, les mouvements au son de sa voix et la magie de la naissance.

D'une certaine manière, j'avais pris sa place. J'avais veillé sur Judy, j'avais fait en sorte que l'enfant ne manque de rien. J'avais été là le jour où il était venu au monde, je lui avais donné un prénom, je l'avais recueilli. J'avais eu tous les privilèges des premières semaines, même s'ils s'étaient accompagnés de bien des pleurs. Mais il serait temps, bientôt. Je n'en avais pas la certitude absolue, mais en moi quelque chose me disait que, une fois la phase de choc encaissée, il réclamerait la garde de Will. Parce qu'il était un homme d'honneur, parce qu'il tenait à la famille, mais par-dessus tout parce que cet enfant leur ressemblait, à tous les deux. Will était la personnification de leur amour. Will avait les yeux verts d'Alwyn et la bouche parfaitement dessinée de Judy. Will pourrait reformer ce qui avait été brisé.

*

24 octobre 2010

Ce fut la sonnerie de mon portable qui me tira du sommeil. Il faisait à peine jour. Je coupai le son, jetai un œil à Will, qui dormait toujours paisiblement. Sur la pointe des pieds, je me dirigeai vers la salle de bains, fermai doucement la porte derrière moi et décrochai.

— Docteur Hernest ?

— Oui ?

— Alwyn Andrews.

— Bonjour, répondis-je à voix basse.

— Je vous réveille, s'inquiéta-t-il.

— Oui. Non. Ne vous en faites pas. Tout va bien ?

— Pardonnez-moi de vous appeler si tôt, je ne voulais pas vous déranger.

— Mais non, non, vous ne me dérangez pas. Dites-moi. Qu'est-ce qui se passe ?

— Le commissaire m'a téléphoné hier. Il m'a dit que je n'étais plus suspect, que je pouvais quitter la ville si je le souhaitais.

— Oui, il m'a prévenue aussi, c'est une excellente nouvelle.

— Je tiens à vous remercier. Je sais que c'est grâce à vous.

— Je vous en prie.

Il y eut quelques secondes de silence.

— Il… il m'a dit que je pourrais peut-être revoir Judy, que ce n'était plus de son ressort, que je devais voir ça avec vous.

Alors Debriand ne savait rien. Rivière n'avait pas parlé. Pour le moment, du moins.

— C'est vrai, même si c'est plus compliqué que vous ne l'imaginez.

— Docteur, je veux la revoir. Je sais qu'elle a refait sa vie sans moi, mais je dois lui parler, je dois lui dire que je suis toujours là. C'est insupportable de savoir qu'elle me prend pour un délire ! Elle a le droit de savoir, elle a le droit de choisir ! Si elle apprend la vérité et qu'elle choisisse quand même de continuer sa vie loin de moi, je l'accepterai, je vous l'ai dit. Mais là, elle se leurre, je ne peux pas fermer les yeux là-dessus, vous comprenez ?

— Bien sûr que je comprends. Et croyez-moi, je suis profondément touchée par tout ce qui est arrivé à Judy, elle est de loin la patiente qui m'a le plus bouleversée, vous le savez. Malheureusement, je ne peux pas vous autoriser à la voir, répondis-je à contrecœur.

— Pourquoi ? demanda-t-il d'une voix suppliante.

— Parce que j'ai fait une bêtise, Alwyn. J'ai rêvé de vous réunir, je me suis plongée dans votre récit en oubliant ma conscience professionnelle, je vous ai mis sur son chemin et… par ma faute, elle a perdu pied.

Nouveau silence.

— Je sais… J'ai vu son regard quand elle m'a reconnu.

— Je n'aurais jamais dû faire ça.

— Comment va-t-elle ?

— Pas très bien. Personne d'autre que le personnel soignant ne peut lui rendre visite pour le moment, je suis désolée. Il va lui falloir un moment pour se remettre, j'en ai bien peur. Il va surtout falloir que nous nous mettions d'accord, mes confrères et moi, sur la suite à donner à sa thérapie. Je ne vous cacherai pas que, au moment où je vous parle, c'est le flou total.

— Lui dire la vérité ou pas, vous voulez dire ?

— C'est ça. Et ça ne dépend pas que de moi, loin de là. Avant de prendre une décision, nous devons en parler avec ses parents. C'est un choix cornélien, dans les deux cas nous allons potentiellement lui faire du mal, c'est à eux que revient cette responsabilité.

— Oh, je vois. Savez-vous quand ils donneront leur réponse ?

— Nous ne les avons pas encore rencontrés pour en discuter, c'est prévu pour demain lundi en fin de journée.

— D'accord.

Je l'entendis soupirer, déçu.

— Vous les connaissez ? Les parents, vous les avez déjà rencontrés ? Vous pensez qu'ils accepteront de me laisser la voir ?

— J'ai brièvement croisé Mme Desforêt, une fois.

C'était à l'époque où nous nous occupions des papiers pour décider de la garde de Will. Je l'avais croisée tandis qu'elle sortait du bureau de Mme Franc-Gilbert, en charge du dossier, sans savoir que c'était elle. Une femme rondelette d'une cinquantaine d'années, au regard fuyant, visiblement pressée de s'en aller. Ce n'était que plus tard, au cours de l'entretien, que j'avais compris qu'il s'agissait de la mère de Judy.

— Et alors ?

— Alors, je ne sais pas. Je n'ai même pas eu l'occasion d'échanger un mot avec elle. Du peu que j'en ai su, les parents de Judy ont toujours été très déstabilisés par ses problèmes psychiatriques, et cette grossesse – qu'ils pensaient due à un viol – a bien sûr été difficile à accepter pour eux. Je ne saurai que demain ce qu'ils pensent de tout ça, comme vous. Je suis désolée, je ne veux pas vous donner de faux espoirs.

— Vous n'avez pas à vous excuser, je comprends. Une dernière chose, s'il vous plaît.

— Je vous écoute.

Il hésita une fois encore :

— Me laisseriez-vous voir Will ?

Sans pouvoir me maîtriser, je souris.

— Vous connaissez la Normandie ?

Retour aux sources

24 octobre 2010

Will se réveilla vers huit heures. À tout juste quatre mois, il avait passé là l'une de ses plus longues nuits, alors que, dix jours plus tôt, notre quotidien était encore rythmé par d'incessants pleurs nocturnes. Avait-il perçu le calme et la sérénité qui imprégnaient ce lieu ? Avait-il, tout comme moi, été bercé par le bruissement des vagues qu'on pouvait entendre au loin, par-delà le silence absolu ? J'avais envie de croire à la magie de cet endroit qui avait vu naître notre histoire, à Paul et moi. Après un biberon pour lui et un café pour moi, je passai un jean et un gros pull, descendis à la voiture et installai Will dans le porte-bébé, tout contre moi, avant de partir à pied en direction de la plage, à un peu moins d'un kilomètre. Reposée, j'avais envie de lui faire découvrir les environs tout autant que de savourer son contact maintenant que le courant passait entre nous.

Veulettes-sur-Mer serait toujours pour moi l'un de ces coins qui nous replongent avec nostalgie dans de doux souvenirs. C'est là que j'avais rencontré Paul la toute première fois. À cette époque-là déjà, c'était pour fuir que je m'étais réfugiée dans ce petit village du pays de Caux. C'était une matinée ensoleillée de mai, j'avais passé une visite médicale à Paris pour tenter de comprendre ce qui ne collait pas avec mes cycles. Le gynécologue avait prononcé des mots que je n'avais pas voulu entendre, il avait émis les doutes qui auraient pu me détruire. J'avais quitté son cabinet les larmes aux yeux, froissant sans retenue l'ordonnance sur laquelle il avait indiqué plusieurs examens à réaliser. Je n'avais pas pu accepter, je n'avais pas pu me résoudre à envisager ça. J'avais jeté le papier par terre et j'étais partie. Saisie d'une irrésistible envie d'oublier cette épée de Damoclès qui semblait perchée au-dessus de ma tête prête à m'asséner le coup de grâce, j'avais pris la voiture et roulé, roulé sans m'arrêter. Je n'avais appelé personne, ni ma mère ni Lucie, je n'avais pas eu la moindre idée de l'endroit où cette escapade me mènerait, mais j'avais été déterminée à renverser le sort, à rendre à cette journée-là un semblant de joie.

Will ne disait rien mais ouvrait de grands yeux étonnés. Nous n'avions pas beaucoup mis le nez dehors, ces dernières semaines, et le peu de l'extérieur qu'il avait pu découvrir, c'était Paris, Paris et son tumulte, Paris et ses gens pressés, Paris et ses rues bondées, Paris tout gris. Ici, tout était différent. À mesure que nous approchions de la plage et de la digue, je savourais cette sensation extraordinaire d'espace infini. Pas d'immeubles, pas de barrières ni de trafic incessant. À perte de vue, devant, c'était la mer, bordée par d'imposantes falaises hautes de soixante-quinze mètres. Ici, la campagne rejoignait la mer sans délimitation. La prairie courait jusqu'à la côte, le vert côtoyait la couleur gris-bleu des vagues. Les embruns emplissaient l'air de leurs notes salées, allant jusqu'à se poser sur mes lèvres. Cette région brute, sauvage et préservée abritait de vieux manoirs, d'anciennes abbayes dévorées par la végétation, ainsi que plusieurs grottes que les locaux appelaient les « grottes de Gargantua ». On disait aussi que, sur la route de Saint-Martin-aux-Buneaux, il y avait la trace d'un pied sur un rocher, celui sur lequel le géant se serait appuyé pour enjamber la Manche et se rendre sur le sol britannique.

Au bord de l'eau marchait un couple, main dans la main, précédé par un petit garçon qui devait avoir quatre ou cinq ans. Il courait, se penchait, saisissait un galet, le jetait de toutes ses forces dans l'eau et recommençait, inlassablement, sous le regard amusé de ses parents. En ce mois d'octobre, il n'y avait que peu de monde, tout comme le jour où j'étais arrivée ici un peu par hasard. Je les connaissais bien, ces galets sur lesquels je m'étais assise pour déguster une glace, déterminée à jouer les petites filles jusqu'à la nuit s'il le fallait, jusqu'à oublier mes craintes et mon chagrin, des années auparavant. Le soleil m'avait réchauffée, j'avais calé ma respiration sur les allées et venues des vagues à mes pieds, et petit à petit j'avais fait le vide, mon esprit s'était adouci et je m'étais délectée de la douceur du vent sur mes joues. Alors, une main s'était posée sur mon épaule. Je m'étais tournée vers lui, surprise et ravie. Il portait une veste un peu trop grande pour lui et des bottes en caoutchouc, mais il me souriait et avait le regard doux.

Paul était né ici. Il avait passé son enfance à jouer à la guerre dans les vieux bunkers avec les autres gamins du village, à s'imaginer Américain contrant les Allemands, cherchant douilles et obus comme des trésors. Parce que ici c'était la liberté, celle de dévaler les prés à toutes jambes en regardant la mer jusqu'à s'imaginer voler. Paul connaissait la côte par cœur et, même s'il avait passé beaucoup de temps à Paris pour ses études d'avocat, il revenait régulièrement ici pour se ressourcer. Alors, quand sur les coups de midi il m'avait vue seule sur la plage avec ma jupe et mes escarpins, moi qui m'étais tout bonnement échappée de la capitale, il avait été intrigué, il m'avait approchée, il m'avait offert un café. Ça avait été inattendu mais d'une simplicité réconfortante. Le café s'était transformé en déjeuner, sur le front de mer, à la terrasse d'un petit restaurant. On avait mangé des frites et de la mayonnaise maison pour accompagner du homard local, celui de la pêche du jour, un délice, sans doute le meilleur que j'aie mangé de toute ma vie. Puis nous avions marché et discuté, encore et encore. Il m'avait parlé de son enfance, de son père qui l'avait élevé seul et représentait tout pour lui, de cette région qu'il porterait toujours dans son cœur. Nous avions un point commun, un de ceux qui vous rapprochent. Je l'avais trouvé attendrissant, j'avais aimé le timbre de sa voix grave et douce. Il s'était moqué de ma tenue, qu'il ne jugeait pas très adaptée pour profiter des environs, j'avais ri, je l'avais trouvé charmant. Sans le savoir, Paul avait réussi le pari fou de me faire sourire et oublier comment ma journée avait commencé.

Les souvenirs me revenaient comme si ce moment n'avait jamais cessé d'exister. Contre moi, Will dormait depuis un bon quart d'heure, bercé par cette balade et par le bruit régulier des vagues. Je souriais et retenais mes larmes en même temps, en contemplant ce paysage grandiose qui, aussi apaisant soit-il, me mettait face à mes erreurs et à ce que j'avais perdu. Les gens disent qu'il ne faut jamais cultiver de regrets, et pourtant j'en avais. Je regrettais d'avoir fait de mon désir d'enfant une obsession telle qu'elle avait gâché un amour pur et unique avec un homme qui m'avait donné son cœur et sa confiance. Je regrettais de l'avoir laissé partir simplement parce que je n'étais pas capable de voir qu'il avait les moyens de combler ce vide qui me terrifiait. Je regrettais d'avoir été de si mauvaise compagnie qu'il avait préféré affronter la mort de son père sans moi, alors qu'il avait été un véritable roc auquel me raccrocher quand ma mère s'était éteinte. Je balayai du regard la digue, les bungalows qui la jouxtaient, les petits emplacements où les femmes des pêcheurs vendaient poissons et crustacés frais, dans l'espoir d'apercevoir sa silhouette familière. Mais c'en fut une autre que je reconnus.

Au loin, au bout de la promenade, je vis Alwyn, son manteau noir en laine, le col relevé, une écharpe bleue autour du cou, son allure élancée, ses cheveux sombres mi-longs voletant sous les à-coups du vent, son teint d'albâtre. Cet homme avait vraiment quelque chose de captivant, comme hors du temps, songeai-je en le regardant marcher avec élégance. Je comprenais sans peine pourquoi Judy avait mis de côté sa méfiance maladive avec lui, même si ça n'avait pas duré bien longtemps. Je comprenais surtout qu'il l'avait fascinée à tel point qu'elle avait fait de lui un héros de conte de fées, fort, instruit et bienveillant. Dans son délire hallucinatoire, elle l'avait transformé en ange gardien, elle l'avait dépeint comme une créature mythique destinée à la protéger.

Dans l'absolu, certes, cela se rapportait à un trouble psychiatrique grave et complexe, mais la vérité, c'est qu'en le voyant n'importe qui se serait attardé sur son allure singulière. Alwyn était à part.

Je marchai dans sa direction et le vis me reconnaître à son tour. Il fit quelques pas jusqu'à me rejoindre, esquissa un sourire timide et, sans dire un mot, s'approcha du visage de Will. Il chercha à le caresser mais en hésitant, et sa main frôla à peine le front du petit. Son regard était tendre et troublé à la fois.

— Venez, lui soufflai-je, on va marcher un peu.

Silencieux, nous avons alors cheminé lentement le long de la plage.

— Ça ressemble au Sussex, murmura-t-il au bout d'un moment.

— C'est une région d'Angleterre ?

— Oui, tout au Sud. Les falaises sont identiques, l'air marin est tout aussi revigorant. Bien sûr, là-bas, nous avons les fish and chips, vous n'avez rien de tel ici.

Je souris, contente de le voir gagner en assurance.

— Ce n'est sans doute pas le même budget, mais ici il y a des homards, les meilleurs qu'il m'ait été donné de goûter ! répliquai-je. Vous voyez le petit restaurant, au bout à droite ? Celui avec la façade bleu et blanc et les tables en bois ? C'est là que j'en ai mangé pour la première fois. Mon mari, Paul, est né ici. Je reviens souvent, quand j'ai besoin d'oublier un peu… ou de me souvenir.

— Il n'a pas pu venir avec vous, ce week-end ?

— Non. Disons que… nous traversons une zone de turbulences, comme on dit.

— Je suis désolé.

— Non, non, ce n'est rien, c'est ma faute. Le pire, c'est qu'il est probablement là. Son père, que j'aimais beaucoup, est décédé il y a une semaine. Les funérailles ont dû avoir lieu hier ou avant-hier. Et je n'étais pas là. Je n'étais pas là parce que j'ai commis des erreurs et qu'il a préféré couper les ponts.

— Je suis désolé, répéta-t-il.

— Je vous assure, il ne faut pas vous apitoyer. Parfois, on ne fait que récolter ce que l'on a semé, vous savez.

— Je ne suis pas sûr de vous suivre.

— Bien sûr que vous ne me suivez pas. Vous seriez prêt à n'importe quel sacrifice pour Judy. Vous abandonneriez tout pour elle, n'est-ce pas ?

— En effet.

— Eh bien voilà. Moi, même si je l'aime de tout mon cœur, même si je suis malade sans lui, je me suis entêtée, je me suis obstinée, j'ai voulu ce que je ne pouvais pas avoir à tel point que j'ai fini par ne plus savoir ce qui comptait le plus. Le bonheur, je l'avais déjà. C'est normal qu'il soit parti, je ne lui ai pas accordé l'estime qu'il méritait, conclus-je, surprise de me laisser aller à de telles confidences.

— Il reviendra, j'en suis sûr.

— J'aimerais l'être autant que vous. Il est resté plus longtemps qu'il n'aurait dû. Il a usé de patience, mais je l'ai rongée petit à petit. Je ne crois pas qu'il puisse tolérer tout ça encore.

— S'il est tel que vous me le décrivez, alors il reviendra, m'assura-t-il. Vous avez encore de l'espoir. Moi, je me demande s'il m'en reste encore.

— Ne dites pas ça.

— Quand bien même on me laisserait la revoir, elle en aime un autre.

Je m'arrêtai et le regardai, interloquée.

— Un autre ? Comment ça ? Judy n'a pas mis les pieds dehors depuis des mois, je doute qu'elle ait eu l'occasion de faire des rencontres.

— Elle était pourtant accompagnée d'un homme, dans ce parc où je l'ai croisée.

— Un homme ?

— Un jeune homme, athlétique.

Je compris immédiatement.

— Blond, l'air jeune ? Une barbe de trois jours ?

Il me dévisagea, étonné.

— Vous le connaissez ?

— Vous vous méprenez, Alwyn, dis-je, amusée. Il s'agissait du Dr Rivière. C'est le psychiatre qui a pris le relais quand j'ai cessé de m'occuper de Judy. Il est marié, il a même une petite fille de dix mois, j'ai appris ça hier.

Je vis le soulagement apparaître sur son visage, il se mit à rire et passa une main dans ses cheveux ébouriffés.

— Mon Dieu, je n'aurais jamais imaginé ça ! Elle… elle avait pourtant l'air si… éprise, ajouta-t-il.

— Judy apprécie beaucoup le Dr Rivière. Il est doux et ses méthodes correspondent à ce dont elle a besoin. Elle lui fait confiance, c'est vrai, il l'a beaucoup aidée. Je conçois tout à fait qu'à l'extérieur, puisque c'était sa première sortie, elle ait pu s'accrocher à lui, mais elle n'avait pas mis le nez dehors depuis une éternité, elle avait probablement besoin de ne pas se sentir seule. Vous ne devriez pas vous tracasser outre mesure, vous êtes le seul dont elle a toujours été éprise.

Il me sourit, rassuré. Nous étions arrivés précisément à l'endroit où jadis Paul m'avait rencontrée.

— J'aimerais m'arrêter un moment, si vous voulez.

— Bien sûr.

Je m'assis sur les galets. Il fit de même et s'installa à ma droite. Percevant que je m'étais arrêtée, Will se mit à bouger un peu. J'aurais rêvé que Paul arrive, comme il l'avait fait ce jour-là. J'aurais rêvé de lui demander pardon, qu'il me prenne dans ses bras et qu'enfin tout soit oublié. Cette courte conversation avait suffi pour que je prenne pleinement conscience d'une chose essentielle : il ne m'avait jamais été impossible de vivre heureuse sans enfant, mais il me serait toujours impossible de vivre heureuse sans Paul. Cette certitude, difficile à accepter au vu de la situation actuelle et de notre relation de ces derniers mois, ne manqua pas de m'apaiser. Enfin, je savais. Perdre ce que j'avais eu de plus précieux au monde m'avait en fin de compte permis d'en percevoir la valeur. En regardant la mer avec nostalgie, j'espérai de tout mon cœur qu'Alwyn avait raison et qu'un beau jour, dans un mois ou dans dix ans, Paul me pardonnerait. Je l'attendrais le temps qu'il faudrait.

Will s'agita et commença à chouiner : il s'éveillait.

— Hello, bébé, tout va bien, lui dis-je d'une voix calme, tout va bien.

Il ouvrit les yeux et je le détachai du porte-bébé avant de l'emmitoufler à nouveau dans sa couverture blanche et de le prendre sur mes genoux. D'un regard, j'indiquai à Alwyn qu'il était temps. Alwyn, intimidé, s'approcha alors de lui avec retenue et lui dit d'une voix douce :

— *Hello, you.*

Alors Will découvrit à nouveau son père. Tous deux s'observèrent de longues secondes, leurs regards plongés l'un dans l'autre. Je les observais, muette, espérant du plus profond de mon cœur qu'ils ne mettent pas trop de temps à s'apprivoiser. C'est alors que la magie opéra : tendant la main vers lui, Will le gratifia d'un large sourire. Le visage d'Alwyn s'illumina. Bouleversé et heureux, il lui sourit à son tour et je vis les larmes emplir ses yeux verts.

Révélation

25 octobre 2010

Ce lundi-là, je pris la route avec Will vers dix heures, après un bon petit déjeuner et une courte balade en bord de mer. Après avoir passé toute la soirée et une bonne partie de la nuit à me demander s'il serait bon de m'arrêter chez Arthur, l'ami normand qui hébergeait Paul, dans l'espoir de le croiser, j'avais jeté une énième fois un œil à mon portable et je m'étais ravisée. J'étais bien trop effrayée à l'idée qu'il n'ait pas envie de me voir. La météo était changeante, semblable à mon humeur, quelques rayons de soleil se faufilant entre deux averses. Je quittai Veulettes-sur-Mer le cœur partagé. Paradoxalement, je savourais la joie d'avoir permis à Alwyn de faire connaissance avec Will, tout en étant envahie par l'amertume d'avoir quitté ce lieu gorgé de souvenirs sans même avoir pu apercevoir Paul.

Mon téléphone sonna au moment où je passais les portes de l'institut Saint-Vincent, le cosy à la main.

— Bonjour, commissaire Debriand à l'appareil.

— Bonjour, commissaire, comment allez-vous ?

— Ma foi, bien ! s'exclama-t-il, surpris par ma question. Un dimanche loin de tout ce fatras m'aura été bénéfique. Et vous, docteur ?

— J'ai aussi profité de quelques heures au grand air.

— Bien.

— J'ai revu M. Andrews.

— Vraiment ? En plein week-end ?

— Il a demandé à voir son fils.

— Je vois. C'était à vous de voir, de toute manière.

— J'ai pensé que ce serait une bonne chose. Après tout, vous l'avez dit vous-même, il n'a fait que nous dire la vérité depuis le début. Je ne pouvais pas me résoudre à le priver de ça.

— Je comprends. Enfin, vous auriez pu profiter de cette journée pour vous changer les idées, aussi, se laissa-t-il aller à me dire.

— C'est vrai. Mais j'ai du mal à me sortir cette histoire de la tête, vous savez.

— Je sais, oui. Vos collègues m'ont fait part de votre implication un brin trop personnelle là-dedans.

Je marquai quelques secondes de silence, gênée par sa remarque, tandis que je poussais les portes de l'aile où se trouvait le bureau de Fabrice.

— Cela pose-t-il un problème, commissaire ? finis-je par demander, un brin contrariée.

— J'espère que non. Cela dit, votre jugement a probablement été altéré, vous en avez conscience, tout de même ?

— J'en ai conscience, commissaire. C'est pour cette raison que je travaille d'arrache-pied pour comprendre une bonne fois pour toutes ce qui a bien pu arriver à Judy. Plus tôt on aura remis cette histoire dans le bon sens, plus vite je pourrai songer à reprendre une existence normale, si toutefois c'est encore possible.

— Bien. Justement, j'ai quelque chose pour vous. Mes gars ont analysé la lettre, celle prétendument rédigée par l'arrière-grand-maman.

— Oh, déjà ?

— Ça a du bon d'être le patron, parfois, l'entendis-je ricaner. Et puis, je dois avouer que ce dossier, même s'il n'est plus tout à fait de mon ressort, implique un peu trop de gens bien pour que je reste de marbre. Je me suis débrouillé pour vous faire gagner du temps.

Je souris. Sous ses airs de flic méfiant, Debriand était un type au grand cœur. Il cherchait à ne rien laisser transparaître, mais j'étais convaincue que le discours d'Alwyn l'avait touché.

— Merci, soufflai-je.

— C'est pas grand-chose. Et pas sûr que ça vous avance tant que ça, d'ailleurs.

— Qu'ont-ils trouvé ?

— Le papier est bien ancien. Enfin, pas du dix-neuvième non plus, mais c'est un papier rare, du vélin 125 g/m^2 qui aurait une trentaine d'années. L'usure et le jaunissement sont donc authentiques. En revanche, l'encre est récente et l'écriture, eh bien, c'est celle de Mlle Desforêt, sans le moindre doute, même si quelques différences sont à noter. Le truc étrange, c'est que, d'après le graphologue, elle est nettement plus ascendante et plus soignée que celle qu'a utilisée Judy sur le document par lequel elle vous confiait la garde du petit, par exemple, comme si ça avait été rédigé plus calmement. Mais il a été formel, c'est la sienne.

Dans mon esprit, ces éléments s'assemblaient soudain de manière logique.

— Et les empreintes ?

— Les seules empreintes qu'on a retrouvées là-dessus à part les vôtres sont celles de Judy, docteur.

Alors c'était certain, cette fois. Personne n'avait forcé la porte de Judy. Personne ne lui avait non plus envoyé cette lettre énigmatique. C'était elle qui avait monté cela de toutes pièces.

— Merci, commissaire. À vrai dire, ces informations me sont d'une très grande utilité, commentai-je en entrant dans le bureau de Fabrice, qui m'observa avec de grands yeux en constatant que Will m'accompagnait. Je vais de ce pas les communiquer à mes confrères, mais je pense disposer d'une piste assez fiable.

— Vraiment ?

— Oui. Nous allons en discuter, et ce soir les parents de Judy doivent passer à l'institut. J'ai besoin de leur poser quelques questions pour nous aider à vérifier notre théorie et éventuellement mieux cerner la période à laquelle elle aurait été agressée.

— Alors, tant mieux. Je vous laisse vous occuper de ça, vous et vos collègues êtes bien mieux qualifiés que moi pour juger du mental de cette jeune femme. Tenez-moi au courant, par contre. S'il y a vraiment un pervers dans la nature, je tiens à m'en occuper dès qu'on pourra mettre la main dessus.

— Bien sûr, commissaire.

*

Lorsque Martine Desforêt entra dans le petit bureau où je l'attendais, je découvris une femme au visage préoccupé et aux traits tirés. Petite, un peu ronde, elle portait un tailleur couleur aubergine. Je remarquai que Judy tenait beaucoup d'elle. Des pommettes saillantes, le teint clair, les yeux sombres. Les cheveux de sa mère étaient mi-longs, mais ce détail mis à part, ils étaient identiques à ceux de Judy, noirs et légèrement bouclés.

— Bonjour, madame, la saluai-je. Entrez, asseyez-vous, je vous en prie.

— Bonjour, docteur. Mon mari va être en retard, annonça-t-elle. Il travaille jusqu'à dix-sept heures.

— S'il nous rejoint dans un moment, ça ira, ne vous inquiétez pas. Je vous remercie d'avoir accepté de passer.

— C'est à quel propos ? Le Dr Prémont m'a parlé d'un lien avec la police, ils ont trouvé quelque chose, ça y est ? s'enquit-elle, la voix pleine d'espoir.

— Le commissaire en charge du dossier de Judy a rouvert l'enquête récemment, au vu de nouveaux éléments qui lui ont été communiqués. Bien que je ne sois plus sa thérapeute, on m'a demandé d'intervenir à nouveau pour que nous puissions tenter de comprendre ce qui est arrivé à votre fille.

— Oh, alors vous n'en savez pas plus pour le moment, souffla-t-elle, déçue.

Elle baissa les yeux, se cramponnant à son sac à main Michael Kors. Les parents de Judy n'étaient pas millionnaires, mais j'avais compris plusieurs mois auparavant déjà qu'ils disposaient de certaines ressources. Non seulement ils avaient offert un appareil photo à leur fille pour ses vingt ans, mais surtout ils lui avaient loué tout un appartement au rez-de-chaussée de chez Emma du Maurier pendant deux ans, sans parler du compte bancaire qu'ils alimentaient régulièrement pour leur fille bien qu'elle n'en fasse pas grand usage. Cette aisance n'avait pourtant pas eu le moindre impact positif sur les relations qu'ils entretenaient avec Judy. Elle avait toujours été plutôt évasive à propos de ses parents. La seule chose notable qu'elle m'avait confiée à leur propos se rapportait à son père. Elle avait évoqué ses paroles lorsqu'il avait dit à sa mère qu'il la pensait folle. Elle m'avait expliqué que c'était lui qui avait décidé de l'emmener consulter.

Le moins qu'on puisse dire, c'est que M. et Mme Desforêt avaient toujours eu en aversion l'idée que leur fille ne soit pas « normale », à tel point que, devant l'échec des premières tentatives chez les psys, ils avaient préféré l'envoyer loin de tout pour ne plus avoir à supporter sa présence ni le regard des autres, c'était évident. Qu'avaient-ils dit à leurs voisins et amis quand elle était partie ? Qu'elle était dans un internat ? Qu'elle faisait ses études ailleurs ? Plusieurs mois auparavant, Judy avait usé d'une métaphore pour m'apprendre son viol, celle de la princesse qui perd son bien-aimé. En comprenant comment elle avait vécu pendant deux ans, je m'étais dit que cette comparaison était tristement bien choisie puisqu'elle avait aussi été enfermée par ses parents dans une sorte de donjon, le temps qu'elle soit délivrée du mauvais sort.

Judy avait, certes, semblé soulagée de se retrouver recluse à Viryez, parce qu'elle était terrorisée par ses propres agissements en public et cherchait à se terrer dans un trou de souris pour échapper aux moqueries de ses camarades. Pendant deux ans, choisissant la solitude, elle n'avait presque jamais mis le nez dehors. Elle n'avait eu que des connaissances, elle n'avait ni ami ni confident et avait paru s'en contenter. Mais ce soulagement n'était qu'une façon pour ses parents de recouvrir les choses d'un voile, et cet éloignement n'avait pas offert à Judy la moindre occasion de s'en sortir. Pour eux, la priorité avait été de se débarrasser du problème, pas de le résoudre. Si Judy n'avait pas fugué en Angleterre un an plus tôt, si elle n'avait pas été retrouvée perdue et couverte d'hématomes, serait-elle jamais sortie de sa cachette ? Aurait-elle jamais eu une occasion d'être suivie et soignée par des médecins compétents ?

— Comment va Judy ? me demanda sa mère.

— Elle a connu des jours meilleurs.

— Mais… on m'avait dit que le Dr Rivière lui avait permis de faire beaucoup de progrès, me dit-elle, attristée.

— C'est le cas. Mais il a tenté une première expérience de sortie en extérieur avec elle qui n'a pas été à la hauteur de nos espérances.

Martine Desforêt sortit alors un mouchoir en tissu de son sac, avec lequel elle s'essuya le coin des yeux. Je n'avais pas une très bonne opinion de ses parents, mais force était de constater que sa mère, bien qu'ayant pris des décisions surprenantes, aimait Judy et souhaitait qu'elle puisse se rétablir.

— Cela dit, nous pensons savoir ce dont souffre votre fille, la rassurai-je. Mais, pour vérifier cette théorie, nous avons besoin d'informations que vous seuls pouvez nous communiquer. Je vais donc vous poser quelques questions, si vous me le permettez.

— D'accord, répondit-elle dans un souffle.

Je sortis mon carnet de notes, mes lunettes et un stylo.

— Tout d'abord, j'aimerais savoir quand, d'après vous, les troubles de Judy ont débuté. Dans mon dossier, il est indiqué que Judy a consulté un psychiatre pour la première fois à l'âge de six ans et demi. Mais aviez-vous remarqué quelque chose avant ça ?

— Avant ça, elle avait un ami imaginaire, comme on dit. J'ai lu des livres, j'ai demandé à la pédiatre ce qu'elle en pensait, et tout le monde nous a dit qu'il n'y avait pas lieu de s'inquiéter si jeune, que ça indiquait juste que notre fille avait l'esprit imaginatif et créatif.

— Et ils n'avaient pas tort, je peux vous confirmer que votre fille dispose d'une imagination remarquable.

— J'aurais préféré qu'elle s'en tienne à ça, commenta-t-elle, dépitée. La suite a ruiné sa vie, vous savez.

— Madame Desforêt, nous pensons qu'un événement précis pourrait avoir déclenché ou accentué ses troubles. N'y a-t-il pas eu quelque chose en particulier à cette période qui vous a poussés, vous et votre mari, à consulter un psychiatre cette année-là, alors que vous ne l'aviez pas fait plus tôt ?

— Si, bien sûr. Elle est entrée au CP, et les autres enfants ont commencé à se moquer d'elle parce qu'elle se mettait à part et jouait toujours toute seule. Il fallait bien qu'on fasse quelque chose.

— En effet. C'est tout à votre honneur d'avoir souhaité qu'elle s'intègre mieux.

— Il y a autre chose, aussi.

— Je vous écoute.

— Elle… elle a commencé à être… disons… agressive, par moments. Elle s'est mise à s'énerver, parfois pour des broutilles.

— Et ce n'était pas son tempérament avant son entrée au CP, c'est ça ?

— Non. C'était une petite fille calme quand elle était encore en maternelle. Elle jouait toujours seule, elle dessinait beaucoup et préférait rester dans sa chambre plutôt que de sortir s'amuser avec les enfants du voisinage, mais, plus petite, elle n'avait pas cette tendance à prendre la mouche pour un rien.

Je notais tout, déterminée à ne plus manquer le moindre détail. Ce changement brutal de personnalité n'avait peut-être aucun rapport avec son ami imaginaire ni avec son entrée en école primaire. Il pouvait simplement y avoir eu quelque chose, un événement, qui avait bousculé cette petite fille au point qu'elle devienne subitement très nerveuse.

— Je vois, je vous remercie. Autre chose : Judy m'a parlé à de nombreuses reprises de Germaine, votre grand-mère si je ne me trompe pas.

— Elle a passé beaucoup de temps avec elle étant petite, oui. Plus encore qu'avec sa grand-mère, ses tantes ou ses cousines. C'était une très vieille dame, mais elle avait vécu des événements d'un autre temps et avait un don pour raconter les histoires. Moi-même, petite, je ne me lassais pas de l'écouter, c'était une femme courageuse. Judy demandait souvent à lui rendre visite et j'en étais heureuse, car peu d'enfants ont le privilège de pouvoir connaître leurs arrière-grands-parents.

— Vous avez raison. Quand vous dites « petite », vous voulez dire quel âge exactement ?

— Ma grand-mère est décédée l'année des sept ans de Judy.

La période entre ses six et ses sept ans avait manifestement marqué un tournant dans la vie de Judy. C'était en droite ligne avec ce que Rivière et moi suspections.

— Auriez-vous le souvenir de quelque chose, des objets par exemple, qu'elle lui aurait transmis ? Un coffret ? Une gourmette ?

— Une boîte à musique, oui, une vieillerie avec la mélodie d'une chanson de Piaf qu'elle gardait. Une sorte de long coffret à bijoux avec du velours à l'intérieur. Elle s'ouvrait avec une petite clé. Judy l'a longtemps portée comme pendentif à son cou, surtout après la mort de Germaine. C'était une façon pour elle de ne pas l'oublier, j'imagine.

On frappa à la porte.

— Ce doit être mon mari, supposa Martine.

Je me levai et me dirigeai vers la porte. Lorsque je l'ouvris, je découvris le visage de Michel Desforêt. Ma main se serra sur la poignée, l'adrénaline grimpa en moi en une fraction de seconde, c'était comme si mon cœur s'arrêtait, tétanisé par la surprise et par la peur.

Devant moi se tenait un homme trapu, portant une chemise à carreaux sous sa parka, la mâchoire carrée, un double menton, le teint blafard, les yeux d'un marron tirant sur le jaune et… des cheveux roux.

JUDY

L'aveu

9 novembre 2010

Je ne savais pas très bien comment c'était arrivé, mais la peur et la panique m'avaient quittée. Je n'avais que des souvenirs vagues et confus de ces derniers jours, comme si j'avais dormi, dormi longtemps et profondément. J'avais du mal à remettre mes idées en place, mais je me sentais plutôt sereine. Ils m'avaient sûrement bourrée de médocs, pour changer. Sûrement, oui. J'en avais conscience, mais plus les minutes passaient, moins ça avait d'importance. De toute façon, les médicaments n'avaient même pas été assez efficaces pour m'empêcher de délirer, me surpris-je à penser. Ça me revenait. Sans douleur, mais je revoyais des images, petit à petit. L'air dans ce parc, les canards sur l'étang, Ben qui m'accompagnait, et lui, lui qui était apparu. Ça me semblait très loin, maintenant.

Quel jour était-on ? Étais-je encore à Saint-Vincent ? Autour de moi, ça ressemblait à quelque chose de plus accueillant que la dernière chambre que je parvenais à me rappeler. Une couverture, une table de nuit, une lampe de chevet, un grand fauteuil et, derrière, une fenêtre. S'il n'y avait pas eu cette très large porte blanche avec une longue poignée en plastique, je me serais presque crue ailleurs qu'à l'hôpital. Non. Je n'avais pas oublié que j'étais folle. Mais ça ne m'atteignait pas. La colère semblait absente, et c'était bien comme ça. Je me fichais de ce qu'ils avaient pu m'administrer, à cet instant-là j'avais juste envie de savourer cette paix intérieure plus ou moins factice. Ça faisait du bien de se sentir tranquille, de ne pas s'inquiéter outre mesure. Je me levai, constatai que je ne portais pas la blouse habituelle mais l'un de mes vieux pyjamas, et me dirigeai vers la fenêtre. Je reconnus sans peine le parc de l'institut. Dehors, il faisait jour et il pleuvait.

J'entendis frapper doucement à la porte, qui s'ouvrit sur Lisa Hernest. Je ne l'avais pas vue depuis des mois, ça j'en étais certaine. Elle tenait un plateau-repas entre les mains.

— Bonjour, Judy, me dit-elle d'une voix douce, vous me permettez d'entrer ?

Je lui souris, contente de retrouver un visage connu. Elle semblait avoir maigri un peu et avait les yeux cernés, mais, comme d'habitude, ses cheveux blonds étaient coiffés à la perfection et elle portait un tailleur chic et des talons hauts.

— Allez-y.

Elle s'approcha de moi en souriant.

— Toujours pas de blouse mais toujours un plateau entre les mains, remarquai-je.

— Eh non ! Ce ne serait pas vraiment moi, sinon, pas vrai ? me répondit-elle en riant.

— Vous avez raison. Par contre, je ne peux pas vous assurer que je suis bien moi, répondis-je. Je me sens calme. Un peu trop calme, peut-être, d'ailleurs.

Elle me gratifia d'un regard rassurant et désigna le fauteuil.

— Je peux m'asseoir un moment ? J'aimerais prendre de vos nouvelles.

— Vous croyez que je peux d'abord passer à la salle d'eau ?

— Bien sûr, je vous en prie, prenez le temps qu'il faudra. Rien ne me presse, ce matin.

Je me sentais un peu poisseuse, j'avais envie de faire pipi et de me rafraîchir. En entrant dans la petite salle d'eau, je remarquai qu'on avait soigneusement posé mes vêtements sur un tabouret. Un jean, un débardeur, mon gilet gris à grosses mailles, des sous-vêtements. La dernière fois que j'avais porté ces habits-là, j'habitais encore à Viryez. J'en déduisis que ma mère était probablement passée récupérer mes affaires. Mon appartement était-il seulement encore « le mien », d'ailleurs ? Je ne me rappelais plus très bien combien de temps s'était écoulé depuis que j'y avais mis les pieds la dernière fois, mais je ne me faisais pas d'idées, Emma devait l'avoir reloué.

Je pris une vingtaine de minutes pour me doucher, une laver les cheveux puis les sécher et m'habiller avant de rejoindre Lisa, que je surpris à regarder l'écran de son téléphone d'un air déçu.

— Ça va ? lui demandai-je.

Elle le rangea immédiatement dans son sac à main.

— Ça peut aller.

— Vous attendez un coup de fil ?

— Depuis bientôt cinq mois, oui, me répondit-elle d'une petite voix.

Je m'assis en tailleur sur le lit, face à elle. C'était très étrange de la revoir, j'avais l'impression que ça me faisait plaisir et, en même temps, quelque chose de confus me suggérait de me méfier. Sa présence n'avait pas toujours été synonyme de paix.

— Vous m'avez donné quoi, bon sang ? Je me sens bizarre. Comme si… comme si on m'avait programmée pour rester calme alors qu'il y a un truc en moi qui rêve d'exploser.

Elle sourit machinalement.

— On vous a donné quelque chose. Quelque chose qui vous aide à garder votre calme, oui.

— Quelque chose de balèze, non ?

— Moins puissant que ce que vous avez pris ces derniers jours, mais assez pour vous permettre de vous reposer.

Pour ça, elle avait raison, je me sentais en forme. Je pris une gorgée du chocolat chaud sur le plateau, piochai quelques fruits secs. J'avais une faim de loup.

— On est quel jour ?

— Mardi. Mardi 9 novembre.

— J'ai dormi combien de temps, au juste ?

— Il est bientôt dix heures. Vous avez dormi douze heures environ.

— Normal que je ne me sente pas fatiguée.

— Il était essentiel que vous puissiez récupérer.

— Récupérer de quoi ?

— À vous de me le dire. De quoi vous souvenez-vous ?

— De ma balade dans le parc avec le Dr Rivière. De mon hallucination.

— C'est bien.

— Comment ça, « c'est bien » ?

Lisa se leva, approcha doucement de moi et, avec un regard tendre, me dit :

— Judy, vous allez mieux. Et les choses vont aller de mieux en mieux, désormais.

— Je ne comprends pas.

— Ces trois dernières semaines, m'apprit-elle, nous avons compris beaucoup de choses à votre sujet.

Elle avait un air sérieux et compatissant qui se voulait rassurant, mais que je ne saisissais pas.

— Si vous vous sentez prête, je peux vous expliquer.

— C'est pour ça que vous êtes venue, non ?

— Je suis d'abord venue pour voir comment vous vous sentez, pour vous demander si oui ou non vous êtes disposée à prendre connaissance de certaines informations. Je ne compte pas vous brusquer, c'est à vous de décider.

— Tout ce que je sais, c'est que je ne veux plus souffrir, dis-je sans même y réfléchir tandis que je mordais dans un morceau de pain frais.

— Je sais, Judy. Et j'espère être porteuse d'une nouvelle qui pourra vous mettre du baume au cœur plutôt que de vous accabler, ajouta-t-elle.

Je n'étais pas sûre de vouloir savoir ou non ce qu'elle avait à m'apprendre, pour la bonne et simple raison que je n'avais pas la moindre idée de ce que ça pouvait être. Mais je me sentais irrésistiblement positive, ce jour-là. Quelque chose en moi me commandait de refouler ce sentiment de bien-être faussé, mais c'était plus fort que moi, j'étais d'une insupportable bonne humeur.

— Vous m'avez droguée. Je ne réfléchis pas normalement, j'en suis sûre.

Lisa me sourit, amusée.

— Arrêtez un peu de me regarder avec des yeux de merlan frit, bon sang ! Je vous dis que je ne me sens pas moi-même et vous vous contentez de me sourire bêtement, c'est n'importe quoi ! m'exclamai-je, agacée.

Elle éclata de rire.

— Vous voyez que vous avez encore votre caractère, Judy, me fit-elle remarquer.

Je restai interdite quelques secondes. Je venais de lui crier dessus. J'étais toujours moi. Ouf. Je sentis mes épaules retomber de soulagement. Ils ne m'avaient pas lavé le cerveau.

— Eh bien ? Qu'est-ce qui s'est passé pendant ces trois semaines, mis à part que vous m'avez bâillonnée à grand renfort de calmants ?

— Lorsque vous avez été retrouvée à Londres, la police a ouvert une enquête pour tenter de comprendre ce qui vous était arrivé. Faute d'éléments, elle est restée figée pendant des mois. Mais quelqu'un a récemment apporté de nouvelles informations au commissaire en charge de votre dossier, Judy. Et ces informations ont tout changé, nous avons compris que…

— Stop. Je ne veux pas savoir, la coupai-je. Je ne veux pas savoir qui m'a fait ça, je ne veux pas me remémorer une fois encore cette douleur ni la peur. Ce que je veux savoir, c'est comment vous pouvez m'assurer que, désormais, ça va aller.

Elle me regarda quelques instants, puis prit une grande inspiration.

— Judy, je me suis trompée.

— Comment ça ?

— J'ai commis une erreur, sans doute la plus énorme de toute ma carrière ! me confia-t-elle d'une voix suppliante.

Que pouvait-il bien y avoir de si grave ? Ne venait-elle pas de me parler d'une bonne nouvelle à m'annoncer ?

— Qu'est-ce que vous essayez de me dire ? Hein ?

Je vis ses yeux rougir.

— Vous souvenez-vous d'un certain M. Andrews ?

Ce dernier mot fut comme un électrochoc. Je me raidis sur-le-champ, comme si on venait de m'injecter un sérum de vérité. Devant mes yeux écarquillés se mirent à défiler des images, à toute vitesse, des images que je reconnaissais mais qui me semblaient pourtant impossibles à accepter. Je portai mes mains à ma tête, subitement prise d'une violente migraine. Tout tournait, mes oreilles sifflaient, la panique bouillonnait quelque part où je la tenais recluse, prête à faire exploser sa prison pour tout ravager sur son passage.

— Judy, vous n'avez pas à vous inquiéter, tout va bien, entendis-je Lisa me murmurer à l'oreille. Ne laissez pas la peur s'emparer de vous, concentrez-vous. Ce n'est pas votre faute, c'est la mienne. Écoutez ma voix, Judy, écoutez-moi. Vous avez inconsciemment occulté d'importants souvenirs de votre mémoire, mais ils sont vrais et ils sont toujours là, j'en suis sûre. Ne les retenez pas, vous devez les laisser remonter. Répondez-moi : vous souvenez-vous de M. Andrews ?

J'avais l'impression qu'un tourbillon embrouillait mon esprit.

— Judy, ouvrez les yeux, regardez-moi, m'ordonna-t-elle en posant ses mains sur les miennes.

J'obéis. Face à moi, elle me regardait intensément, avec tendresse.

— Judy, ce n'est pas votre faute, répéta-t-elle. C'est moi, c'est moi seule qui me suis fourvoyée. Il existe.

Je me mis à trembler de tous mes membres.

— Vous mentez.

— Je ne mens pas, Judy. Il existe, c'est la vérité.

— C'est impossible. Je suis folle.

— Vous pouvez vous souvenir, j'en suis sûre, concentrez-vous.

— Mais c'était un délire, vous l'avez dit. Vous l'avez tous dit !

— Vous êtes sous traitement, vous avez besoin de soins, c'est un fait. Seulement, vous ne l'avez pas créé de toutes pièces. Il existe, Judy, déclara-t-elle pour la troisième fois. Tel que vous me l'aviez décrit. Je l'ai vu de mes propres yeux, je lui ai parlé !

Je fermai les paupières, envahie par un prodigieux sentiment d'euphorie.

— Il… il existe, répétai-je, il existe… Alwyn. Alwyn, soufflai-je tandis qu'un flot de larmes se mettait à dévaler mes joues sans que je puisse le maîtriser.

— Oui, me dit Lisa en me prenant dans ses bras. Ça va aller, maintenant, ça va aller, vous verrez, me murmurait-elle.

Alors, entre deux sanglots, la question surgit du tréfonds de mon cœur :

— Où… où est-il ?

ALWYN

Attendre, encore

9 novembre 2010

Je me repassais le fil des événements de ces dernières semaines, profondément meurtri par ce que j'avais appris au sujet de Judy. Lorsque le Dr Hernest avait rencontré ses parents, tout avait basculé. Deux jours plus tard, Lisa me passait un coup de fil que je n'étais pas près d'oublier. Entre diagnostic et interpellation, j'avais été désarçonné par des révélations plus choquantes les unes que les autres.

Les Drs Hernest, Prémont et Rivière s'étaient considérablement investis, non seulement pour épauler la police dans cette enquête délicate, mais aussi et surtout pour saisir enfin ce qui avait rongé Judy durant près de quinze ans. « Amnésie dissociative ». « Psychose paranoïaque et hallucinatoire ». Les mots que j'avais entendus n'étaient pas des plus clairs et compréhensibles pour quelqu'un qui ne connaissait rien à tout ce jargon, mais Lisa avait fait de son mieux pour m'expliquer la situation.

Judy avait apparemment toujours été une petite fille fragile et un peu introvertie, dotée d'une imagination des plus prolifiques. Tout avait basculé l'année de son entrée au CP, année au cours de laquelle elle avait été confrontée au regard cruel des autres, à la disparition de son arrière-grand-mère et… aux sévices que commença à lui infliger son père, qui allaient durer de longues et interminables années. Profondément traumatisée, elle avait alors plongé dans la folie, se refusant à évoquer son mal-être, se refermant de plus en plus sur elle-même. L'ami imaginaire qu'elle avait toujours eu avait pris une place cruciale dans son esprit, concrétisant ses maux et la rassurant à la fois. Elle avait alors commencé à se méfier de tout et de tout le monde, convaincue de ne pouvoir se fier à personne. Les crises – d'angoisse, d'hallucinations et de paranoïa – avaient été de plus en plus intenses à mesure qu'il abusait d'elle, à tel point qu'un jour son père avait décidé qu'elle représentait un risque sérieux de dévoiler ses abominables agissements. C'était lui qui avait commencé à régulièrement la qualifier de folle devant famille et amis, cherchant à assurer ses arrières au cas où il viendrait à sa fille l'idée de tout déballer. C'était lui qui, la voyant devenir une jeune femme intrépide et cultiver une dangereuse colère, avait suggéré de l'envoyer à Viryez.

Bien sûr, Michel Desforêt avait nié les faits. Lorsque le commissaire Debriand, accompagné du Dr Hernest, l'avait informé des charges qui pesaient contre lui, il s'était offusqué, avait crié au mensonge et au scandale. Il avait passé des heures entières à répéter que sa fille était folle à lier, que ce qu'elle avait bien pu leur raconter ne pouvait être que le fruit de son imagination.

Mais le commissaire était, quoi qu'il en pense, un fin psychologue. Des années de métier l'avaient rendu redoutable et ses méthodes n'avaient plus à faire leurs preuves. Après une seule mais longue journée d'interrogatoire, M. Desforêt avait fini par avouer, éreinté et rongé de culpabilité. Sa femme, Martine, avait assisté, livide, aux effroyables aveux de son époux. Debriand avait étudié sa réaction avec prudence et, même s'il n'en avait pas encore la certitude, il pensait que la pauvre femme était d'une crédulité atterrante et qu'elle avait tout bonnement accordé une confiance aveugle à son pervers de mari.

Je fus décontenancé d'apprendre de pareilles horreurs. Moi qui avais soupçonné Judy d'être sous la coupe d'un petit ami possessif, j'avais été bien loin du compte. Jamais je n'aurais imaginé qu'elle avait subi de telles atrocités sur une si longue période. Après s'être assurée que j'avais pleinement saisi tout cela, Lisa m'avait fait comprendre que je n'étais pas au bout de mes surprises. C'est alors qu'elle m'avait confié ce que Judy lui avait raconté tout au long de sa thérapie. Une histoire. Une histoire mi-fantastique mi-réelle, dans laquelle j'étais intervenu malgré moi. Et tout prit enfin un sens.

Lorsque j'avais fait la connaissance de Judy, elle était donc malade, et probablement en conflit avec cet ami imaginaire qui l'avait suivie comme son ombre depuis l'enfance. Quand nos chemins s'étaient croisés, quelque chose en elle avait espéré pouvoir me faire confiance, et cet *autre* s'était évaporé provisoirement. Elle avait cru à un miracle, elle m'avait alors accordé son amour, et nous avions partagé des moments forts et réels l'un avec l'autre. Je lui avais parlé de moi, de ma famille, de mon passé, de mes blessures. Quatre semaines à se découvrir en marchant au beau milieu des nuits d'automne. J'avais aimé son audace et son impulsivité, j'avais aimé ses secrets et sa vulnérabilité. Je l'avais aimée, elle, tout entière. J'avais aimé les courbes de ses hanches, la douceur de sa peau, la chaleur de son corps contre le mien. Et puis il y avait eu cette dernière lettre de James, celle qui m'avait ébranlé, celle qui m'avait poussé à partir au bout du monde une dernière fois. La paranoïa de Judy s'était soudainement réveillée, puissante et destructrice, ravageant l'amour qu'elle me portait, le remplaçant par la certitude que mon unique raison d'être avait été de lui briser le cœur pour mieux la voir souffrir. Elle m'avait sommé de partir sous peine de se suicider sur-le-champ. J'étais parti, trop effrayé à l'idée de la perdre pour toujours.

Sauf que rien n'avait cessé après mon départ. Judy était rentrée chez elle, bouillonnante de fureur, elle avait envoyé un violent coup de poing dans le miroir de sa salle de bains. Était-ce le bruit du verre brisé qui l'avait fait sombrer dans un délire si profond qu'elle avait définitivement perdu pied ? La douleur de sa main ensanglantée aux multiples coupures ? La vision de son reflet en mille éclats ? Ou bien le chamboulement hormonal qui commençait à s'opérer secrètement en elle ? Lisa n'en avait aucune idée, mais ce soir-là, Judy s'était retrouvée en conflit entre son cœur et son esprit malmené. L'intensité de notre relation s'était brusquement changée en une haine et une déception telles que son esprit, traumatisé une seconde fois, ne l'avait pas supporté. Le lendemain matin, *l'autre* et moi ne faisions plus qu'un. Par ma faute, Judy avait développé ce que Lisa appelait un « trouble dissociatif de l'identité ». Elle avait donné mes traits et mon vécu à son ami imaginaire, mais avait également fait émerger son arrière-grand-mère, ce type aux yeux jaunes qui la poursuivait, un lord… et on ne savait qui d'autre encore. Sans même en avoir la moindre conscience, elle s'était écrit une lettre sur du vieux papier emprunté des années plus tôt dans le bureau de Germaine, mêlant mon passé au sien, persuadée de devoir remonter le fil de sa généalogie. Paranoïaque à l'extrême, elle était allée jusqu'à imaginer une sorte de théorie du complot, complot mené par les Buckly et dont l'objectif premier aurait été de la mettre à mort pour dissimuler un meurtre vieux de plus d'un siècle.

J'avais écouté, abasourdi. Non seulement les troubles psychiatriques dont avait souffert Judy étaient d'une rareté particulière d'après Lisa, bien qu'ils s'expliquent par les conditions dans lesquelles elle avait grandi, mais surtout je n'en revenais pas de la complexité avec laquelle elle avait mêlé nos souvenirs et les siens, créant une sorte de réalité augmentée à travers laquelle elle avait véritablement évolué, allant jusqu'à prendre un avion pour rejoindre le sol britannique. C'était aussi époustouflant que perturbant. Ma première inquiétude avait été de savoir si Judy pourrait un jour refaire la part des choses, si elle pourrait recouvrer la mémoire, celle de notre authentique histoire. « Il lui faudra du temps, peut-être beaucoup de temps, mais c'est possible », m'avait répondu le Dr Hernest. Le processus serait extrêmement délicat, il lui faudrait un traitement médicamenteux adapté, un suivi tout particulier. Et, par-dessus tout, il lui faudrait un repère fiable, être accompagnée et rassurée, pas uniquement par le personnel médical, mais aussi par quelqu'un en qui elle pourrait, petit à petit, placer sa confiance.

Je *devais* être ce quelqu'un.

On m'avait demandé de patienter, encore et toujours, le temps qu'elle se remette assez pour pouvoir tenter une nouvelle approche, celle de lui apprendre mon existence. L'attente était interminable mais essentielle. Par amour pour Judy, j'étais prêt à patienter toute une vie s'il le fallait. Accompagné par le Dr Hernest, j'avais eu une entrevue avec le Dr Prémont et Martine Desforêt, tutrice légale de Judy, dans le but de me présenter et de lui faire part de mon souhait. J'avais pris la décision de faire tout ce qui était en mon pouvoir pour accompagner Judy, quel que soit l'investissement que ça me demanderait. J'étais prêt à m'installer en France, à vivre avec elle, à ne jamais, plus jamais la laisser seule. Lisa avait appuyé mon souhait, ajoutant que j'étais de loin la personne au sujet de qui Judy avait exprimé le plus d'attachement. Mme Desforêt m'avait écouté attentivement et avait opiné. Bien trop dévastée par ce que lui avait appris le commissaire au sujet de son mari, elle avait concédé qu'elle ne connaissait sans doute pas assez sa fille pour savoir ce qui était le mieux pour elle, et qu'elle suivrait les recommandations des médecins même si cela consistait à m'accorder la tutelle de Judy. La seule chose qu'elle avait demandée, ça avait été si elle pouvait voir Will.

Will... Si je me languissais jour et nuit de retrouver celle qui s'était emparée de mon cœur, je savourais toutefois le miracle d'être devenu père. Ça avait été inattendu, surprenant et renversant, mais, à travers un seul premier regard, j'ai été convaincu que rien au monde ne pouvait avoir plus de valeur. Il n'en savait rien ou presque, mais Will était la clé de la rémission de Judy. La façon de le lui présenter serait on ne peut plus délicate et périlleuse mais, si elle portait ses fruits, alors nous pourrions avoir foi en l'avenir. Will était un cadeau de Dieu. Lisa me permit de lui rendre visite chaque soir, et chaque soir, bien que je sois parfois intimidé et maladroit, ce fut un émerveillement total. Je fis la connaissance, petit à petit, d'un être dont je ne pouvais qu'admirer les traits et les expressions. C'est vrai, Will avait mes yeux et mes fossettes quand il souriait, et disposait aussi des traits harmonieux de sa mère, de cette délicate couleur rosée sur le haut de ses joues rondes, de cette bouche si parfaitement dessinée. C'était un enfant joyeux qui avait tout l'air d'apprécier ma compagnie. Plus extraordinaire encore, il lui arrivait parfois de s'endormir dans mes bras, comme s'il se sentait en sécurité auprès de moi. Je n'avais jamais rien vu ni imaginé de tel ; Will était la preuve, la plus belle preuve qui soit, que Judy et moi avions créé ensemble quelque chose de réel, de concret et de pur. Chaque instant passé auprès de lui faisait de moi un homme meilleur.

Lisa semblait attendrie par la relation que je tissais avec lui, et, bien que nous n'ayons pas signé de document officiel, elle m'avait signifié à plusieurs reprises que je n'avais pas à m'en faire, que le moment venu elle me confierait sa garde. Je ne la connaissais pas bien, mais j'avais le sentiment qu'elle s'était résignée à le laisser partir, comme si ça devait se faire, de toute manière. Elle m'avait dit qu'elle le trouvait plus paisible depuis ce jour où j'étais passé sans prévenir chez elle. Elle m'avait dit que c'était un enfant très attentif et intelligent, qu'il avait une perception impressionnante des émotions. Elle m'avait dit qu'il s'imprégnait de tout et qu'il avait besoin d'être particulièrement entouré. Elle m'avait dit qu'il m'aimait, que ça se voyait au premier coup d'œil, qu'elle ne chercherait jamais à aller contre ça, qu'il avait besoin de racines. Elle m'avait dit qu'après m'avoir écouté lui parler, dans ce salon de thé, elle avait rêvé de nous voir, Judy, Will et moi, former une véritable famille. Ce à quoi j'aspirais moi-même.

Tout dépendrait de Judy.

*

Ce jour-là, j'avais suivi religieusement les recommandations du Dr Hernest. Je m'étais habillé avec une chemise semblable à celles que j'avais portées un an auparavant, j'avais mis le même parfum, j'avais tâché de me raser de près et de mettre mon écharpe bleue et mon long manteau noir en laine bouillie qu'autrefois j'avais posé sur ses épaules pour l'aider à se réchauffer. Il fallait qu'elle me reconnaisse au premier regard, il fallait balayer le moindre doute.

J'étais mort de peur à l'idée qu'elle puisse mal réagir, même si Lisa avait tenté à maintes reprises de me rassurer en me promettant qu'elle ne descendrait pas les marches de l'institut avec Judy si elle ne la sentait pas disposée à me revoir. Mais elle me manquait. Atrocement et depuis bien trop longtemps. Endormi profondément dans mes bras, Will n'avait pas la moindre idée de ce qui pouvait nous attendre. Pourtant, rien qu'à regarder une fois encore la douceur de son visage paisible, je fus envahi par la certitude que ma place était bel et bien ici, au fond de ce parc. L'inquiétude se mêla à l'adrénaline et à l'impatience. Mon attente touchait à sa fin. Nos vies à tous les trois étaient sur le point de basculer à nouveau. Si elle passait les portes, si elle acceptait l'impossible, si elle décidait de me rejoindre dans le parc…

JUDY

Retour à la réalité

9 novembre 2010

Le vaste parc qui entourait l'institut Saint-Vincent avait toujours été pour moi une source de réconfort. Dès lors qu'on m'avait permis de profiter d'une fenêtre, j'avais passé la majeure partie de mon temps libre à regarder dehors, à observer le vent dans les feuilles, les écureuils qui grimpaient à toute vitesse le long des troncs, les nuages passant et repassant dans le ciel, se laissant plus ou moins traverser par les rayons du soleil. Cet été-là, alors qu'après plusieurs semaines ma thérapie s'était révélée prometteuse, j'avais même pu m'y rendre tous les jours accompagnée de Ben, à la fin de nos séances. Oh, bien peu de temps en soi, c'est vrai, puisque c'était incomparable avec les journées entières que j'avais jadis passées à savourer la beauté du jardin d'Emma. Mais ce parc, ces arbres et ces bancs m'avaient permis de profiter d'un peu d'air, d'oublier ma peine et mes maux, le temps de quelques minutes hors des murs de ma chambre.

Je franchis les portes qui donnaient sur le parc, agrippée au bras de Lisa. Lorsque je mis le pied sur la première marche et que le vent frôla mes joues, un frisson me parcourut, laissant émerger quelques images d'une nuit d'octobre, troubles et confuses, et pourtant vivantes et uniques. Bien que je ne sache pas tellement pourquoi, je me souvins que, jadis, j'avais aimé frissonner. Il ne pleuvait plus, mais le sol était trempé, l'odeur de l'herbe mouillée me parvint tout de suite. Alors, je levai les yeux et aperçus une silhouette familière au loin, à l'autre bout du parc.

— C'est lui, Judy. Allez-y, je vous attends ici, m'encouragea Lisa en posant sa main sur la mienne. Il vous attend.

Mon cœur se mit à battre fort, très fort. Je descendis les autres marches lentement, ne le lâchant pas des yeux. À mesure que j'avançais sur le sentier, je serrais mon épais gilet contre moi. C'était irréel de l'apercevoir ici, dans un endroit si représentatif de ma réalité, et cependant on m'assurait que, cette fois, je pouvais le laisser entrer dans mon monde sans crainte. La confusion qui avait régné dans mon esprit torturé de trop longues minutes laissa place à l'espoir, celui auquel je m'étais résignée à renoncer, celui que j'avais toujours rêvé de retrouver. J'avais peur de cligner des paupières et qu'il disparaisse encore. Il était de dos. Pourquoi, s'il m'attendait ? Se pouvait-il que ce soit bien lui ? Assurément. Ce long manteau noir, cette allure si singulière, ces cheveux bruns aux subtils reflets châtains. C'était peut-être une illusion, c'était peut-être encore le fruit de mon imagination, mais c'était lui, à n'en pas douter.

J'avançai encore, pas à pas, sans me précipiter, déterminée à savourer ces quelques mètres sans qu'il puisse m'entendre, comme plongée dans un rêve. Je le vis baisser la tête : il bougeait. Ce n'était donc pas un trompe-l'œil ni une statue.

Soudain, le besoin d'en avoir le cœur net se fit plus puissant encore que celui de savourer la distance qui nous séparait. Plus que jamais je voulais savoir, et je me mis à courir sur les derniers mètres jusqu'à m'arrêter net… juste derrière lui. Sans que je puisse l'expliquer, il resta immobile, mais je le vis frémir en comprenant que quelqu'un était là. Avant même que j'aie pu le toucher, ce fut son odeur qui me parvint. Ce parfum… je l'avais occulté de ma mémoire, alors qu'il m'avait manqué à n'en plus pouvoir. C'était la fragrance de son manteau, celle de son cou, celle dont je m'étais autrefois enivrée sans m'en lasser. Comment avais-je pu oublier ça ? Ma gorge se serra lorsque de nouveaux souvenirs s'échappèrent et se rappelèrent à moi. La forêt. La pluie sur mes cheveux. La rivière juste en dessous…

Alors, je sentis sa main froide saisir doucement la mienne, et j'ouvris les yeux sur celui que j'avais aimé plus que tout au monde et avec qui, en fin de compte, j'avais partagé une véritable histoire, loin d'être illusoire.

Alwyn.

Il était bel et bien là, il avait tourné la tête, me souriait, et je découvris à nouveau la beauté de son visage d'albâtre et l'intensité de son regard émeraude.

— Tu es là… soufflai-je, envahie par une sensation d'apaisement absolu.

— Je suis là, me répondit-il en tremblant, les yeux humides.

— Tu existes… mon Dieu… tu existes, répétai-je en posant ma tête contre son bras, tandis que les larmes se mettaient à monter.

Je sentis sa main serrer la mienne, fort, très fort, et il se tourna pour me faire face. C'est alors que j'aperçus, au creux de ses bras, la créature la plus extraordinaire du monde.

— J'ai quelqu'un à te présenter, murmura Alwyn.

Enveloppé dans une couverture toute blanche, il ne laissait dépasser que l'une de ses deux petites mains. Des joues rondes, une jolie bouche en cœur, un minuscule petit nez…

— Il s'appelle Will.

À son nom, le bébé se blottit un peu plus contre Alwyn, puis se mit à froncer légèrement les sourcils. Il frotta une de ses paupières et, finalement, se tourna dans ma direction pour ouvrir sur moi de grands yeux verts en amande. Il me sourit. Mon cœur battait si fort que je me mis à trembler à mon tour. J'étais littéralement submergée par une émotion inconnue, plus forte que moi. J'aurais voulu dire mille choses, mais les mots me manquaient tant j'étais étourdie par cette découverte.

— Judy, c'est… c'est notre enfant.

Poussée par un instinct suprême et irrésistible, j'avançai une main et caressai sa joue rose.

— C'est impossible, soufflai-je.

— Non, Judy, non. C'est la réalité. C'est ton bébé.

Ses paroles étaient comme un baume.

— Will… William ? Comme… le peintre ? me surpris-je à dire.

Et, de nouveau, une vague de souvenirs remonta. Alwyn me gratifia d'un regard tendre, manifestement soulagé.

— Oui, Judy. Comme Turner.

Quelque chose en moi devenait plus clair. À mesure que mon esprit acceptait l'évidence, la terreur de le perdre réapparut.

— Ne disparais pas, je t'en supplie, Alwyn.

— Jamais, je ne partirai plus jamais. J'en fais le serment. Tout va bien, Judy. Tout ira bien, maintenant.

Il me tendit alors son bras libre, m'invitant contre lui. Je m'y blottis à mon tour comme on se laisse glisser dans un songe, sauf que, cette fois, je pouvais percevoir sa chemise contre ma joue, sa main sur mon bras, son souffle au-dessus de ma tête et cette odeur, cette exquise odeur, au creux de son cou. Cette fois, il était bien là.

LISA

Retour à la réalité

9 novembre 2010

Depuis le perron de l'institut, j'observais avec émotion l'une des scènes les plus magnifiques de toute ma carrière. Des retrouvailles, celle de deux amants qui s'étaient perdus à travers les méandres du temps et de la vie, mais aussi une rencontre, celle d'une mère avec son enfant. Je ne pouvais pas les entendre, bien sûr, mais, à les voir ainsi, je ne pouvais qu'espérer le meilleur pour la suite. C'était d'une beauté rare, ça ressemblait trait pour trait à une naissance, celle d'une famille. Mon cœur se serra.

Je sentis une main se poser sur mon épaule.

— Eh bien, vous pouvez être drôlement fière de vous, Lisa.

— Je ne suis pour rien là-dedans, Fabrice. Ça s'appelle de l'amour. On dit que l'amour est plus fort que tout, je crois qu'on en a la preuve sous les yeux.

— Sans vous, ils n'auraient peut-être jamais été réunis. Attribuez-vous au moins cinquante pour cent du mérite, me dit-il, taquin.

Je souris. Et si j'y étais pour quelque chose, dans le fond ? Je n'en étais pas sûre, mais je me mis à songer que, si c'était le cas, je souhaitais plus que tout être disposée à réunir les morceaux de ma propre histoire d'amour. L'histoire de Judy et d'Alwyn m'avait transportée, elle m'avait donné une multitude de leçons. J'avais appris que l'amour dépasse parfois l'entendement, qu'il peut être plus fort que la douleur, plus fort que la distance, le temps et la mort. J'avais appris qu'il ne faut jamais se fier à ses premières impressions, que parfois la réalité se cache au travers d'un conte. J'avais appris qu'il ne faut jamais renoncer, même quand tout semble perdu, même quand la foi nous a quitté.

Plus important encore, j'avais compris, bien malgré moi, que ce qui revêtait le plus de valeur à mes yeux ne se résumait pas à devenir mère, mais bien à passer ma vie auprès du seul homme que j'avais jamais aimé.

— J'espère tant qu'ils seront heureux, qu'elle se remettra pour de bon.

— Tout est réuni pour que ça fonctionne. Le plus dur est derrière eux, j'en suis certain, commenta Fabrice. Et puis, vous serez là pour les accompagner, n'est-ce pas ?

— Je ne sais pas.

— Vous ne savez pas ?

— Je crois… je crois qu'il serait temps que je prenne des vacances.

Fabrice éclata d'un rire joyeux.

— Si c'est sérieux, c'est une nouvelle fantastique ! Je pense que je ne connais personne qui en ait autant besoin que vous, Lisa !

— Vous avez raison. Mieux vaut que je fasse une pause.

— Prenez tout le temps qu'il faudra. Le monde ne s'arrêtera pas de tourner en votre absence, vous savez. Et Rivière s'en sortira à merveille, d'autant plus qu'il souffre du même syndrome d'addiction au boulot que vous, à ce que j'ai pu voir.

Je me mis à rire à mon tour. Il avait raison, je devais prendre du recul sans me soucier outre mesure de ce que je n'accomplirais pas en attendant. Je devais reprendre ma vie en main, me reposer, faire le vide. Mon téléphone sonna. Un numéro inconnu.

— Je vous laisse, dit Fabrice en faisant demi-tour.

— Merci.

Il rentra dans le hall de l'institut, et je décrochai.

— Allô ?

— Lisa ?

Une brusque bouffée d'adrénaline s'empara de moi. Je n'avais pas entendu le son de sa voix depuis plus de quatre mois.

— Paul…

— Lisa, j'ai reçu ta lettre. Je… tu crois qu'on pourrait se voir ?

ALWYN

Épilogue

7 décembre 1898

Je m'éveillai, secoué par une avalanche d'émotions inédites et une migraine abominable. Mon cœur battait à une vitesse vertigineuse, j'étais littéralement secoué. La lumière filtrait déjà à travers les rideaux de ma chambre. Quelle heure pouvait-il bien être pour que déjà il fasse jour ? Neuf ? Dix heures ? Il n'était pas dans mes habitudes de dormir jusqu'à de pareilles heures. Cependant, j'avais veillé tard, très tard, cette nuit-là, plongé dans un roman qui m'avait emporté, *La Confession d'un enfant du siècle*. C'était celui d'un Français, un certain Alfred de Musset, dont j'appréciais particulièrement la prose et les métaphores.

Était-ce ce livre qui m'avait renversé à tel point que j'avais plongé corps et âme dans un songe des plus étranges, mi-rêve mi-cauchemar ? Petit à petit, les images m'apparaissaient, de plus en plus nettes et limpides, défilant dans mon esprit. Et soudain le manque surgit. Intense, incontrôlable, tranchant. Son visage s'imposa à moi, net et fascinant, comme si je l'avais connue toute une vie, comme si elle possédait tout ce que j'étais.

Judy.

Son souvenir se mit à emplir tout l'espace de mon cœur. C'était aussi enivrant qu'insupportable, comme si je l'avais quittée une minute plus tôt, comme si la réalité s'était brusquement rappelée à moi, me privant de ce à quoi je tenais plus que tout. Chaque détail me revint, moi dans cette étrange voiture, la pluie battante, la forêt au clair de lune, et elle. Elle sur ce muret, elle contre moi, ses cheveux, sa bouche, ses seins. Je me souvins de nos nuits d'amour et de cette lettre signée de la main de mon frère. Je me souvins de ses cris, puis d'avoir pleuré son absence des mois durant. Je me souvins de l'avoir attendue, inlassablement, le temps qu'on m'octroie enfin le droit de la retrouver. Je me souvins d'avoir découvert un enfant qui portait nos traits à tous les deux. Je me souvins du jour où enfin nous avions été réunis, tous les trois.

Jamais je n'avais éprouvé de tels sentiments, jamais aucun songe ne m'était apparu de façon si palpable. Jamais aucune apparition nocturne ne m'avait à ce point bouleversé. Je l'aimais. C'était absurde, mais à cet instant-là, elle me manquait comme jamais rien ni personne ne m'avait manqué. Je me sentais troublé et triste, ravagé par la réalité, détruit par cet éveil que je n'avais pas souhaité. J'aurais voulu que le rêve ne finisse jamais, j'aurais voulu rester auprès d'eux pour toujours.

Il me fallut de longues minutes pour trouver le courage de me lever et accepter le fait que je n'avais pas bougé de cette maison, que je n'avais traversé ni le temps ni les frontières pour vivre une autre vie, dans une autre époque, un autre univers. Ce fut d'humeur sombre que je descendis au rez-de-chaussée, bien décidé à marcher un moment dans le parc qui entourait notre manoir avant d'absorber quoi que ce soit. La maison était déjà en ébullition, j'entendais le bruit des casseroles dans les cuisines, celui des chevaux dans la cour. Je passai devant le bureau de James, dont la porte était entrouverte, et le vis occupé à signer des documents. Lorsque j'arrivai à la porte de derrière, celle qu'utilisait le personnel de maison et qui donnait directement sur la roseraie, j'entendis qu'on frappait doucement au battant. Au vu de l'effervescence alentour, je me résignai à ouvrir, bien que je n'eusse aucune envie de parler, sans quoi personne ne serait jamais venu. La porte pivota sur ses gonds. Devant moi se tenait une frêle jeune fille, dotée d'épais cheveux tressés en couronne, vêtue d'une robe de modeste confection et d'une cape au large capuchon.

— Bonjour, monsieur. Je suis Mary Marshall, je viens pour l'emploi de bonne, me dit-elle d'une petite voix.

Remerciements

À mon mari, Denis, sans qui ce projet n'aurait pas vu le jour : merci d'avoir été là pour occuper les petits quand j'avais le regard perdu sur mes enfants de papier. Merci d'avoir été là pour me pousser à ne jamais abandonner. Merci d'avoir été là pour me lire encore et encore sans jamais te lasser. Merci de m'avoir soutenue et encouragée pendant des mois et des années. Par-dessus tout, merci de m'avoir offert ton amour voilà plus de dix ans, car c'est en lui que je puise force et inspiration. Je t'aime.

À mes deux petits garçons à travers les yeux de qui j'ai découvert l'amour le plus pur et le plus tendre, celui qui est devenu une source intarissable d'émotions douces et inédites : merci, je vous aime de tout mon cœur.

À mes lecteurs et lectrices qui m'ont lue, écrit ou sont venus à ma rencontre en dédicaces : merci d'avoir été là pour me témoigner tout votre enthousiasme et me donner envie d'écrire encore et toujours plus. Pouvoir échanger avec vous autour de mes histoires est un véritable bonheur.

Enfin, à tous ceux et celles qui depuis des années m'offrent leur aide et leur soutien pour mener à bien ces divers projets d'écriture : merci du fond du cœur d'avoir permis à mes textes de sortir de leurs tiroirs.

PAPIER À BASE DE FIBRES CERTIFIÉES

hachette s'engage pour l'environnement en réduisant l'empreinte carbone de ses livres. Celle de cet exemplaire est de :
500 g éq. CO_2
Rendez-vous sur www.hachette-durable.fr

Pour l'éditeur, le principe est d'utiliser des papiers composés de fibres naturelles, renouvelables, recyclables et fabriquées à partir de bois issus de forêts qui adoptent un système d'aménagement durable. En outre, l'éditeur attend de ses fournisseurs de papier qu'ils s'inscrivent dans une démarche de certification environnementale reconnue.

Composition et mise en pages : Nord Compo

Achevé d'imprimer en France par CPI – Brodard & Taupin
Dépôt légal 1re publication octobre 2017
63-3051-7 – ISBN : 978-2-01-397429-5
Édition : 01 – Dépôt légal : octobre 2017
N° d'impression : 3024699